BLOOM

238

Il nostro indirizzo internet è: www.neripozza.it

DENISE PARDO

LA CASA SUL NILO

NERI POZZA EDITORE

A mio padre, a mia madre, a Bobe, a Jocelyne
e a tutti quelli che li hanno amati

Parioli, Roma
Settembre 1961

Faceva caldo a Roma il 16 settembre, noi sentivamo freddo. Eravamo disorientati, la nonna parlava yiddish, il papà italiano, la mamma francese, io mi sentivo niente nel paese degli sconosciuti.

C'era il sole. Al Cairo avevamo lasciato l'odore del khamsin, il vento del Sahara.

Dopo un viaggio che ci era parso, ma non lo era stato, instabile, eravamo atterrati a Ciampino la prima volta in un aereo, lo stomaco contratto, la sensazione di essere su un tappeto volante non nelle immense poltrone di pelle grigia.

La sorella piccola aveva vomitato in un sacchetto di carta, «è il mal d'aria» le aveva spiegato la mamma ma lei era impaurita oltre che inconsolabile per aver dimenticato la sua bambola Farida nel residence vicino all'aeroporto di Heliopolis dove la sera ci addormentavamo con il rumore degli aerei. Per colmare la perdita di Farida si trovò una veloce soluzione: fu sostituita con una meno esotica ma altrettanto racchia e amata Giuditta.

A casa erano state riempite in fretta cinquantadue valigie di cuoio marrone chiuse da lucchetti e cinghie vistose. Ognuna aveva un numero scritto in nero. Contenevano tutto quello che eravamo riusciti a portare via. Sono rimaste a lungo con noi, via via se ne rompeva una per poi scomparire nelle tenebre della spazzatura, era un pezzo del passato che andava via per sempre.

Ci avevano vestite come per un appuntamento importante. «Dov'è la festa?» aveva chiesto Raymonde, la sorella grande. Nessuno aveva risposto.

In testa la nonna aveva il suo cappello preferito, blu

con una cosa bianca di lato, la mamma i guanti di camoscio, un tailleur verde, l'inseparabile ombrello inglese, i suoi capelli biondi luccicavano sotto il sole di Roma che dietro le vetrate dell'aeroporto faceva brillare anche il fermacravatta d'oro di papà.

Noi tre piccole ci tenevamo per mano, la nonna ci stringeva vicine ma non ci sentivamo al sicuro come prima.

C'era il sole ma eravamo vestite come d'inverno al Cairo, lana di colore scuro, colli di velluto, calze di filanca, papà aveva il cappotto sul braccio ma dentro l'aeroporto le donne indossavano vestiti leggeri e senza maniche, rossi, gialli, azzurri.

Era uno spettacolo nuovo, le persone avevano la stessa pelle bianca, erano vestite come noi, nessun fez, né turbanti né tarbush, i cappelli degli uomini erano come quelli di papà. Tutti parlavano italiano, era insolito e mi sembrava di stare a teatro.

«No, no, no! La donna riccia non la voglio no» canticchiava la mamma per farci ridere, era la canzone di Domenico Modugno che aveva spopolato tra gli italiani e nei dancing del Cairo, le piaceva molto e la intonava spesso parlando l'italiano con l'accento dolce che non avrebbe mai perso.

Ma quel giorno la canzone significava altro, voleva dirci che eravamo sempre noi. Tutto andava bene. Sarà la stessa vita, non abbiate paura. Quello che conta non è cambiato. Era cambiato tutto invece e non sapevamo nemmeno quanto. Dovevamo imparare di nuovo una vita e un ritmo e cosa dover nascondere e cosa no.

«Il presidente è anche qui?» avevo chiesto alla nonna. Il presidente era Gamal Abd el-Nasser, alto, ben piazzato e ben vestito come gli egiziani ricchi, i baffetti simili a quelli di papà.

Era a causa del presidente che ero stata costretta a lasciare Olivia, la mia migliore amica, la camera a tre letti dai quadretti bianchi e rossi, la tata Fawzia, i gelati di Groppi, il triciclo regalo per le adenoidi perdute e il Qasr

El Nil Bridge, il ponte dei quattro leoni alla fine della strada di casa lungo il fiume. Tutto quello che amavo.

All'inizio il presidente mi era piaciuto, appariva dappertutto, i suoi enormi ritratti ornavano i palazzi, aveva un gran sorriso largo, sembrava simpatico, a volte avevo creduto che avesse deciso di seguirci e quasi mi pareva che mi facesse gli occhi dolci. Invece, mi avevano spiegato un giorno, era proprio il presidente che non ci voleva piú in Egitto.

«Il presidente è anche Dio?» avevo chiesto colpita da un'autorità cosí potente da riuscire a mandarci via dalla nostra casa ricordandomi che tutto poteva accadere solo se «Aoyb got vil», universalé conclusione delle frasi della nonna o se «Inshallah» nel caso a parlare fossero gli amici arabi e la tata Fawzia. Mi avevano spiegato che le due invocazioni erano la stessa cosa, piú o meno. Non credevo ci fossero alternative.

La domanda non mi era parsa cosí osé. Ma la nonna era diventata rossa come il melograno e aveva esclamato furiosa «Mayn Got! Che stupidaggini inventi». Mi convinsi che non volessero ammetterlo. Se no perché eravamo stati spediti in questo nuovo mondo? «È il tuo Paese, sei italiana non sei egiziana» papà aveva tentato di spiegarmi per l'ennesima volta. E Il Cairo allora?

Fermo davanti ai poliziotti papà aveva l'aria felice, stringeva la mano alla mamma e ci sorrideva mentre presentava i nostri documenti. Improvvisamente arrivò una sensazione di oscuramento, come se scomparissero i colori – nella mia vita sarebbe stata spesso al mio fianco – nell'osservare lo sguardo terrorizzato della nonna bloccata dai poliziotti, lei che era la forza e la furia in persona diventò d'un tratto persino piú piccola di me. «Che succede?» le chiesi. «Oyvey iz mir. Sono apolide» sussurrò lei. «Cosa mi faranno?»

Il tono della nonna era melodrammatico come al solito ma questa volta sembrava essere la scelta giusta. Apolide. Era una parola sconosciuta che doveva avere un significato spaventoso, cosa combinano gli apolidi, mi domandavo guardando la nonna con occhi ancora piú adoranti del solito. Me lo spiegarono anni dopo. Voleva dire essere privi di patria ufficialmente senza identità, passato, storia, radici. Era un nutrimento nuovo per la mia paura bisognosa di essere sempre alimentata.

Papà con la sua voce calma che a volte rischiava di diventare ipnotica parlava con i poliziotti finché dopo un viavai, un parlottare, una lettura accuratissima di carte e carte ci lasciarono entrare in Italia, tutti insieme. La nonna sembrò afflosciarsi. Per la prima volta era la mia mano a darle coraggio, non la sua a infonderlo in me.

Non c'era nessuno ad aspettarci, eravamo soli. Lo saremmo stati sempre.

Il Cairo era giallo. Roma mi sembrò bianca. Divisi in due macchine nere, in una mamma, papà e la sorella piccola, nell'altra la nonna, la sorella grande e io che ero la sorella di mezzo, fummo accolti da una di quelle mattine romane fulgide, benedette da un sole glorioso.

La strada era tutta per noi e arrivava dal mare – chissà da che parte è il deserto? mi chiedevo – ogni tanto incontravamo l'ombra sbilenca di alberi alti a forma di ombrello, i pini di Roma. Il cielo era intatto, non tagliato da voli d'uccelli o dalle punte dei minareti, per terra colonne spezzate a metà, archi, edifici pieni di buchi, non si sentivano le grida e il rumore di fondo della vita disordinata del Medio Oriente.

Ricordo poco di quella corsa in macchina verso Roma, a malapena gli autisti con un cappello grigio e la pelle bianca che parlavano gesticolando e noi capivamo poco o nulla. Ma ogni volta che negli anni sono passata davanti al bianco palazzo della Fao, ho attraversato la passeggiata archeologica, costeggiando poi il Circo Massimo, non ho mai mancato di provare una stretta al cuore nel ripensare alla bambina che ero e che aveva percorso quella strada nella sua prima mattina a Roma.

Da allora non è cambiato nulla. Non c'è niente lungo quel pezzo di città che non ci fosse quel giorno come se il tragitto si fosse cristallizzato per un incantesimo dedicato solo a me perché la dolcezza del ricordo rimanesse inalterata. E mi facesse ripensare con la tenerezza degli adulti a quella famiglia spaurita ma decisa a non dare spazio all'ansia composta da cinque donne che dipendevano in tutto e per tutto da papà. Una delle quali, la nonna, nei suoi momenti di furia drammatica – bastavano una smorfia, un tono sbrigativo, una parola interpretata male – diceva con le lacrime agli occhi: «Chi sono io? Una nebekh froy. Non ho niente, non sono niente, non saprei dove andare» e a me veniva da piangere perché al Cairo non aveva mai pronunciato nulla del genere.

Per un bel po' di tempo Roma ci parve piccola e pulita, ci volle qualche anno, almeno per noi sorelle, per riuscire a vedere la città com'era senza fare di continuo il confronto con Il Cairo. Ci mettemmo lo stesso tempo impiegato a riuscire ad andare a dormire senza controllare se sotto al letto si nascondessero dei serpenti velenosi come poteva succedere in Egitto.

La nostra prima casa fu un alberghetto ai Parioli, il quartiere dove la famiglia di mio padre, ci raccontarono, aveva posseduto una casa poi venduta perché nessuno lasciava volentieri Il Cairo per fermarsi a lungo a Roma.

Il piccolo hotel era vicino al giardino zoologico dove nei primi tempi la nonna ci portava spesso nel desiderio inconscio forse di farci vedere qualcosa di piú familiare rispetto ai barboncini e ai cani pechinesi a passeggio al fianco di signore eleganti e di camerieri con giacche a righe e non in galabeya bianca.

Dopo un po' di visite si rese conto che, passate le prime volte in cui ci mostravamo felici di ascoltare di nuovo i versi delle scimmie, di rivedere la masticazione sonnolenta del cammello o lo strisciare dei coccodrilli, uscivamo avvilite dal cancello dello zoo per tornare in albergo. Non saremmo state in grado di spiegare cosa provavamo ma ci sembrava che i coccodrilli ci guardassero con i loro occhi gialli malinconici come a dire cosa ci facciamo tutti noi qui?

La nonna capí senza che le dicessimo nulla. Cosí le passeggiate non virarono piú sulla destra ma sulla sinistra puntando a piazza Ungheria che fu eletta a nostra destinazione quotidiana.

Non che fosse bella, in una Roma stupefacente era uno spiazzo anonimo senza alberi con una chiesa moderna – «per nulla emozionante» diceva la nonna – divisa in due da una grande strada che, rispetto ai vicoli della città antica, sembrava un boulevard. Il centro d'attrazione era il bar Hungaria forse perché la nonna aveva un'ascendenza austroungarica di cui non mancava mai di cantare le magnificenze e quindi non poteva che sostenere e frequentare un caffè con quel nome o forse perché era l'unico vicino all'albergo con tavolini sia fuori che dentro, al contrario della strana e diffusa usanza, osservava sempre lei, di bere il caffè e persino il tè in piedi.

La scoperta era stata vissuta come una sorta di oltraggio nei confronti di due bevande quasi sacre al Cairo, e anche a Vienna in effetti, che necessitavano entrambe di una cerimonia, di un omaggio alle loro proprietà. In Medio Oriente il caffè era persino uno strumento di divinazione per la lettura della sorte e nonostante la nonna non si abbassasse a concedere alla pratica una pubblica legittimazione noi venimmo a sapere che dopo averne provato l'efficacia sul campo aveva smesso di esprimere giudizi beffardi.

Poco prima del nostro addio al Cairo una certa Madame Fatima era considerata un oracolo dalle signore occidentali. Secondo l'autorevole sorella grande era stata consultata dalla mamma e dalla nonna prima della nostra partenza. Giurava di averla vista installata sul divano di cretonne a fiori del nostro piccolo salotto, non aveva avuto l'onore di essere introdotta anche nel grande salotto di rue Qasr El Nil, sarebbe stato davvero troppo.

A poco a poco nella nostra nuovissima vita l'Hungaria conquistò non nel cuore, impossibile, ma nell'agenda familiare il posto che aveva avuto Groppi, la pasticceria entrata nel mito della storia del Cairo con le sue vetrine allungate su due grandi strade – una era quella dove si ergeva il nostro maestoso palazzo – riunite dalla piazza che allora si chiamava place Soliman Pacha.

Per una ragione o per l'altra si finiva per andare tutti i giorni da Groppi o al Petit Groppi che era in un giardino e anche a Roma l'abitudine di passare un paio d'ore nei caffè veniva osservata persino nei mesi piú freddi. La nonna e la mamma uscivano il pomeriggio – la mattina era dedicata alla spesa e alle commissioni – per prendere il tè con i pasticcini. Anche io adoro la vita dei caffè, stare seduta a leggere, a chiacchierare o solo a osservare la commedia umana che passa davanti a me, mi piacciono le case dove in cinque minuti a piedi si può raggiungere un bar.

Nessuna mamma e nessuna nonna delle nostre compagne di scuola aveva quest'abitudine contratta in Medio Oriente, il tè si prendeva a casa con le amiche, qualche volta succedeva anche da noi ed era un bailamme per giorni.

Anche in agosto il tè non cedeva il primo posto nella classifica delle bevande di casa. Continuavamo a ordinarlo caldo. «Caldo?» ripetevano i camerieri dei bar per essere sicuri di aver capito bene sudando per l'afa nelle loro giacche bianche. «Sí, caldo» confermavamo ed era quasi una sfida e un omaggio ai nostri anni al Cairo.

Ogni tanto d'estate l'uscita pomeridiana aveva un altro scopo, quello di andare a prendere un gelato, e seguivamo alla lettera il galateo egiziano. Lo potevamo gustare solo seduti a un tavolino e offerto in una coppa, mai posato su un cono come si usava in Italia. Al Cairo una signora non avrebbe mai permesso alla sua lingua di esibirsi in piroette e giravolte per leccare il gelato invece di usare il cucchiaino.

Nell'alberghetto dei Parioli si viveva bene. Apparteneva ai fratelli Venerosi entrambi senza coniugi né prole. Il signor Claudio, viso volpino (noi lo chiamavamo «le renard», la volpe), zazzera corvina, baffetti dritti da suonatore di mandolino e mocassini di Gucci che gli davano un'andatura felpata, era un tipo cerimonioso e ostinato nel baciamano umido ogni volta che incontrava mamma e nonna e non importava che l'avesse già fatto pochi minuti prima.

Per questo le due si muovevano di soppiatto entrando e uscendo nell'intento di sfuggire all'appiccicoso contatto, «Mesdames» diceva il signor Claudio piegandosi e alzando come nessuno il sederino all'insú che Raymonde indicava con un dito mentre la mamma tentava di trattenere il suo famoso fou rire.

Era una persona nervosa. Soprattutto con sua sorella, la signorina Marisa, all'apparenza sempre raffreddata o emozionata non si capí mai bene, che seminava fazzolettini di carta spiegazzati ovunque provocando la collera del signor Claudio, spettacolo assai interessante che cercavamo di non perderci mai, non capitava spesso di poter assistere alla rappresentazione di una volpe in ebollizione per la rabbia.

All'inizio con la crudeltà dei bambini coglievamo solo il lato buffo della situazione ma poi la nostra tifoseria si spostò su Marisa e noi sorelle definite a furor di popolo assai pestifere diventavamo in questo caso misericordiose tanto da dare la caccia ai fazzolettini appallottolati per nasconderli e cercare di proteggerla. Marisa aveva uno chignon arruffato dall'aspetto di un gomitolo, una fabbrica di forcine e mollette che atterravano con regolarità componendo insieme ai fazzolettini una traccia dei suoi percorsi e, al contrario del fratello azzimato, aveva l'aria di chi aveva fatto un giro sulle montagne russe.

Non era una donna dolce, aveva sempre un'aria indispettita sul suo viso simile a una gattina. Non a caso commentavamo tra di noi dopo aver scoperto il suo segreto. Un giorno verso sera poco prima che venisse servita la cena nel giardino pieno di agrumi, ci accorgemmo che la signorina Marisa camminando in punta di piedi si avvicinava al muro di cinta dell'albergo coperto d'edera guardandosi in giro con aria cospiratrice.

All'inizio avevamo sperato in uno spasimante, forse il maître Adolfo che la seguiva con occhi pieni d'affetto almeno secondo la sorella grande, autorità indiscussa sulle questioni sentimentali. Invece la signorina Marisa aveva donato il suo cuore a una colonia di gatti romani diversi da quelli che si vedevano in Egitto, piú pelosi e con il muso piú affettuoso, che lei nutriva con l'amore di chi non ha nessun altro al mondo.

Imparammo presto il termine gattara perché glielo gridava con disprezzo suo fratello, fu una delle prime parole nuove che arricchirono il nostro esiguo lessico familiare italiano notevolmente insidiato dal francese.

Vivevamo in tre camere da letto, due erano comunicanti, quella nostra con quella della nonna. Erano anonime con colori pallidi, il copriletto di raso verde acqua delimitato da strisce beige per la matrimoniale dei genitori, un anemico azzurro e un esangue rosa per i letti gemelli delle altre due camere, le tende erano in linea con l'arredamento nello stile sobrio dell'epoca e del Paese. Avevamo esperienza di alberghi, eravamo bambine di mondo, ad Alessandria frequentavamo il grandioso Hotel Cecil o l'Hotel de la Corniche piú piccolo e misterioso con i suoi spazi ombrosi uno dentro l'altro nel giardino e dove le stanze trasmettevano la felicità del mare d'estate.

Al Cairo gran parte della vita si svolgeva allo Shepheard's Hotel, al Semiramis, scintillanti di cristalli ai soffitti, i marmi come specchi, i tappeti a vista d'occhio, le hall affollate da gente affascinante. Il piccolo hotel romano trasmetteva tranquillità e per noi quella calma era terribilmente straniera.

Il nostro balconcino sporgeva sugli alberi di aranci. Era il posto dove papà amava prendere uno dei tre caffè che si concedeva, era molto disciplinato, si permetteva cinque sigarette di tabacco Virginia al giorno, mai una di piú.

Fumava assorto facendo uscire le nuvolette dalla bocca socchiusa, anche per questo osservandolo con gli occhi di una bambina mi sembrava un incantatore, un mangiatore di fumo, assaporava quasi estenuato i caffè e le sigarette come si usava al Cairo con lentezza, nello stesso modo in cui gli egiziani aspirano l'hashish o la shisha.

In quei momenti papà era quasi immobile, gli occhi neri a forma di mandorla con le ciglia lunghe che io non ho ahimè ereditato, folte come quelle che a volte hanno le donne, guardavano lontano.

Adesso posso immaginare con facilità cosa stesse pensando in quel primo periodo romano e quali sentimenti di apprensione potesse provare al pensiero di cosa sarebbe stato di noi se Mario Begliazzi non avesse fatto quello che doveva fare, se la sua fiducia fosse stata tradita. Non avrebbe potuto rimproverarsi perché non c'era stata altra strada da intraprendere, aveva pensato e ripensato, immaginato altre possibilità, altre modalità ma alla fine non era rimasta che quella con tutto ciò che ne poteva conseguire.

A Roma la nonna perse il tratto forte e altezzoso che aveva in Egitto, la partenza che era stata una fuga ufficializzata le aveva fatto abbandonare non solo la sua identità ma anche la sua indipendenza, tutto quello che possedeva e che la rendeva sicura era stata costretta a lasciarlo nelle banche del Cairo: il denaro, i gioielli, i quadri, i mobili, i servizi di porcellane ungheresi dipinte a mano corredo delle famiglie raffinate fatti arrivare al Cairo via nave in bauli di legno.

Lasciare tutto, vendere tutto anche per lei era stato il lasciapassare per venire con noi in Italia. Ora sopravviveva mantenuta da nostro padre. «Se lui non mi volesse piú dove finirei?» ci domandava nei suoi momenti di autocommiserazione non rendendo giustizia a un genero che non avrebbe mai fatto una cattiveria simile e che l'aveva trattata sempre come una madre. Lei era noi.

La mamma cercava in tutti i modi di rassicurarla, parlava con lei fitto fitto in yiddish che noi non capivamo, la lingua dei segreti che creava tra loro una complicità magica, le chiedeva consiglio su come comportarsi con noi, le diceva sempre che non avrebbe potuto farcela nel mondo nuovo senza di lei, che tutti noi avevamo bisogno di lei. Ed era la verità.

La nonna divenne il capo di casa per la gestione domestica, come se la mamma fosse troppo bella e giovane per assumere questo ruolo. Solo da adulta capii che la mamma era il personaggio piú interessante e intrigante di tutti, una personalità multiforme che spesso riusciva a lasciarmi di stucco. Aveva un carattere docile, come mi disse lei stessa una volta esasperata dal mio mentre guidavo una rivolta di clienti contro l'assenteismo degli impiegati di banca impegnati a bere il cappuccino al bar, «Io non sono come te, io ho un carattere mite».

Per certi versi era davvero cosí anche se aveva una volontà che non si muoveva a caldo ma a freddo e che quando si metteva in moto nonostante il tratto e l'approccio di rara dolcezza era impossibile da fermare.

Era stata educata – ma ne aveva in ogni caso l'indole – a essere buona e servizievole, a credere a una netta distinzione tra il bene e il male – il bene eravamo sempre e solo noi secondo la nonna – e a una rigida distinzione dei ruoli tra uomo e donna.

Per tutta la sua vita avrebbe accettato e seguito i desideri e i dinieghi del marito, spesso molto diversi dai suoi, lamentandosene al massimo con sua madre, piú in là anche con noi figlie diventate grandi, senza immaginare di potersi sottrarre o poter affermare, se non in rari casi, le personali preferenze. E comportandosi come le donne avevano sempre fatto nei secoli parlando tra loro degli uomini nei serragli del Medio Oriente, nei salotti dell'Occidente.

Disobbedí a nostro padre una sola volta, quando lasciammo l'Egitto. E come disse lei stessa quando la spingevamo a pronunciare dei no a nostro padre, la sua «disobbedienza» di allora era stata di tale portata, rischiosa quasi da rasentare l'incoscienza perché metteva tutti noi in un pericolo che non avrebbe conosciuto rimedio, che poteva bastare per tutta la vita. Se c'era un debito, un pegno, un pedaggio da pagare sull'altare dell'emancipazione delle donne nei confronti dei mariti, bene, lei il suo contributo lo aveva versato, eccome.

Quando eravamo ormai al sicuro in Italia e quando le cose andarono nel verso giusto, lo confessò a suo marito. Lui ne fu cosí sbalordito da non parlarle per giorni. Noi a quel tempo non venimmo messe a conoscenza di quello che era successo ma ricordo che per un buon periodo papà non le rivolse quasi la parola fissandola ogni tanto con gli occhi spalancati.

Non si sa se al corrente di quella che poi in famiglia fu soprannominata la «folie de Fanny» forse nel tentativo di alleggerire il clima familiare la nonna adottò in quei giorni un tono quasi mondano che rendeva l'atmosfera ancora piú stramba e innaturale.

Con il tempo e senza ammetterlo mai, l'amore di papà per la mamma nato dall'ammirazione per la bellezza e per le qualità del carattere si arricchí di un nuovo sentimento, quel tipo di rispetto che a quei tempi si concedeva solo agli uomini, una considerazione che certo non minò il diverso peso che si conveniva tra i due sessi ma che non poté non essere riconosciuta.

Quando fummo abbastanza grandi per sapere, il racconto ci parve elettrizzante e la mamma si trasformò in un personaggio da romanzo.

I Parioli erano un mondo silenzioso senza mendicanti e cantastorie, senza musica e senza richiamo del muezzin. Ci piaceva il suono delle campane. Gli autobus erano verdini, come molte automobili e come gli scooter, la Vespa e la Lambretta con le signore sedute di lato come nei film e come non si era mai visto nemmeno lungo la Corniche di Alessandria.

Passavano anche i tram che ci parevano quasi fantasma, dentro poca gente, soprattutto signore con la collana di perle e uomini ben vestiti in giacca, cravatta e cappello che suscitavano lo stupore di nonna e mamma.

Al Cairo nessuno dei loro conoscenti usava un automezzo pubblico, tutti avevano l'autista, ma dopo un po' di tempo e con circospezione la nonna e la mamma cominciarono a salire sul 52 e sul 53 che avevano il capolinea in pieno centro, a piazza San Silvestro, le prime volte guardandosi intorno per capire se stavano facendo qualcosa di disdicevole, soprattutto di sconveniente.

La vita sembrava poter essere tranquilla. Avevamo l'impressione di stare in vacanza com'era successo altre volte. Amavamo viale Parioli, lungo quasi quanto rue Qasr El Nil. A ottobre di punto in bianco Roma diventò rossa e gialla, le foglie dei vecchi platani formavano un tappeto parlante, camminando facevano crac crac e quando si poggiavano sui capelli di una di noi dritte simili a una corona ridevamo come stupide, a crepapelle.

A Villa Borghese ci fermavamo a guardare le statue bianche di dame senza braccia e senza vestiti e ogni volta la nonna diceva «sono nude perché sono povere, io sarei cosí se non ci fosse vostro padre» e noi ringraziavamo papà e il sostegno che le dava perché la nonna senza braccia avrebbe portato molti svantaggi, niente merenda, niente carezze, niente mano nella mano nei momenti di sconforto.

Non ne parliamo se fosse andata in giro con i seni scoperti, pezzi del corpo scabrosi sosteneva la sorella grande (senza sapere bene la ragione dell'indecenza) di cui eravamo però prive e che invidiavamo feroci, placate solo dalla promessa di nonna e mamma che a un certo punto sarebbero spuntati anche a noi proprio come succede ai denti.

Eravamo convinte che in Italia avessero un debole solo per barboncini, cocker e gatti al contrario dell'Egitto dove al posto delle statue di signore dagli arti decapitati andavano di moda sculture di leoni, aquile, tori, falchi e lo scarabeo era adorato come un dio. Era un insetto che m'impauriva forse a causa dei riflessi del corpo troppo mutevoli per me bisognosa di certezze o forse perché era considerato sacro e dotato di poteri sovrannaturali, almeno secondo i racconti di Abdul e Fawzia.

Era passato più di un mese dal nostro arrivo a Roma. Il senso di solitudine e il bisogno di trovare un legame con la vecchia vita del Cairo cominciò a sovrapporsi all'adrenalina del mondo sconosciuto. Dovevo trovare qualcosa o qualcuno al di fuori della mia piccola famiglia – eravamo sempre e solo noi – che mi fosse amico e mi stesse vicino. Non avevo molte soluzioni a portata di mano e per questo scelsi una mosca.

In Italia avevo notato che ce n'erano pochissime e mi dispiaceva perché al Cairo le mosche facevano parte della nostra vita, erano sempre intorno, partecipavano alle feste, ai matrimoni, ai funerali, ti accoglievano al mercato e nei giardini, quando si cucinava o si faceva una passeggiata.

Non che fossero benvolute, venivano sterminate con lunghi bastoncini di fil di ferro che in cima avevano una sorta di mano piatta che non lasciava scampo. «Les mouches, les mouches» era il segnale di allarme perché partisse la strage, la nonna, igienista maniacale era la loro più accanita persecutrice ricordando ogni volta a tutti che erano le compagne abituali di asini e cammelli rappresentando un concentrato di potenziali malattie naturalmente letali.

Non avevamo mai vissuto senza mosche come accadeva ai popoli del Nord e così ne adottai una, non era certo sempre la stessa eppure mi ero convinta che mi avesse seguita dal Cairo a Roma e fosse salita in aereo insieme a noi.

Quando entravo nella mia stanza da letto aspettavo di sentirne il ronzio, mi rassicurava perché era una presenza con la quale ero cresciuta e pregai tutti che non la cacciassero via.

«Petit chou je t'en prie» tentava di zittirmi la mamma con l'aria di chi aveva a che fare con una figlia un po' troppo stramba.

«C'est ma mouche» rispondevo io convinta che avesse lasciato Il Cairo per confortarci e farci sentire più a casa.

Le donne che avevano il compito di mettere a posto la nostra stanza avevano tentato di farla fuori e lo dicevano desolate alla nonna e alla mamma.

«Signora nella stanza c'è sempre una mosca ma non riusciamo a mandarla via».

Allora spiegavo che la mosca era una mia amica e che per favore dovevano lasciarla stare ma ero abbastanza tranquilla, avevo capito che era una mosca furba, sapeva il fatto suo.

Con lei parlavo senza tabù tanto ero sicura che comprendesse tutto di me, le mosche sono libere, hanno le ali e sanno sempre più di chiunque altro. La mia ascoltava quello che in francese papà e mamma non ci dicevano e certo era al corrente dei segreti che si sussurravano la mamma e la nonna in yiddish. Conosceva Il Cairo e tutto quello che avevo vissuto e dovuto abbandonare. Eravamo compagne dalla vita strappata. Le diedi anche un nome. All'inizio la chiamai Sophie in seguito lo italianizzai in Sophia quando scoprii la popolarità di Sophia Loren.

Poi d'improvviso cambiò tutto. Fu come un'inaspettata doppia capriola di pressione atmosferica. Come un avvertimento. Nelle prime settimane passate nella città nuova avevamo avuto l'impressione che potesse trattarsi di una vacanza, di un gioco a volte nostalgico, qualcosa di passeggero, non c'era nulla di definitivo e non si parlava di un progetto che potesse somigliare alla costruzione di un nido familiare.

Le giornate autunnali si accorciavano mentre per noi diventavano piú lunghe, le passeggiate finivano prima e la luce cominciava a mancare.

«Quando torniamo a rue Qasr El Nil?» chiese a un certo punto la sorella grande a papà, io mi immobilizzai dietro a lei sperando nella risposta. «Non dobbiamo andare a scuola?» incalzò ancora.

Lui non parlò subito, si sporse indietro sperando, immagino, di intercettare l'arrivo della mamma o della nonna per dargli una mano a decidere se dire la verità o lasciare ancora tutto in sospeso.

Sentivamo che non saremmo mai tornati alla vita di prima, non potevamo non capirlo nonostante il troneggiare sulla scrivania della stanza dei genitori di una macchina da scrivere Olivetti 22 con i tasti dai caratteri arabi che ci aveva rassicurato sempre. La sera prima di addormentarci parlottavamo.

Come starà Abdul? Fawzia sarà tornata al paese o si sta occupando di altri bambini? Perché a Roma non cresce il mango? E «tante» Rose e «tante» Clara le zie dai capelli bianchi, perché sono potute rimanere a Qasr El Nil? Chissà se Olivia aveva trovato un'altra amica del cuore, e il mio si stringeva di apprensione e gelosia.

Il Cairo era il passato, la felicità dell'infanzia poi la tachicardia del pericolo, era stata una bellissima storia che ora bisognava seppellire, papà cercava il modo di spiegarcelo ma non sapeva ancora cosa prospettarci al posto e in cambio dell'Egitto. Si rendeva conto che avevamo bisogno di sentirci al sicuro, lui piú di tutti, di avere una casa, la scuola, gli amici, tutto quello che avevamo imparato come parte della vita. Ma non era in grado di affermare con certezza dove avremmo vissuto. Lo zio Alberto si era stabilito a New York, lo zio Vittorio a Parigi dove non si sa se per vanità di assonanza con lo scrittore o per uno sbaglio dell'anagrafe era diventato Hugo, le zie Arlette e Nina a Tel Aviv. Nessuno aveva optato per la patria d'origine, l'Italia era troppo chiusa, troppo provinciale dicevano escludendola dai loro piani.

Il nostro futuro dipendeva dalla buona o dalla cattiva sorte della scelta fatta da papà al Cairo. Per questo alla nostra domanda lui preferí la transizione di un sibillino «Per adesso no, non torniamo al Cairo, chérie», ma non riuscí a dirlo sorridendo, voleva farlo, io lo capii, ma non riuscí. E nemmeno noi.

Cosí la vita cessò di essere serena. Captavamo la tensione, l'aria di attesa, quella sensazione di precarietà che da allora non mi ha mai piú lasciato. Nessuno veniva mai a trovarci, non avevamo amici, parenti, forse avevamo fatto qualcosa di male, cominciai a pensare.

Noi sorelle stavamo all'erta trasformate in radar viventi, attente a tutto. Una telefonata ci faceva battere il cuore, un telegramma ci spaventava, le frasi troncate a metà dei tre, papà mamma e nonna, quando si accorgevano che noi smettevamo di giocare e tendevamo le orecchie ci allarmavano ancora di piú. Cosa si nascondeva dietro a tutto questo?

Una sera dopo aver finito di mangiare invece di ritirarci come sempre nelle nostre stanze papà decise di attardarsi in giardino e la nonna e la mamma andavano avanti e indietro con golfini e scialli perché «il commence à faire un peu frisquet» era il commento immancabile che ci avrebbe accompagnato sempre, anche nelle sere d'agosto, comune a tutti quelli cresciuti con il clima del deserto e con le sue escursioni climatiche.

C'era una luna panciuta e piena. La guardavamo senza parlare, andavamo su e giú con il dondolo all'epoca presenza immancabile dei luoghi all'aperto. Era una serata diversa, non sembrava come le altre anche la luna non appariva fredda come sempre, pareva irradiare una luce piú calda, quasi un sorriso.

Forse è il ricordo di oggi a suggerirmi di aver provato questa sensazione di calore e di piacevolezza ma di colpo l'inquietudine di tanti giorni sembrò dileguarsi e ci sentimmo piú calmi, meno svogliati, piú speranzosi. Fu di nuovo come un avvertimento, amichevole questa volta.

Il signor Claudio di solito compassato quanto uno stoccafisso ruppe l'incantesimo della serata e della luna apparendo con il fiatone in preda a una visibile agitazione.

«C'è una telefonata interurbana da Carrara, dicono sia urgente» riuscí ad annunciare. In quegli anni qualunque telefonata interurbana era fonte di annunci stentorei accompagnati da fremiti di eccitazione da modernità. Questa telefonata aveva anche l'emozionante valore aggiunto dell'urgenza.

Papà rimase un attimo immobile nell'immobilità che prelude allo scatto del centometrista, infatti non si alzò ma l'impressione che avemmo fu che schizzò dalla poltrona di ferro battuto bianco. Non da solo. Dimentica di essere una signora di buona famiglia mitteleuropea pur se apolide afflitta da reumatismi che secondo lei le intorpidivano le gambe, anche la nonna scomparve in un battibaleno imbattuta dalla sua amata figliola che non riuscí a superarla e a raggiungere il traguardo cioè papà prima di lei.

Noi eravamo basite di fronte alla nonna con sottane e gambe al vento e alla mamma in veste di saetta non avendo mai sospettato una simile agilità e destrezza in parenti stimate ma in genere compassate e secondo noi assai canute.

Nonostante l'eccezionalità dell'evento non muovemmo un muscolo, non provammo a fare come loro, sapevamo che saremmo state respinte come sempre, eravamo astute e con una certa esperienza nel comportamento dei grandi, sapevamo cosa aspettarci. Questa volta ci sbagliammo. La mamma apparve con il sorriso dei giorni migliori e senza parlare con la mano ci fece il segno di correre, di seguirla.

Facemmo le scale insieme in fretta e in disordine senza un rimprovero da parte di lei che ci precedette nella stanza da letto dove nella luce di un solo abat-jour acceso e della luna tra gli aranci che s'intravedeva dalle due porte finestre aperte c'erano papà e nonna ringiovaniti di colpo.

La mamma chiuse la porta non con il suo solito garbo ma quasi sbattendo i battenti e si sedette in attesa. Noi ci tuffammo sul letto e nessuno ci bacchettò come succedeva per un comportamento considerato sfacciato. Papà cominciò a parlare. La mamma no. Parlò mesi dopo.

1.

Secondo Niní, nata Baranes, coniugata Perlo, sua migliore amica e storica compagna di banco nella scuola inglese gestita dalle suore, quando la mamma arrivava all'Auberge des Pyramides si giravano a guardarla anche le palme. Fanny Barzel era bellissima.

Tutti al Cairo avevano un diminutivo. Sua madre, cioè la nostra nonna, la chiamava Poupi perché era bella come una bambola e non s'imbarazzava nemmeno un po' di pavoneggiarsi per la pelle da rosa inglese, gli occhi grigioverdi, il vitino sottilissimo e per le molte altre qualità di sua figlia. Per Mohammed, soprannominato Moh, che aveva deciso di esserle dedito e non ne voleva sapere di fare altro se Fanny era in casa, era Cucu e nessuno aveva mai saputo perché. Moh, un nubiano alto, occhi azzurri e portamento orgoglioso, una classe da altezza reale, al primo posto nella gerarchia dei domestici, era geloso di lei come un Otello, se per caso ritardava da scuola diventava piú apprensivo di una yiddishe mama. Pretendeva che Fanny fosse sempre in ordine e ben vestita e, se qualche volta la mamma indossava la prima cosa che le capitava, Moh s'intestardiva in un'identificazione totale con la famiglia: «Cambiati, Cucu. Non puoi uscire in questo modo. Cosa penseranno di noi?»

La mamma non sapeva cosa significasse darsi le arie, era ignara della sua abbagliante bellezza e, nonostante i continui complimenti e riconoscimenti, per tutta la vita non le avrebbe mai riconosciuto un peso eccessivo. Insieme a sua madre formava una coppia formidabile, erano inseparabili, ed erano capaci di chiacchierare ore alternando il francese con lo yiddish, la lingua degli askenaziti, gli ebrei dell'Europa orientale. La nonna aveva i capelli color mogano che al sole diventavano rossi come i tin shawki, i fichi d'india locali, e gli egiziani che sono allegri e affettuosi, ne andavano pazzi. Fischiavano, ridevano, battevano le mani perché nessun henné locale avrebbe potuto colorare i capelli nello stesso tono di quelli della nonna. Fanny era bionda come suo padre, gli stessi ricci del nonno ritratto da adolescente da un fotografo di Mosca con studio a Odessa nella rinomata via Rishelyevskaya.

All'inizio l'amicizia con Niní aveva destato non poca preoccupazione nella nonna, timorosa che sua figlia potesse venirne contaminata. Non da Niní che possedeva la stessa indole e bontà di Fanny ma non la bellezza anche se aveva «du chien» come diceva la nonna, quei millimetri in piú o in meno tra gli occhi, il naso e la bocca capaci di rendere un viso indimenticabile. Era la madre di Niní a destare l'inquietudine o meglio la gelosia della nonna. Mireille Baranes era un'intellettuale libanese maronita che viveva tra i cuscini del suo salotto e i tavolini dei caffè. Benché fosse benestante, nata in una famiglia di banchieri, aveva sposato Ahmed un tipo spiantato di Ismailia diventato facoltoso, sempre secondo la nonna grazie ai soldi di lei, commerciando qualunque prodotto fosse commerciabile. Come in molte famiglie miste, anche a casa Baranes c'era la confusa e problematica gestione del weekend tipica del Cairo cosmopolita di quei tempi. Per lei il giorno del riposo era domenica, per suo marito musulmano venerdí. Per la famiglia di mia madre il sabato. Ma ci si arrangiava. La tolleranza contava piú dell'osservanza.

Non appena si presentava l'occasione la nonna cedeva alla tentazione di sottolineare come Madame Baranes avesse abitudini eccentriche. Non s'incipriava, non usava rossetto, truccava solo gli occhi dal taglio allungato con un generoso strato di kohl, si tagliava i capelli da sola e rifiutava persino di mettersi il cappello. In compenso lasciava una scia di tuberosa capace di segnalare il suo passaggio per ore. Generosa e diffidente, levantina nell'anima e nello sguardo, era una donna in bianco e nero, pelle chiarissima, occhi e capelli color ebano, maestra di intrighi non solo perché amava la gestione politica del potere ma anche quella di contare nella vita degli altri.

Si vestiva a Parigi e fumava alla turca. Aspirava una dopo l'altra sigarette ottomane dalla carta nera e oro che, secondo la nonna, non contenevano sempre solo tabacco ma anche hashish, «è un vero shande». E sempre secondo la nonna fu a causa sua che nostra madre non aspettò quanto avrebbe dovuto il suo pretendente inglese. Nonostante la scelta di vivere fuori dai ranghi il nonno sembrava apprezzare Madame Baranes e aveva commesso il drammatico errore di ammettere con la nonna di trovarla piuttosto bella.

Per Fanny Mireille era uno spasso. I dialoghi di Niní con sua madre riportati a casa con la richiesta della spiegazione di parole sconosciute facevano rizzare i capelli in testa alla nonna.

«Mami» diceva Niní, «mi è spuntato un brufolo». «Chérie non è nulla» rispondeva sua madre, «in futuro ti arriverà anche la menopausa». La nonna trasaliva, faceva fronte e cercava di spiegare.

Quando Fanny raccontò che alla confidenza di Niní «Mami mi piace un ragazzo» Mireille aveva risposto stupita «Davvero chérie? Pensavo fossi lesbica», la nonna decise che era ora di prendere in mano la situazione andando a fare una visita di «cortesia» a quella mshugene froy. Ne fu conquistata anche lei, riuscí a fare le doverose considerazioni sull'eccessiva apertura mentale snocciolando i pericoli che ne potevano derivare, ma non ottenne null'altro che un sorrisetto educato, vaghe rassicurazioni e l'offerta maliziosa di una sigaretta «speciale». Il risultato fu che diventò una habitué di casa Baranes, ricavandone una leggerezza che il suo carattere non conosceva, una quantità di segnalazioni di libri interessanti, conoscenze che nel futuro si rivelarono decisive e l'imperitura canzonatura di suo marito sulla fallimentare missione di convertire la mamma di Niní o almeno di proibirle di usare un linguaggio cosí sconveniente davanti a sua figlia.

Non che la nonna fosse bigotta. Era poco osservante dei precetti religiosi, credeva in Dio nel modo viscerale in cui affrontava tutto ed era pronta a sbranare chiunque osasse parlare male di Israele quando il nuovo Stato fu fondato, ma non era una fanatica. In questo Fanny diventò tale e quale a lei e educò noi allo stesso modo. Il fanatismo religioso, tranne alcune fasce presenti in tutte le fedi, non faceva parte del Dna del Cairo, sarebbe stata un'impossibile contraddizione della convivenza e dell'equilibrio, almeno apparente, di quel tempo. D'accordo con suo marito, la nonna escluse dalle trentatré scuole occidentali del Cairo i rinomati istituti ebraici preferendo iscrivere la mamma all'Auvernia, il convento inglese, convinta che quella sarebbe stata la lingua del futuro nonostante l'Egitto avesse come primo idioma quasi ufficiale il francese e il nonno, lasciata Odessa, scavallando Vienna, fosse stato accolto proprio in Francia. Ma le tracce del lungo protettorato britannico continuavano a esercitare un fascino difficile da estirpare.

Non le importava che il collegio fosse gestito da suore, alcune assai devote. Dal canto loro le religiose erano abituate a inculcare valori che non offendevano nessuno, erano condivisi da tutti e adeguati all'intreccio di nazionalità, religioni, lingue della società cairota. Le radici delle differenze e dell'estremismo cominciavano appena a germogliare.

La scuola era in una vecchia villa gialla con un lungo portico arredato da divani e chaise longue di midollino in stile coloniale dove le religiose si sedevano sorseggiando la limonade, l'acqua bollita con limone e menta, o il tè a seconda dell'ora, per sorvegliare le alunne durante le ore della ricreazione. Era un luogo idilliaco con un giardino recintato da jacarande e palme e da un patriottico prato all'inglese degno della campagna del Devon. Il disordine del Cairo sembrava piú lontano di Luxor, pareva che nulla di male o di sporco potesse mai penetrarvi. Le suore adoravano Fanny e Fanny adorava le suore, le piaceva indossare la divisa con la camicia bianca e lo scamiciato blu, amava studiare e, se non fosse stata dolce e premurosa con tutte le sue compagne, considerato anche quanto era bella, sarebbe potuta diventare insopportabile.

Una mattina il percorso della sua vita serena fece di colpo una curva. Era la prima volta, ma sarebbe stato il destino di nostra madre, durante la sua lunga esistenza sarebbe successo altre volte di veder accadere quello che un minuto prima sarebbe sembrato impossibile.

Era l'ora di letteratura, piú o meno le dieci del mattino, ci raccontò lei molti anni dopo socchiudendo gli occhi come per attutire ancora l'impatto di quel ricordo. Sister Louise, la sua preferita, entrò nell'aula e la chiamò:

«Fanny, c'è Moh. Ha detto che devi tornare a casa, non è successo nulla di grave ma vai».

Moh interrogato piú volte sostenne di non saperne nulla. Era una bugia perché era sempre a conoscenza di tutto quello che succedeva a casa anche quando nessuno lo metteva al corrente. Provò a tranquillizzarla lungo tutto il tragitto che lei fece quasi di corsa senza gettare come al solito nemmeno uno sguardo alla caserma dei soldati inglesi e ai campi da tennis dello Sporting club. A casa l'aspettavano i suoi genitori, seduti in salotto, l'aria seria. «Libe, abbiamo pensato che per un po' è meglio che tu prosegua gli studi a casa» le disse sua madre accarezzandole i capelli.

«Cosa ho fatto? Perché? Vilst mir makhn shtarbn fun a tsebrakhn harts? Mi vuoi far morire di crepacuore?» chiese Fanny.

«Libe... ecco...» il nonno cercava le parole «la guerra sta prendendo una brutta piega. La Volpe avanza e stamattina al Cairo c'è stata una grande manifestazione a sostegno dei nazisti e degli alleati fascisti».

Fanny in lacrime si bloccò atterrita perché nelle favole che conosceva le volpi erano cattive.

«Chi è la Volpe?»

«È il generale tedesco Erwin Rommel, lo chiamano Wüstenfuchs, la Volpe del deserto, ha raggiunto la Libia e ora è a est del Paese».

«Ma la scuola chiude?»

«No libe, la scuola non chiude».

«E Niní, Maria, Leila, Vicky?» Fanny citò le sue amiche piú care. «Anche loro dovranno rimanere a casa?»

Sua madre non poteva che risponderle:

«No, loro no. Vale solo per noi».

«Nebeck mir, perché?» Suo padre a malincuore cercò di spiegare, pesava parola per parola, era penoso dover essere la persona che sottraeva la magia dell'innocenza alla vita della propria figlia.

Solo per noi. Ecco la curva inaspettata che cambiava tutto il percorso. Il racconto della mamma si fermava sempre in quel preciso punto. Credo pensasse che fosse inutile dilungarsi. Noi sapevamo già. Non avremmo fatto la stessa domanda che lei pose a suo padre. Eravamo bene istruite, la scuola, la televisione, la «propaganda» della nonna. L'avremmo sempre saputo e, spesso, molto spesso, rimosso.

In realtà il nonno e la nonna non avevano agito d'impulso ma spinti da un eccesso di prevenzione. Non volevano che Fanny diventasse un problema per la scuola o che lei, sentendosi di colpo tenuta a distanza e non capendo le ragioni dell'allontanamento, potesse credere di aver fatto qualcosa di male. Ma il vero timore era un altro, la possibilità che la vittoria all'apparenza quasi sicura dei tedeschi potesse costringere le suore a cacciare le alunne di religione ebraica. Fanny era l'unica a esserlo nella sua classe. «Verrà Miss Kate Lambert ad aiutarti a studiare, è una giovane inglese deliziosa e brillante, una gute meydl cosí non rimarrai indietro con il programma delle lezioni. Anche lei ha studiato all'Auvernia, vedrai, alla fine sarà piacevole».

Diventarono amiche da subito, a diciott'anni Miss Kate era irresistibile con il suo ovale da ritratto, i riccioli chiari, una bella bocca piena e una luce maliziosa che brillava nei suoi grandi occhi azzurri. Viveva al Cairo da un decennio, arrivata al seguito di un cugino nominato ambasciatore alla corte di Re Fuad. Apparteneva al ramo povero della famiglia e poiché la rendita di suo padre valeva il triplo in Egitto rispetto al costo della vita a Londra, non tornarono piú in patria e s'installarono in una villetta a Garden City. Le lezioni di Kate servivano soprattutto a pagare i conti della sua sartina scovata nei vicoli dietro Khan El Khalili, l'immenso sūq nella città vecchia.

Anche se le sue amiche Niní, Maria Farassi, Vicky Bivas e Leila Qabbani le mancavano molto, i dieci giorni che seguirono non furono tetri come Fanny li aveva immaginati. Ma nel suo mondo perfetto di figlia amatissima di genitori avanti negli anni, di studentessa modello e popolare dove il senso della diversità non esisteva se non come valore aggiunto, si era infiltrato un elemento sconosciuto oltre che inaspettato. Era come se Fanny si fosse resa conto che esisteva qualcosa al di là del fascino esercitato sugli altri grazie alla sua bellezza, al suo impegno nello studio e alla diligenza nel comportarsi bene. Le sembrava che quel paradigma magico avesse subito una battuta d'arresto, si fosse inceppato, che d'un tratto si presentasse una situazione nella quale potesse essere rifiutata a prescindere da quello che era e che faceva.

Dormiva meno di prima, era piú irrequieta, lei che era sempre stata saggia, aveva lo sguardo un po' sbieco quasi a scansare dalla sua vista qualcosa che non le piaceva e che era del tutto imprevisto.

Un pomeriggio, subito dopo pranzo, suonarono alla porta, per Il Cairo era un orario strano, alle tre il caldo toglieva il respiro, nessuno usciva prima delle cinque.

Moh spalancò la porta della stanza di Fanny e, con l'aria imbronciata di chi era stato svegliato di colpo nel mezzo del riposo, l'avvertí che l'aspettavano in salotto. «C'è una visita» spiegò nel tono laconico che assumeva quando le cose non andavano come voleva lui. Fanny si lavò il viso, fissò il nastro che tratteneva i capelli di lato e si avviò svogliata verso la stanza dalla quale arrivava il profumo di un caffè turco appena servito.

Installata nella bergère piú comoda della casa c'era sister Marguerite detta Margot, la direttrice della scuola. Spalancò le braccia e Fanny volò verso di lei. Si abbracciarono sorridendo entrambe e sister Margot si rivolse alla nonna che le aveva appena spiegato le ragioni dell'assenza di sua figlia a scuola, con un tono risentito. La suora era un donnone in lungo e in largo con una carnagione accesa, il colore della pelle si accentuava seguendo l'andamento dello stato d'animo e dell'argomento in ballo, secondo le alunne animaliste era persino meglio del movimento della coda dei cani.

Adesso che stava addentrandosi nella parte della conversazione che le stava piú a cuore, il viso di sister Margot tendeva a un tono scarlatto sostenuto.

«Come avete potuto pensare che noi avremmo mandato via un'allieva per ragioni cosí aberranti? O che l'avremmo fatta sentire a disagio?» disse alzando il timbro della voce mentre la tinta del viso si avvicinava a un interessante carminio intenso. «Fanny poi. Sapete bene quanto amiamo la nostra Fanny».

La nonna che voleva prendere la parola fu bloccata da un braccio che le ingiungeva l'altolà. «Mrs Barzel, please, domani sua figlia torna a scuola, l'aspettiamo e non accetto scuse». E per troncare ogni possibile esitazione da parte dei nonni lanciò d'improvviso la testa all'indietro come se per la troppa emozione le mancasse l'aria. Il nonno, che era farmacista, insieme a Fanny e Moh, si precipitò da lei. La nonna si mosse con molta calma. Poi raccontò ridendo che dopo aver captato la direzione dello sguardo di sister Margot, non provò nessuna preoccupazione per quella che considerava una spettacolare messa in scena. Mentre Moh muoveva il ventaglio, il nonno contava i battiti del polso, la nonna aveva preso il vassoio con i biscottini al cocco intercettando l'attenzione visiva per nulla esausta della golosissima sister Margot. La suora mostrò di riprendersi all'istante e ne mangiò nove tra una cosa e l'altra, contò la nonna.

La curva improvvisa che aveva scombussolato la vita di Fanny sembrava superata, il percorso tornato dritto e la porta chiusa da un minuto all'altro era di nuovo spalancata. Era la prima volta e pareva non aver lasciato un segno.

La nonna non mandò Fanny a scuola il giorno dopo ma ne lasciò passare due. L'affetto, sincero, dimostrato da sister Margot aveva fatto bene al cuore di tutta la famiglia. Ma tra le due donne c'era da risolvere una questione di potere. Nessuno l'aveva messo in dubbio tuttavia la nonna doveva ribadire che era lei a decidere cosa fosse meglio per sua figlia e quando. Aveva uno spirito d'osservazione sempre all'erta, non le sfuggivano dettagli, espressioni, esitazioni che a volte rivelavano sentimenti non piacevoli, una maledizione che ha trasmesso anche a me. E infatti non aveva potuto impedirsi di notare come l'avanzata di Rommel avesse subito una poderosa battuta d'arresto. E che dieci giorni d'assenza da scuola di Fanny senza che nessuno si fosse fatto vivo prima, erano stati troppi.

In ogni caso il ritorno a scuola di Fanny fu trionfale e Miss Kate divenne semplicemente Kate.

2.

Auberge des Pyramides, Pyramids Road, Il Cairo
1948

Si poteva vivere al Cairo in pieno centro, comprare gelsomini dai bambini con i sorrisi macchiati di mosche, acquistare i coni di pistacchi caldi dai venditori ambulanti, fare la spesa al gran mercato Khan El Khalili, secondo la mamma il piú prodigioso esame per la resistenza di udito e olfatto, sedersi nei caffè nel vapore dei narghilè e non aver bisogno di conoscere una sola parola d'arabo.

Era la boutade della nonna che, al pari di suo marito e di sua figlia, lo capiva bene e che quando era necessario lo parlava – eccome – non in modo eccelso ma accettabile secondo nostro padre che lo aveva studiato a fondo. Il paradosso che usava la nonna era materiale infiammabile di stampo colonialista, dal suo punto di vista non era compito degli europei abbattere il muro. Non immaginava che ci avrebbe pensato poi la Rivoluzione dei militari. E che saremmo stati travolti proprio noi.

Quando incontrava qualcuno appena arrivato in Egitto per viverci stabilmente preoccupato di non sapere nemmeno cosa significasse «shukran» (grazie) lei metteva su quell'aria da maître à penser e li tranquillizzava. Bastava conoscere qualche parola chiave e qualche frase approssimativa, spiegava, per sopravvivere e costruire un ponte con les indigènes come chiamava gli egiziani – per anni ho pensato fosse un modo non gentile di definirli mentre era solo il termine per indicare i nativi del luogo.

Nessuno in quella che veniva chiamata la «colonie» parlava in arabo, nemmeno gli amici egiziani – era il suo gran finale – e la teoria faceva vedere rosso a suo genero, nostro padre, che era quasi bilingue. Nelle nebbie delle leggende familiari si narrava che papà, per parte di madre, avesse qualche goccia di sangue siriano o turco, ogni volta che questa storia veniva fuori la nonna non riusciva a trattenere una smorfia di disappunto e lui si dannava per convincere sua suocera che l'arabo era una lingua nobile e raffinata.

In fondo aveva ragione la nonna. Gli egiziani ricchi e anche tutti gli altri parlavano francese e inglese, i primi in modo perfetto, gli altri, via via che si scendeva lungo la spietata scala sociale del Paese, in una maniera piú sgangherata ma allo stesso tempo amalgamata quel tanto che serviva a comunicare, «proprio come i ceci si affratellano con l'olio per diventare hummus». La definizione era di Madame Baranes, la sfoggiò una sera dopo cena al momento del caffè e della lettura dei fondi, del tè alla menta e dei lucum alla rosa, rispondendo al poeta greco Alexios Georgiadis. Le aveva chiesto come riuscisse a comprendere il linguaggio quasi esoterico di Jamal, il secondo domestico di casa.

«È solo una questione di pratica. Come in tutto» rispose lei con l'aria di intendere ben altro.

«Oh là là» aveva riso Raoul Armajian, un imprenditore armeno che viveva ad Alessandria e la conosceva bene.

La nonna che era presente aveva commentato che Madame Baranes era proprio un'allumeuse. Ci misi qualche anno a capire che non si trattava dell'incarico di accendere le luci.

Il Cairo era una città immensa, polverosa, illuminata da un sole instancabile, dove anche nei quartieri alti il lusso non riusciva a addomesticare il rumore, la sensazione di essere al centro di un turbine di energia la cui fonte non era controllabile. I minareti reclamavano la preghiera e i muezzin, che noi adoravamo per il suono fatato e melodioso rispetto al battito della città fendevano l'aria. Riuscivano a infilarsi e a irrompere tra le musiche occidentali dei pomeriggi danzanti dell'Auberge des Pyramides senza per questo disturbarne l'armonia ma trovando la strada e il modo perché si potessero sentire e seguire le due voci, i due percorsi, i due sentimenti. L'essenza del Cairo di allora.

La mamma incontrò nostro padre all'Auberge un fine pomeriggio di ottobre. Spesso agli appuntamenti che cambiano la nostra vita si arriva ignari e svogliati e cosí successe a nostra madre. Era sofferente per uno dei suoi mal di testa ricorrenti, indossava un vestito di seta azzurra che usava per l'ufficio, la gonna larga il minimo consentito ma per fortuna le scarpe chiare avevano i tacchi altissimi, li avrebbe sempre adorati anche quando non si sarebbe piú retta sulle gambe. Aveva diciannove anni allora e, sobillata dalle istanze di indipendenza di Kate, era andata a lavorare alla Shell, dove Kate era bene introdotta. Dapprima la sua decisione aveva sconvolto i nonni poi li aveva costretti a usare tutta la gamma dei sentimenti a disposizione, dalle regole dell'affetto a quelle della convenienza.

«Vos a shod! Non ti manca nulla Poupi. Perché farci questo? Nessuna delle tue amiche lavora».

Si giunse a un compromesso, sarebbe stata accompagnata da Moh non proprio fino alla porta d'entrata, la mamma si era intestardita, ma fino a qualche metro prima, con il patto che lui avrebbe aspettato di vederla scomparire nella hall dell'edificio e che, se all'uscita fosse apparsa con altre persone, avrebbe fatto finta di non conoscerla.

«Tutta colpa di Kate» borbottava la nonna. Nonostante la rovinosa influenza, Kate non fu radiata da casa, era adorabile e troppo bene imparentata, impossibile farne a meno.

C'era Kate al suo fianco quando presentarono il nostro futuro padre alla mamma. Lui la intercettò da lontano e chiese ad Alberto Marano con cui stava chiacchierando se per caso la conoscesse. Alberto disse di sí, l'aveva già incontrata in altre occasioni. Lui e Alberto erano bei ragazzi di ventisette anni, alti e vestiti con cura, i capelli lucidi di brillantina, il lino di ottima qualità, gli abiti chiari di buon taglio. Molte ragazze che affollavano l'Auberge sperarono in un invito. Ma i due tirarono dritto.

Erano le sette di sera di un mercoledí del 1948 e la temperatura era perfetta. La mamma dimenticando il mal di testa e vedendoli arrivare si morse le labbra per ravvivarne il colore, non ebbe il tempo di trovare nella borsa il suo rossetto rosa, con le mani cercò di dare aria ai suoi capelli arricciati. Papà che aveva due sorelle, oltre a vari fratelli, comprese il significato di quel gesto e sorrise. Alberto fece quello che doveva e da buon amico si mise a parlare con Kate. Papà stette zitto per un lungo momento, non ricordava cosa era il caso di dire in una circostanza del genere. Per lui fu un colpo di fulmine, Fanny era la donna che sognava e non sarebbe stata nessun'altra. In preda all'elettricità che gli aveva bruciato memoria e conversazione, riuscí a sottrarsi al ridicolo invitandola a ballare.

«È stato imbarazzante» Fanny raccontò a Kate, «sorrideva ma non parlava, ho temuto fosse sordomuto, non avrei saputo come comportarmi».

Anche la mamma fu attratta da lui, forse avrebbe provato la stessa scossa rivelatrice di papà se non si fosse trovata in un limbo a causa di un ufficiale inglese incontrato all'ambasciata britannica e imparentato con la famiglia di Kate. Fu sincera, quando lui glielo chiese raccontò che l'ufficiale era partito qualche mese prima per Londra con la promessa di tornare dopo aver informato i genitori del suo amore per lei. In principio erano arrivate molte lettere ma poi non ne aveva saputo piú nulla.

Questo riuscimmo a carpire quando fummo abbastanza grandi da pretendere di conoscere qualche misera informazione sulla misteriosa storia che precedeva la nostra nascita. All'inizio né la mamma né la nonna vollero dirci il suo vero nome, una volta lo chiamavano Peter, un'altra Charles, un'altra Archibald, ma si capiva che era stato benvoluto dalla nonna che apprezzava i suoi connotati nordici, i capelli biondi, gli occhi chiari.

Samuele Davide detto Sam intercettava su di sé una gamma di colori scuri – chioma bruna e occhi neri dalle lunghe ciglia – aveva un naso carnoso, dei baffetti curati, delle gran belle gambe e raggiungeva un'altezza notevole. Era cresciuto al Cairo, i suoi compagni a scuola e all'università erano stati Michel Dimitri Chalhoub, un siriano di fede cattolica greco-melchita – nome d'arte Omar Sharif – e il copto Boutros Boutros-Ghali, futuro segretario generale dell'Onu, ma non era di nazionalità egiziana. La sua famiglia proveniva dall'Italia e nelle sue vene scorreva un sangue misto che univa la Spagna a Smirne, si lasciò sfuggire una volta.

«Smirne?» gli chiedemmo spalancando gli occhi, non avevamo mai sentito parlare prima di un legame con la Turchia, Paese amatissimo da noi per la bellezza e gli abitanti. Lui agitò le mani come per liquidare la domanda e diventò vago, si trattava di un lontano prozio, buttò là. Invece dai documenti trovati dopo la sua scomparsa ricostruii che si trattava della sua trisnonna.

Dopo il primo incontro papà e mamma ballarono piú volte insieme e sempre piú coinvolti. *La vie en rose* di Édith Piaf divenne la loro canzone senza che la nonna sapesse nulla. Tutto si svolse grazie a Kate nata per essere una complice, quando serviva i suoi occhi azzurri sapevano spargere tonnellate di innocenza, non restava che affidarsi a lei senza possibilità di resistenza.

L'Auberge era considerato dalle madri ansiose e borghesi un posto protetto. Nei suoi pomeriggi danzanti non poteva succedere nulla di male. La sera, invece, si trasformava in un luogo piú mondano e piú a rischio. Il Cairo era di gran moda nel mondo occidentale e all'Auberge costruito sulla Pyramids Road a tre chilometri dalle Piramidi, si esibivano artisti di fama internazionale, andavano in scena spettacoli hollywoodiani e il giardino circondato da palme pullulava di fascinose ballerine. Quando gli emissari di Faruq, il re d'Egitto, alla ricerca di nuove belle ragazze da introdurre al sovrano varcavano la soglia d'ingresso, molti uomini facevano alzare le giovani mogli e fidanzate e pagavano in fretta il conto. Se il re s'invaghiva, non c'era nulla da fare.

L'Auberge era il miglior palcoscenico per chi volesse divulgare qualcosa senza doverlo dichiarare, che si trattasse di un futuro marito appena catturato, di un nuovo gioiello o di un naso fresco di ritocco. Come il primo naso operato dal dottor Albert Levy, il chirurgo plastico tedesco arrivato in città da pochi mesi famoso al Cairo per riportare a casa le pazienti con il suo chauffeur alla guida di una Rolls azzurra. Sara Valencine, proprietaria di una fiammante ricostruzione, programmò il suo ingresso all'Auberge all'ora di punta e stette ferma al centro della sala, il tempo necessario perché i presenti potessero osservarla con attenzione e ammirare l'opera magistrale del dottor Levy. Sara non sembrava piú la stessa. Il viso tondo aveva acquistato una grazia imprevista, gli occhi sembravano grandi il doppio di prima e la bocca nascosta dall'ombra del naso pre-operazione ora mostrava il fulgore di due labbra carnose.

L'esibizione nasale di Sara diede subito i suoi frutti. Il suo nuovo apparato respiratorio rapí il cuore di Marcel Gogni, un giovane avvocato ricchissimo i cui nonni avevano una catena di negozi di abbigliamento intimo. Dopo quattro serate, secondo la vista da radar di Kate, Marcel la portò dietro ai cespugli di bouganvillee e una settimana dopo fu annunciato il loro fidanzamento.

Il naso delle meraviglie fu esaminato in modo quasi offensivo da Fawzia e Fatma Maroum, le due figlie di un imprenditore del cotone afflitte da doti di parecchi milioni ma anche da nasi simili a manghi. Ne parlarono al padre Mohammed che da uomo pratico fece prendere dalla segretaria un appuntamento urgente con il dottor

Levy con cui studiò la migliore tipologia di nasi da regalare alle sue ragazze. Di lí a pochi mesi nessuno ricordò piú com'erano in origine Fawzia e Fatma divenute, dopo quattro ore di operazione chirurgica, assai graziose. Il chirurgo ebreo aveva lasciato il segno sui visi delle figlie del ricco uomo d'affari egiziano, profondamente pio e noto al Cairo per conoscere il Corano come pochi.

Un segno che, anni dopo, anche la potenza del panarabismo antisemita del colonnello Nasser non avrebbe potuto cancellare.

La mamma diventò assidua dei pomeriggi all'Auberge. Usciva dall'ufficio e con Moh che faceva fatica a starle dietro quasi correva per arrivare a casa, mettersi i diavoletti in testa per rinfrescare i ricci e scegliere i suoi abiti migliori aspettando l'arrivo di Kate che era piú grande e, quindi, con opportuna licenza di chaperon.

Ci vollero dieci pomeriggi e almeno il doppio di balli con *La vie en rose* perché papà si spazientisse e parlasse chiaro. Era già laureato con il massimo dei voti, lavorava insieme a suo padre che importava marmi italiani, passione degli egiziani e, quando occorreva, costruivano ville e palazzine. Poteva mantenere una famiglia e ne aveva abbastanza di vivere nella casa disordinata dove sua madre Mathilde andava e veniva tra una partita a carte e l'altra, nonostante le prediche dei rabbini e l'esasperazione di suo marito Giorgio.

Papà ci sapeva fare, era calmo, paziente, affabile con un bel sorriso largo e una luce spiritosa che gli illuminava gli occhi. Non prendeva mai di petto le situazioni, le affrontava per liberarsene al piú presto ma lo faceva in modo felpato, senza che gli interlocutori capissero che in realtà le aveva prese di petto. Era ordinato e metodico nella riflessione. Capí la mamma e capí come comportarsi con lei.

Le portava sempre un piccolo bouquet di gardenie e una scatola bianca e oro con i cioccolatini di Groppi che al ritorno verso casa finiva nelle mani di Kate.

«Sono ingrassata di due chili. O dici tutto a tua madre o non ti reggo piú il gioco. Tu non assaggi nemmeno una praline perché sei cotta e stracotta, per colpa tua la mia gonna di taffetà si chiude a malapena» si lamentava Kate infilandosi in bocca un cioccolatino al dattero coperto di marzapane di pistacchio.

Durante i tè danzanti dell'Auberge o nei pomeriggi al Petit Groppi con Kate, Niní, Caralambo ed Elettra Skiatos, Leila con la cugina Fatma innamorata pazza di Caralambo, e Alberto Marano, papà sembrava ipnotizzato dalla mamma. Lui era il ragno che tesseva la tela ma la preda non si avvicinava mai troppo, sapeva il fatto suo.

Da anni le due sorelle di papà lo avevano scelto come unico confidente. Grazie a loro aveva imparato a conoscere la mentalità e i meccanismi emotivi delle ragazze nei confronti dell'amore. Al Cairo si respiravano polvere, profumi e poesie, la mamma e le sue amiche sospiravano su Baudelaire, Keats, Kavafis, Gibran. Papà che sapeva a memoria Leopardi e Verlaine, mise in atto il suo piano.

D'un tratto, senza dare alcuna ragione apparente, scomparve. Per dieci giorni non si fece vedere ai consueti appuntamenti, nei luoghi deputati, nemmeno a casa dei suoi amici piú cari legati in qualche modo a Kate e alla mamma. Nessuno ne sapeva qualcosa, nessuno aveva dato una spiegazione a Kate che con un'aria distratta aveva chiesto sue notizie mentre la mamma aveva guardato da un'altra parte, assorta nell'osservazione di una scimmia che si arrampicava su una palma nel giardino di Palazzo 'Abidin, la residenza del re. «Mai correre dietro un paio di pantaloni» ci avrebbe raccomandato tutta la vita, alcune volte invano. Per caso Niní incontrò Vittorio e gli chiese come stesse suo fratello, lui la guardò stupito «Benissimo perché?» Lei e Kate decisero che era inutile riferire sia l'incontro che la risposta a Fanny.

Passarono altri due giorni di silenzio, poi arrivò Alberto Marano a consegnare un mazzolino di gelsomini da parte di papà alla mamma accompagnato da un biglietto laconico. Fu un colpo di genio e la mamma capitolò confessando a Kate che era atterrita dalla possibilità di un'altra scomparsa dopo quella dell'inglese.

Ventiquattr'ore dopo uscendo dalla porta del palazzo della Shell Fanny strabuzzò gli occhi vedendolo in compagnia di Moh, immerso in amabili chiacchiere in arabo. Nei giorni della sua sparizione, studiata come un problema matematico in cui eccelleva, Sam aveva parlato a suo padre informandolo dei suoi sentimenti verso la mamma e del suo progetto matrimoniale. Poi aveva suonato il campanello di villa Agamemnon a Zamalek sull'isola di Gezira dove viveva Alexandre – che si chiamava in realtà Alexis – Skiatos, il padre del suo amico del cuore Caralambo. Per lui era una sorta di zio, lo conosceva fin dai tempi della scuola quando andava da Caralambo a fare i compiti.

Gli raccontava i timori piú difficili da confessare per un uomo di quell'epoca e di quel Paese, timori che avrebbero preoccupato troppo suo padre. Come la paura improvvisa che lo aveva assalito quelle volte – pochissime a dire il vero – in cui aveva sentito l'imprevedibile gelo del razzismo nella società interconfessionale egiziana.

Alexandre era stato l'unico al quale poter raccontare che nei giorni del primo conflitto arabo-israeliano del 1948, durante una passeggiata serale a Zamalek, due ragazzi egiziani si erano avvicinati guardando lui e suo fratello Alberto con odio e avevano tentato di bloccarli.

«Ajnabi!» cioè stranieri, li avevano apostrofati. I pugni in tasca, papà aveva provato a dire qualcosa ma i due li avevano spintonati per poi sputare per terra. Era la prima volta. Non la dimenticarono piú.

Mentre aspettava Alexandre papà si ricordò come dopo l'aggressione avesse suonato alla sua porta e come lui fosse riuscito a calmarlo e a farlo ragionare, era un episodio isolato, l'aveva placato, causato dagli echi delle sconfitte nella guerra arabo-israeliana subite dai poveri soldati egiziani armati a malapena.

Anche adesso fu accolto con esclamazioni calorose e con l'offerta di un caffè alla greca che papà amava molto perché a villa Agamemnon riuscivano a farlo con tanta kaimaki, la schiuma che determina la bontà della bevanda e della sua esecuzione. Si sedettero sulla terrazza che guardava il Nilo, l'uno di fronte all'altro. Il suo ospite era corpulento, aveva un viso bonario, occhi vivaci e baffi sale e pepe curati con sapienza quasi matematica. Aveva fatto fortuna con le ricette dei biscotti di sua madre Maria, e ora, come molti greci, era a capo di una catena di pasticcerie sparse in tutto l'Egitto e da qualche anno aveva lanciato il baklava ice cream con inaspettato successo. Ne andava fiero perché era stata una sua invenzione e con immensa soddisfazione aveva saputo che Monsieur Groppi, il magnate dei dolci e dei caffè, lo vedeva come il fumo di una shisha negli occhi.

Alexandre gli diede la sua benedizione nel suo modo fragoroso, conosceva la famiglia della mamma, soprattutto suo padre il medico della farmacia inglese, e fu contento per Sam.

«Fanny è molto bella e dolce, bravo hai scelto proprio bene».

Sam annuí con la testa bevendo il suo caffè ben zuccherato steso soddisfatto nella chaise longue, sapeva che Alexandre avrebbe approvato. Non aveva ancora fatto parola delle sue intenzioni con sua madre, la gestione sarebbe stata delicata, era inutile aprirla in anticipo, e nemmeno con la tribú dei fratelli e delle sorelle legata a un'infinita rete di amici e amiche del cuore, troppa folla per riuscire a tenere un segreto.

Il pomeriggio in cui arrivò davanti alla Shell House vide Moh e tirò dritto verso di lui. Sapeva chi era e dal modo in cui lo salutò apparve chiaro che l'ombra di Fanny sapeva tutto di lei. Quando Fanny li vide pensò che sembravano due vecchi amici. Sorrise e si congratulò con sé stessa per aver indossato l'abito di mussola a piccoli fiori azzurri.

Non ci fu bisogno della chaperon Kate quel pomeriggio, scortati da Moh andarono verso le Piramidi e verso l'Auberge.

Papà la invitò a ballare e aspettò che il tramonto appannasse la luce del giorno prima di parlarle.

Le disse che voleva conoscere i suoi genitori per dichiarare le sue intenzioni serie. Dio ci aveva messo sei giorni a creare il mondo, aggiunse, lui ci aveva messo un po' di piú per essere sicuro di voler passare tutta la vita con lei. Le aveva preso la mano fra le sue mentre alle spalle s'intravedeva la piramide di Cheope e piú in alto una grande luna.

«Sembra impossibile ma all'Auberge la luna era sempre piena» ci raccontava la mamma, noi le credevamo perché la luna della felicità è sempre piena.

Fanny non si aspettava la proposta di Sam non disse né sí né no, chiese due giorni per riflettere. Papà e il pretendente inglese, sempre che fosse ancora in gioco, rappresentavano una sfida tra il Nord e il Mediterraneo. Al di là delle ragioni del cuore che stavano orientandosi a favore di nostro padre, non era una scelta facile.

Con Kate fu subito conciliabolo urgente, c'era il tormento insieme all'orgoglio di essere stata scelta da un uomo cosí bello e serio. Che fare? Per la prima volta Kate non bastò, decise lei stessa di fare un passo indietro, Peter o Charles o Archie era un suo parente e un amico, e Sam le piaceva molto. Non riusciva a essere neutra e a dare un buon consiglio.

La situazione era a un punto morto. In piú Kate era protestante proprio come il pretendente inglese, e Fanny era ebrea proprio come il pretendente italiano. Convennero entrambe che mancava il punto di vista di qualcuno al di sopra delle parti e delle questioni religiose.

Il consesso di cervelli si allargò a Niní Baranes in rappresentanza dell'ala cattolica. Il suo contributo non passò alla storia, dopo un silenzio meditabondo decretò che la faccenda era complicata suscitando l'irritazione delle altre due ma se Fanny continuava a essere confusa, disse, poteva presentarle suo cugino Robert appena tornato da Parigi, un ragazzo di bella presenza che sua zia non vedeva l'ora di far sposare.

Fu Vicky Bivas, l'ex compagna di scuola musulmana, amica da sempre, considerata laica e progressista perché sua madre si tingeva i capelli di biondo pur essendo tunisina e suo padre non aveva mai indossato nemmeno a casa la galabeya a imprimere la svolta risolutiva.

Anche se l'amore aveva già centrato l'obiettivo, Fanny provava ancora della lealtà per Peter o Charles o Archie nonostante la sua scomparsa e nutriva molti dubbi sulla condotta da seguire. Era il caso di scrivergli? Di metterlo a conoscenza dei nuovi sviluppi? E se questo gli avesse fatto prendere il primo piroscafo per riconquistare Fanny? Secondo Vicky loro non erano all'altezza di gestire quella situazione. Per trovare il bandolo, decretò, era necessaria una persona di esperienza, saggezza e spregiudicatezza con un forte ascendente sulla nonna che doveva per forza aver subodorato qualcosa. C'era un solo nome che incarnava queste caratteristiche e che non si sarebbe sostituita al muezzin per comunicare a tutto Il Cairo l'affaire amoroso, geopolitico e multireligioso. Il nome giusto non poteva che essere quello di Mireille Baranes.

3.

Villa Baranes, Gezira, Il Cairo
Novembre 1948

Bobe – vezzeggiativo yiddish con cui abbiamo sempre chiamato la nonna – non aveva un buon carattere. Permalosa, diffidente, intuitiva come una chiromante mostrava una naturale propensione al melò. Lo ammetteva «Chérie la vie est un "drama"», dramma era detto in italiano, lingua che usava per amore del bel canto e per quello, piú tiepido, nei confronti del genero italiano. Lo conobbe a novembre del 1948 su un terreno neutro, a uno dei ricevimenti di Mireille Baranes che amava mischiare i coetanei con gli amici di sua figlia Niní. L'incontro non fu casuale, raramente Mireille agiva senza metter in conto quello che doveva essere messo in conto.

Nei salotti bianchi dalle colonne intarsiate disseminati di divani ottomani in seta prugna e turchese scelta da Birdal, l'arredatore di Istanbul, città che Bobe continuava a chiamare Costantinopoli, Madame Baranes introduceva dignitari di corte accompagnati da mogli vestite all'ultima moda parigina a politici egiziani e diplomatici stranieri. Arrivavano amici francesi, armeni, libanesi, italiani, greci, inglesi, portoghesi, slavi, in una Babele eccitante e benefica. L'aria era satura degli effluvi orientali di fiori, la rosa turca, la tuberosa libanese, il gelsomino Satya, mescolati alle essenze francesi, all'incenso Kyphi, al muschio, al sentore dolciastro della conciatura egiziana del cuoio dei pouf. Era il profumo del Cairo nelle case cosmopolite.

Tra le signore l'argomento del giorno era il divorzio dallo Scià di Persia della principessa Fawzia d'Egitto, la piú avvenente delle tre sorelle del re Faruq. Dopo sette anni di matrimonio, essere stata incoronata imperatrice e aver partorito una figlia, aveva puntato i piedi e voluto a tutti i costi lasciare il trono del Pavone tormentando il fratello senza la cui approvazione non avrebbe mai potuto lasciare il marito. Nonostante la separazione da Fawzia i rapporti politici tra Egitto e Persia non ne risentirono e lei una bellezza da cinematografo, capelli corvini e occhi blu – la mamma che la incontrava allo Shepheard's Hotel diceva che sembrava una dea – fece ritorno a Palazzo 'Abidin riprendendo l'allegra vita del Cairo.

La nostra nonna paterna conosceva Ginevra Castellani, la dama di compagnia di Fawzia in Persia, un'italiana mite ma non esattamente una donna riservata, che raccontò con dovizia di dettagli come il seguito della principessa fosse formato solo da uomini e tutti di provenienza beduina.

La versione ufficiale del divorzio dallo Scià sosteneva la tesi che il clima di Teheran minasse la salute della poverina. Quella piú accreditata e abbracciata da Bobe asseriva, invece, che il monarca persiano era uno sbadiglio ambulante.

«Basta guardarlo, si vede che è un nudne, un uomo noioso» rispondeva piccata al nonno che le domandava quando a sua insaputa lei avesse avuto occasione di fare quattro chiacchiere con lo Scià per formarsi poi un'opinione cosí definitiva.

La sera del ricevimento a casa Baranes anche le conversazioni degli uomini, in smoking estivo tranne il nonno e pochi altri in scuro – i genitori della mamma non appartenevano all'alta società e il nonno teneva a sottolinearlo – erano centrate sulla vita di corte e sullo stato del Paese. Il re aveva uno stile di vita sontuoso e scandaloso.

«Faruq si anima solo quando si tratta di organizzare partite di gioco d'azzardo, corse di cammelli truccate come ragazze o incontri con nuove conquiste femminili» raccontava Monsieur Feisal, un saudita dall'ingente ricchezza e dal cognome impronunciabile, intimo amico dei Baranes e ascoltato con grave attenzione dall'uditorio maschile.

«Chiunque gli ricordi i problemi dell'Egitto e l'estrema povertà del popolo egiziano, lo fa piombare nei piú profondi abissi della noia».

Di origini turche e albanesi Faruq era un bell'uomo, almeno secondo Bobe che apprezzava molto la bellezza maschile, dagli occhi chiari afflitto dalla tendenza alla pinguedine a causa di uno smodato amore per la cucina francese. Politicamente debole e colto quanto una barbabietola, si stimava avesse uno dei patrimoni piú considerevoli al mondo. Il suo letto vantava un viavai da grand hotel, le amanti in carica erano note a tutti come al tempo del Re Sole e lui, pur essendo molto pio, dichiarava un'incontenibile inclinazione per le signore ebree di un certo rango. I consiglieri cercavano di comunicare un'immagine migliore, ma le notizie filtravano, i cortigiani parlavano a ruota libera e l'impopolarità e l'enorme diseguaglianza sociale crescevano.

Come Fawzia, anche Faruq aveva appena divorziato. La sua prima moglie, l'amatissima regina Farida, gli aveva dato tre figlie ma non l'erede maschio che doveva garantire la successione. Gli invitati di Madame Baranes commentavano l'ultima novità, il fatto che il re stava cercando una nuova moglie. Il pettegolezzo aveva gettato nel panico i giovani uomini del Cairo e di Alessandria dotati di una fidanzata passabile che poteva attirare le brame matrimoniali del sovrano tornato scapolo. Eventualità che si avverò puntualmente.

In Medio Oriente l'aria stava virando, a maggio del 1948 David Ben Gurion aveva proclamato la nascita di Israele, subito dopo era scoppiato il primo dei conflitti arabo-israeliani e le manifestazioni, le rappresaglie contro gli ebrei e gli stranieri si erano moltiplicate.

«Il movimento islamista dei Fratelli Musulmani cavalca politicamente il disinteresse del re per il governo del Paese e la sua connivenza con gli inglesi» scuoteva la testa Ahmed Baranes. «L'Egitto sta cambiando e il re non fa nulla per assecondare il nuovo clima. Lui conta sull'eternità del suo potere, sull'equilibrio del modello egiziano e sul carattere pacifico del suo popolo. Eppure, in questi ultimi tempi, la fame e la disperazione stanno nutrendo un sentimento mai avvertito in Egitto, la rabbia e l'odio verso chi non è arabo».

Monsieur Feisal era di casa a Palazzo 'Abidin e concordava in pieno.

«Baranes ha pienamente ragione» riconobbe con un gesto cortese del braccio e della testa. «I segnali sono sotto gli occhi di tutti ma Faruq è cieco per vanità, per onnipotenza, per incompetenza. E per colpa dei suoi consiglieri che lo influenzano in modo rovinoso».

Secondo papà il re considerava il dissenso nei suoi confronti frutto di una marmaglia fanatica da non temere. Non fu il solo a ignorare l'odore del pericolo, fecero il suo stesso errore anche le comunità straniere piú avvedute.

«Non compresi la svolta, non ascoltai i saggi consigli di chi mi consigliava di lasciare Il Cairo» papà faceva una pausa prima di proseguire con la voce melanconica e un piccolo sorriso quasi di scusa. «Credevo che un mondo cosí perfetto e strutturato come il nostro non potesse essere distrutto nel modo in cui è stato annientato».

Eppure fu proprio Faruq a mostrare una sorta di preveggenza sulla sorte che lo aspettava.

A quel punto del racconto s'inseriva Bobe. Diceva di non aver dimenticato la sera del 1948 in cui suo marito, rincasando, aveva riferito la frase pronunciata dal sovrano in una conferenza pubblica riportata quasi in tempo reale da un cliente della farmacia. La frase entrò nella leggenda.

«Il mondo è in rivolta» aveva dichiarato il sovrano «presto rimarranno solo cinque re. Il re di picche, il re di fiori, il re di cuori, il re di quadri e il re d'Inghilterra».

Qualche mese dopo la profezia del re, mentre si spalancavano le tre sale da pranzo di casa Baranes illuminate da lanterne e candele ognuna con un buffet differente, francese, mediorientale e italiano, la padrona di casa fu bloccata dalla nonna. Tutta la sera Fanny aveva parlato animatamente con un attraente ragazzo bruno. Mireille sapeva per caso chi fosse? Mireille che non aspettava altro, lasciò andare Monsieur Feisal con cui avanzava a braccetto e iniziò a tessere le lodi di Sam. Non ottenne né un commento né altre domande. Capí all'istante che nostra nonna sapeva.

Ancora una volta l'intuito di Mireille aveva visto giusto. Il giorno in cui Fanny e le sue amiche le avevano chiesto consiglio sulla proposta di matrimonio di Sam e sul comportamento del pretendente inglese, al momento piú un fantasma che un pretendente lei l'aveva predetto. Non era possibile, aveva esordito, che una madre non si accorgesse di quanto stesse accadendo alla figlia. Poi senza troppi giri di parole aveva dato il suo responso fugando ogni perplessità. L'inglese era stato atteso piú a lungo di quanto meritasse, il suo tempo era scaduto e non era degno di essere avvertito. Sam non si era gingillato come quel decadente britannico, aveva cuore, sangue e fede giusta e Fanny aveva avuto il buon gusto di innamorarsene. Non c'era altro da fare se non preparare l'osso duro ovvero Berthe Kummel Barzel detta Bobe. Se ne sarebbe occupata lei, aveva promesso.

Una settimana dopo a casa di Fanny arrivò l'invito per uno dei ricevimenti a villa Baranes sulla punta dell'isola di Gezira sul Nilo.

Il compito di Mireille non era dei piú semplici. La nonna si era affezionata al pretendente inglese che insieme a Kate era stato assiduo ai suoi tè e alle sue merende in giardino e non le aveva nascosto la passione per Fanny. Prima di partire per Londra era passato a salutarla promettendole di tornare al piú presto. Bobe aveva un debole per tutto quello che era di provenienza britannica, non perdeva l'occasione di ricordare che, grazie all'alleanza anglo-americana, l'Europa era stata liberata dai nazisti e dalla follia di Adolf Hitler, bisognava essere grati per sempre a Winston Churchill, sarebbe stata fiera di accogliere un suo connazionale in famiglia.

Era nata a Czernowitz, all'epoca capitale della Bucovina, territorio dell'impero asburgico fino alla Grande guerra, centro culturale cosí importante da essere paragonato a Vienna, città di poeti e rabbini taumaturgici, dove i caffè della Herrengasse erano teatro di conversazioni sull'arte e palcoscenico di discussioni filosofiche, teologiche e politiche. Terra priva di pace, come Bobe in fondo, veniva palleggiata senza sosta tra Romania e Ucraina e poi di nuovo Romania e infine Ucraina. La ragione per cui Berthe Kummel era arrivata dall'impero austroungarico al Cairo era fumosa. Poi un giorno per caso venne fuori che prima del padre di Fanny la nonna aveva avuto un altro marito ed era rimasta vedova molto giovane. Era stato il primo marito a portarla in Egitto? Mistero. Sembrava fosse indelicato parlarne. Poteva essere plausibile, come qualcuno in famiglia accennò una volta, che fosse finita a vivere all'ombra delle Piramidi per risolvere il problema ai polmoni di sua madre Marlene, dama vestita di seta nera con volants che con aria da kaiser ci guardava da una venerata foto color seppia.

Non si è mai capita bene la ragione della resistenza da parte di Bobe e dei nostri genitori nell'evitare spiegazioni approfondite su provenienze familiari e sulle cause di certe scelte. Forse il dolore diventava troppo forte nel rammentare antiche storie di separazioni e distacchi che potevano spaventarci ancora piú di quanto non lo fossimo già, anche da grandi quel ghiaccio nel cuore non andava via. Forse il peso del ricordo di una irripetibile stagione non era facile da sopportare. In entrambi i casi la paura ancestrale di possibili persecuzioni persisteva.

Tra le poche testimonianze del passato nordico della nonna – oltre al fatto che parlasse quattro lingue, com'era normale a Czernowitz: il francese, il tedesco, il russo e l'yiddish e che possedesse preziosi servizi di porcellana ungherese – c'era la foto appoggiata accanto alla maestosa radio in legno nel petit salon della casa a rue Qasr El Nil. Ritraeva il nostro bisnonno materno, anzianissimo e severo uomo acconciato come l'imperatore Francesco Giuseppe, in posa accanto alla moglie, a una Bobe giovanissima e a Joseph, il figlio maschio. Bobe amava ricordare con fierezza che suo fratello era caduto combattendo per il suddetto monarca già onorato degnamente dalla foggia di barba e baffi del capofamiglia.

I racconti dell'impero di Vienna rivelavano l'ammirazione di Bobe per il suo mondo occidentale perduto. Affrontava con latente senso di superiorità civile e pessimismo mitteleuropeo tutto quello che faceva parte della nostra vita. Non lasciava mai la posizione di difesa, i suoi occhi grigi, non grandi, diventavano quasi neri quando decideva di scrutare l'animo di chi le stava di fronte, non era facile sfuggirle. Mio padre ne scherzava, l'aveva eletta presidentessa di un fantomatico Visceral Club.

Era piccola di statura ma incuteva un rispetto quasi fisico, in sua presenza le persone si sentivano spinte a essere piú composte, piú dritte. Non era bella ma attraeva, lasciava intendere che conservava un mondo prezioso dentro di sé disposta ad aprirlo solo a pochi.

Amava il Paese che l'aveva accolta e la vita dolce e confortevole che offriva, la convivenza pacifica e multiculturale dell'Egitto le ricordava la stessa consonanza e armonia della sua Mitteleuropa ma esitava a riconoscere l'idea che l'Egitto fosse la culla di una grandissima civiltà, aveva da ridire persino sui sepolcri monumentali piú famosi del mondo.

«Non è cosí straordinario costruire una piramide» dichiarava con sufficienza. «Architettonicamente parlando è solo uno spreco di spazio».

Quando esprimeva questi commenti, suo marito sorrideva e la chiamava Madame Le Corbusier, noi pensavamo fosse un secondo cognome della nonna.

Secondo nostro padre nel suo atteggiamento s'infilava un'ombra di razzismo, ma era un «sospetto» che la faceva andare su tutte le furie.

Come era possibile insinuare una tale menzogna, si indignava, lo sapevano tutti quanto era grata all'Egitto, in piú le sue migliori amiche erano ambedue egiziane. Madame Maryam, cairota purosangue, guidava un'auto americana bianca, fumava lunghe sigarette rosa ed era una macchina da guerra al tavolo da bridge. Figlia di un ingegnere aveva fatto un bon mariage, condizione e obiettivo tra i piú popolari nel lessico di Bobe, sposando il banchiere Mustafà Robert Makmoud che non usciva mai senza il tarbush in testa. L'altra era Muna Kassim, figlia e moglie di antiquari vicino a Khan El Khalili, non una gran dama ma un carattere ciarliero e allegro tanto quanto Bobe era seria. Erano musulmane devote ma la diversità religiosa aveva la stessa valenza della diversità del colore dei capelli, neri i loro, rosso mogano quelli di Bobe. Nelle loro conversazioni le esclamazioni con il nome del Profeta e il nome del Dio di Abramo andavano bras dessus-bras dessous, a braccetto.

Anche l'origine del nonno era stata un enigma su cui si sorvolava, si era stabilito in Egitto per motivi mai chiariti – persecuzioni, l'attrazione per le mille e una notte?

Le poche volte in cui facevamo queste domande eravamo già in Italia e Il Cairo era un ricordo lontano. Eppure il loro timore di dire troppo o di farsi sfuggire qualcosa che potesse un giorno essere usato contro di loro non scompariva. La guerra era finita da anni, il colonnello Nasser era morto e i nazisti sfuggiti ai fucili degli alleati e al processo di Norimberga vivevano in Sudamerica e almeno apparentemente non potevano piú farci del male. Ma nessuno dei miei parenti aveva dimenticato.

Forse per questa sensazione tacita ma onnipresente in casa trasalivo e m'irrigidivo se sentivo i passi di qualcuno alle spalle quando nelle ore del crepuscolo da adolescente tornavo a piedi da sola da casa di un'amica. Senza nessuna ragionevole spiegazione cominciavo a sudare freddo e mi affrettavo, a volte mi sorprendevo addirittura a mettermi a correre per sfuggire a qualcosa d'ignoto e pericoloso che, mi avevano inculcato, poteva sempre incombere.

A un certo punto smettemmo di chiedere spiegazioni sul passato dopo aver sempre ricevuto in cambio solo spezzoni e racconti incompiuti della storia della nostra famiglia. Ma ora non c'è volta che non mi domandi come sia stato possibile, perché non abbiamo insistito di voler conoscere le nostre radici, cosí ricche.

Ero sempre stata convinta che nostro nonno Misha Barzel fosse francese. Ma nell'estate del 2019, l'anno in cui perdemmo la mamma, mio cognato Antonio Spallanzani che aveva vissuto l'ultimo decennio insieme a sua suocera, seduto a fianco a me al bar l'Ocean davanti alle onde di Quiberon in Bretagna, si mise a divagare – come se lo sapessi già – sul fatto che il nonno era nato a Odessa. Fu lui a rivelarmi tutto.

Antonio, uomo affettuoso e curioso delle vicende umane, voleva molto bene a nostra madre ormai anziana che lo ricambiava con grande slancio. Fu lei nelle loro frequenti chiacchierate a raccontargli la storia di suo marito. A casa nostra Odessa, la città di Caterina la Grande, era un nome familiare: avevamo creduto, per i confusi resoconti sulle nostre origini, che fosse la patria della bisnonna materna. Grazie ad Antonio scoprii invece che il nonno era nato e cresciuto nel porto cosmopolita davanti al Mar Nero, teatro nel 1905 della rivolta operaia da parte dell'equipaggio ammutinato della corazzata *Potëmkin*. Prima della Rivoluzione d'ottobre del 1917 era riuscito, insieme a sua madre, a fuggire e si era rifugiato in Francia come centinaia di altri russi.

Erano stati accolti da una coppia di parenti alla lontana che lui chiamava zii e che vivevano a Parigi da molti anni. Come tutti i russi di buona famiglia parlava perfettamente la lingua di Voltaire, per questo era riuscito a finire gli studi di medicina e a preparare i documenti necessari per diventare cittadino francese.

Al Cairo arrivò al momento giusto, la città era sempre piú internazionale, Suez e il Canale l'avevano lanciata sulla cresta dell'onda, era entrata di diritto a far parte dei Grand Tour culturali e aveva un estremo bisogno di medici e di farmacisti come lui. Misha era attraente in modo sereno con i suoi finissimi capelli biondi e gli occhi verdi, aveva uno spiccato senso dell'umorismo e del ridicolo. Sorrideva e parlava in un modo affettuoso procurando affari d'oro alla farmacia dove era stato reclutato, diventata grazie a lui affollata di clientela femminile che si presentava al banco pettinata e profumata come prima di andare a un ballo.

Dopo qualche anno grazie agli aumenti di stipendio per aver contribuito – rimanendo scapolo e lasciando inalterate le speranze della clientela – alla crescita del fatturato aveva deciso di entrare in società in un'altra farmacia. Scelse la Sinclair Pharmacy a Ibrahim Pasha Street vicino allo Shepheard's Hotel, l'ex Hotel des Anglais, l'albergo dove molti, molti anni dopo sarà ambientato il film *Il paziente inglese*. E dove sulla sua famosa «terrace» vicino al bar soprannominato «Long Bar» per la lentezza nel servizio causata dalla folla che richiamava, aveva incontrato una radiosa Bobe, vedova di trent'anni dotata di un carattere indomito che conosceva un solo tipo di amore per le persone a lei care: l'amour fou.

Ma il suo amour fou-fou come l'aveva definito suo marito, era rivolto solo a Fanny partorita all'Ospedale francese dopo due anni di matrimonio seguito a tre mesi di fidanzamento. Lei e Misha si erano sposati in modo veloce, non avevano voglia di aspettare, non vedevano l'ora di essere felici insieme e di costruire una vita stabile mettendo un punto fermo dopo tanto girovagare da un Paese all'altro e dopo separazioni dolorose che non erano state risparmiate a nessuno dei due.

La sera del ricevimento a casa Baranes, lasciata andare a malincuore Mireille che aveva da assolvere ai suoi doveri di padrona di casa con un buffet appena aperto, la nonna era stata presa d'assalto dai ricordi. Le erano tornati in mente i giorni del fidanzamento con Misha e le sensazioni di allora... Era stata quella tayvl di una libanese con la sua parlantina sulfurea a trascinarla su un piano cosí sentimentale, si era consolata poi a notte fonda perché le romanticherie non facevano parte del suo carattere. Cosí quando Fanny e Sam le si avvicinarono – suo marito vide l'arrivo da lontano e schizzò verso il terzetto temendo per la figlia – la nonna non sembrava diffidente e non esibiva il suo famigerato sguardo da madre cerbero. Papà le sorrise e le baciò la mano. Fanny fece le presentazioni e per qualche minuto si scambiarono frasi di nessuna importanza. Poi lui si voltò verso il nonno e chiese di poterlo andare a trovare l'indomani. Il nonno lo convocò in farmacia e la scelta del luogo, la farmacia, non la casa dove la nonna avrebbe potuto origliare e seguire passo passo tutto il discorso, gli valse una serie di rimproveri coniugali. Ma nemmeno un giorno di rappresaglie, di facce lunghe e di poche parole come tante altre volte, annientate dall'ansia di sapere subito com'era andato il colloquio.

Dall'accoglienza del nonno, al quale Fanny aveva accennato qualcosa ed era bastato, e dalla quasi affabilità della nonna ammaestrata da Mireille si poteva sperare in una strada spianata.

Pur parlando con tutti e gustando lo squisito mahshy di foglie di vite, Mireille appesa al braccio di Monsieur Feisal aveva seguito lo sviluppo del primo incontro di Sam con la nonna. Intercettò lo sguardo curioso di Niní che accanto ad Alberto Marano la osservava da lontano e quello di Fanny luccicante di gioia e fece platealmente l'occhiolino. Tutt'e tre avevano percepito la caduta della tensione come se l'ostacolo piú difficile fosse stato superato. Il piano aveva centrato l'obiettivo.

Il giorno dopo papà e il nonno, che aveva già annunciato a sua moglie che Sam gli era piaciuto, si sedettero a uno dei tavolini di midollino intrecciato del patio dello Shepheard's. Ordinarono un caffè italiano e uno alla turca e papà andò dritto al punto. Dopo aver doverosamente esposto credenziali bancarie, stipendi e possibilità finanziarie, disse che voleva sposare Fanny. Il nonno non era un uomo contorto, non amava le situazioni e i discorsi complicati, aveva parlato con Fanny e avuto in mattinata poche ma fruttuose informazioni sulla famiglia di papà. Con poche parole diede il via libera. Nonostante l'ora per sciogliere il nervosismo ordinarono due Suffering Bastard, il cocktail che aveva reso famoso Joe Scialom il suo inventore, un chimico ebreo egiziano poliglotta cosí furbo da aver applicato la cultura scientifica all'arte del bar.

Anche se papà rivelò il suo amore al futuro suocero solo la mattina al bar dello Shepheard's, l'intesa pur silenziosamente era stata già raggiunta al ricevimento Baranes. Quella sera la nonna aveva indossato uno dei suoi abiti preferiti un imprimé nero sul fondo bianco. La mamma aveva scelto un abito color acquamarina dalla gonna stretta e dal corpetto ornato da un grande fiocco storto, adorava i fiocchi.

Ai due vestiti fu dato il nome di abiti della «declaration» fino a diventare poi «la declaration» tout court. «Ti metti la declaration stasera?» entrò trionfalmente nel lessico familiare.

4.

Zamalek, Il Cairo
1948

Papà era portatore di un galateo morale, un sostenitore di un'educazione dell'etica piú che di un'educazione religiosa. Riproduceva il modello che gli aveva insegnato la sua famiglia dove erano accettate l'anarchia del pensiero e la libertà del principio – qualunque esso fosse purché non malvagio – nonostante la presenza del rabbino che andava e veniva ed era piú che di casa.

In realtà il sant'uomo era attirato da una scatola poggiata su un tavolino di ebano dalle incrostazioni di avorio e madreperla che arrivava da un'abitazione turca dei parenti di Mathilde, la mamma di papà. Raramente la notte scendeva senza che il rabbino si facesse vedere ma non era solo l'affetto a impedirgli di stare lontano dalla numerosa famiglia italiana. Nell'assidua frequentazione aveva una sua parte consistente il desiderio irrefrenabile di fumare i sigari contenuti nella seducente scatola.

Ogni sera, dopo aver officiato al tramonto la funzione nella sinagoga Ben Ezra il rabbino Mosseri, piccolo di statura e dal viso di cherubino invecchiato, suonava il campanello come se si trovasse per caso dalle parti di Zamalek, l'isola sul Nilo dove papà abitava con i suoi genitori e i suoi fratelli. Adorava i toscani che il nonno si faceva portare e mandare dall'Italia.

C'era un instancabile viavai tra Il Cairo e Massa Carrara dove si estraeva il marmo piú usato in Egitto e dove Mario Begliazzi, partner del nonno in patria e suo figlio Gianluigi, oltre ad assicurare la fornitura di lastre, si erano sobbarcati il delicato compito di mantenere costante il numero di sigari necessario al loro socio. Il capofamiglia Giorgio era costantemente preoccupato di non avere abbastanza toscani. A impensierirlo non era tanto la quantità necessaria al consumo personale quanto la mortificazione di non poterli offrire con spensieratezza agli amici che ne apprezzavano la finezza del tabacco e la qualità delle foglie. Era un uomo generoso e si divertiva a regalare «l'immaterialità del fumo», lui che nella vita era un piccolo imprenditore edile e il distributore di un materiale tangibile e fisico come il marmo.

A volte a Giorgio, al rabbino Mosseri, a papà e a qualcuno dei fratelli, si univa anche l'imam Mourad. Era un quarantenne dagli occhi vellutati e dal viso scarno, dialogava con molto sussiego in virtú della sua laurea con encomio ottenuta alla famosa università coranica di Al-Azhar e della reputazione di essere la guida spirituale di alti ufficiali dell'esercito. Era stato introdotto in casa dal primogenito Alberto che lo aveva incontrato al petit déjeuner di un amico colonnello a cui stava ristrutturando la casa. «Vale la pena di conoscere Mourad, me ne sarete grati» aveva spiegato ai suoi familiari prima che arrivasse l'imam.

Mourad frequentava la moschea Masjid Sultan Abo Elelaa a due passi da casa di papà e quando le serate estive erano lunghe e si stava bene sul terrazzo sul Nilo aveva preso l'abitudine di passare a bere il caffè alla turca fatto con i grani che arrivavano dall'Italia. Dopo il bollettino politico raccolto fra tutti gli astanti e lo scambio di reciproche informazioni fresche di giornata su Palazzo 'Abidin e sul governo il gruppetto, inconsueto a pensarci oggi, finiva per cedere anche alle discussioni teologiche. Nonostante il celestiale argomento, i toni perdevano spesso il distacco auspicabile in uomini di fede abituati a dominare la propria aggressività. Si passava dalla Bibbia al Corano, dalla Cabala al Vangelo, si alzava la voce ma si finiva con le pacche affettuose sulle spalle.

La famiglia di nostro padre era religiosa in modo laico, piú attenta alla metafisica che alla pratica della fede purché doverosamente aperta verso quella degli altri. Bisognava essere generosi, ripeteva monotono Giorgio ai suoi figli soprattutto nel fine settimana in quello che veniva definito il Sermone, nell'offrire erudizioni sulla propria religione e nel ricevere altrettanto volentieri possibili interpretazioni discordanti.

Pur essendo caratterialmente opposti e frutti di due culture diverse, la sefardita e l'askenazita, papà e Bobe e quindi la mamma che era stata educata nello stesso modo, trovarono un'affinità perfetta sull'argomento. Nessuno era bigotto e davvero praticante anche se papà pregava molto e fu sempre preciso nell'esercizio e negli orari delle preghiere. Ma la via di mezzo indispensabile, il punto d'incontro per tutti inattaccabile era che bisognava credere in Dio ed essere buoni, onesti e altruisti, questo era sufficiente a chiudere la questione.

La mentalità della nostra famiglia non esprimeva qualcosa di speciale, incarnava lo spirito e la libertà di quei tempi in quel Paese, in quella città o, meglio, in quella fetta di città e di comunità. Era abituale che la vigilia di Natale Fanny, Leila, Vicky e tutte le compagne di scuola ebree e musulmane aspettassero le amiche cattoliche fuori dalla chiesa per festeggiare insieme. Era la linea di normalità tranne che per alcune famiglie molto devote e osservanti che spiccavano nelle variegate fedi rappresentate al Cairo. Tanti anni dopo mi sono spesso domandata se la genetica dell'apertura ci abbia fatto del bene visto che, al ritorno in Italia, si respirava un altro clima. La religione preponderante era una sola e agli inizi degli anni Sessanta gli infedeli non erano accolti a braccia aperte al di là di una facciata piú d'ipocrisia che di reale sentire. Fu una ulteriore débâcle per la nostra già confusa e mescolata identità. Non stavamo bene da nessuna parte, non appartenevamo a nessun nucleo perché i nuclei in Italia erano delineati, circoscritti, chiusi e strachiusi mentre noi eravamo abituati a una fluidità di contaminazione e di frequentazione, avendo vissuto in una società dai vasi comunicanti. In Italia l'identità si era trasformata nell'oggetto del conflitto tra il desiderio di essere sé stessi e nessun altro e quello di essere come tutti quelli che ci circondavano. E non perché si pensava fossero i migliori, ma perché loro erano simili e solidali non da soli in un angolo nell'insuperato timore come noi.

La madre di papà aveva in corpo il demone del gioco. Appena possibile usciva da casa di corsa, detestava i doveri domestici e casalinghi e raggiungeva le amiche ossessionate come lei al club anglo-italiano Horreya per giocare ore e ore. Quasi tutte le signore del Cairo della buona borghesia, chi in maniera piú misurata chi piú appassionata, unghie scarlatte e sigarette turche, capelli dalle onde fresche di permanente e vestiti di cady, ventagli veneziani e occhiali con le punte da gatta passavano i pomeriggi, a volte anche le mattine, a giocare come matte. All'ora del tè il circolo che aveva preso il nome dell'omonimo giardino di fronte al Teatro dell'Opera del Cairo, aveva l'aspetto di una bisca operosa di donne.

Sotto il portico che circondava la club house in stile coloniale inglese si susseguivano i tavolini dove si sperperavano patrimoni giocando a bridge, a canasta, a poker in un idioma rocambolesco fatto di inglese, francese, italiano, ogni tanto qualche parola dell'arabo quotidiano usato anche dagli stranieri «yalla, yalla» per velocizzare il gioco. Le tende bianche del pesante cotone Giza 45, la qualità migliore, coltivato nel delta del Nilo assicuravano l'ombra contro il sole che era di brace. Quando cominciava a diventare piú clemente gli inservienti le aprivano liberando il panorama del prato limitrofo al campo da golf che sembrava tuffarsi nel grande fiume.

Il problema di Mathilde non era quello di adorare il gioco ma di essere dannata come il suo diavolo: perdeva sempre. Il lato ancora piú inquietante era che amava perdere. Chi perde può sempre vincere, spiegava a un

uditorio piuttosto sconcertato, è una speranza, un inci-
tamento, un miraggio, chi vince invece si adagia o teme
di non vincere piú, è una condizione molto piú pesante
da sopportare. Perdere la faceva sentire leggera, giovane, spensierata. Un tempo aveva avuto dei beni considerevoli e una rendita decente ma ormai aveva destinato
tutto al tavolo da gioco. «Ti rendi conto Mat? Al tavolo
da gioco, non ai tuoi figli» si disperava suo marito.

Era nata ad Alessandria d'Egitto e nel tentativo di giu-
stificarsi quando la perdita al tavolo da gioco era rilevan-
te, si difendeva dicendo che non era colpa sua se aveva
visto la luce nella città piú bella ma piú viziosa del mondo dove il gioco, l'amore per il piacere e la ritrosia verso il dovere erano considerati qualità. «In quale altro posto esiste un cimitero dedicato al riposo eterno dei liberi
pensatori?» domandava retoricamente. «Solo ad Alessandria. Ebbene consideratemi una libera giocatrice».

Quello che faceva impazzire di rabbia il nonno era
che lei non ammettesse di essere posseduta da un demone ignorando quindi di dipendere da qualcosa di
maligno che la trascinava verso la rovina. Giocare non
era un dono piacevole della vita come sosteneva Mathilde ma qualcosa, si ostinava a dire lui, che le impe-
diva di godere nell'adempiere ai suoi doveri di madre
e di moglie, missione di ogni donna adulta secondo la
morale corrente del momento seguita con fervore da
suo marito.

Ogni giorno infilava la porta di casa verso l'una senza toccare il cibo preparato in cucina per l'ora di pranzo
e tornava verso le sette di sera in genere di buonumore.
«Parla con Mathilde, je t'en prie Rabbi» suo marito im-
plorava il rabbino con una tale foga da appannare i suoi
occhiali da miope. «Ha perso di nuovo».

Il rabbino Mosseri acconsentiva e le parlava ma non
ne cavava un ragno dal buco anche perché lei non provava nessuna soggezione talmudica, anzi aveva l'abitudine di prendergli la mano e di chiedergli di darle piú e

piú benedizioni. Non come segno di un vago pentimento ma perché il rabbino aveva fama di essere uomo dotato di molta fortuna e lei, in questo modo, sperava di farsene passare almeno un po'.

Giorgio avrebbe preferito che, almeno nei momenti di crisi, sua moglie fosse guardata in famiglia con severità, ma purtroppo per lui Mathilde era simpatica e i suoi cinque figli si divertivano in sua compagnia, la vivevano come la sesta sorella. Anche se nessuno di loro, per tutta la vita, volle toccare un mazzo di carte, nemmeno per fare un solitario. Erano terrorizzati come se il padre avesse lanciato loro un «cherem», un anatema contro il gioco per proteggerli per sempre dal demonio materno. L'anatema o piú probabilmente l'esempio della madre aveva fatto effetto.

Il padre di Mathilde era stato uno stimato direttore della Banca Ottomana rimasto vedovo quando sua figlia aveva appena compiuto quattro anni. Com'era prevedibile l'aveva oltremodo viziata lasciandola alle cure e all'educazione di una zia zitella molto ricca, mezza francese e mezza siriana che le aveva trasmesso l'amore per il gioco e l'indifferenza verso l'andamento della casa. Le aveva anche inculcato l'arte di impartire ordini in genere sulla soglia della porta d'ingresso per non perdere tempo in attività noiose. Mathilde aveva trasferito questi precetti nella casa coniugale e non le importava se a causa della fretta con cui dava indicazioni spesso veniva fraintesa dai domestici e si finiva per cenare troppo presto o troppo tardi, comunque mai all'ora giusta e sempre con dei menú strampalati.

Aveva incontrato il suo futuro marito per strada. Lei era seduta a lato dell'autista che guidava la macchina paterna, lui pedalava in bicicletta di ritorno da Agami e Sidi Bishr, le spettacolari spiagge alessandrine. Ci fu un incidente, lui o la macchina sbandarono e Giorgio saltò dal sellino finendo in terra. Mathilde si precipitò a soccorrerlo mentre il sole esplodeva in un indimenticabile tramonto lungo la Corniche, il lungomare di Alessandria chiamato come la strada napoleonica che si snoda lungo la Costa Azzurra. Il giorno dopo s'incontrarono da Pastroudis, il café, bar, sala da tè e ristorante a rue Fuad dove Mathilde chaperonata da sua zia amica d'infanzia di Athanash Pastroudis era una habituée. S'innamorò di Giorgio che era metodico e responsabile, continuò ad amarlo anche quando capí che era l'uomo sbagliato per lei ma che al tempo stesso rappresentava la sua salvezza. Quel pomeriggio da Pastroudis, sua zia non l'incoraggiò «C'est pas pour toi chérie».

Mathilde non era una bellezza classica ma emanava il fascino dell'estetica di Alessandria, era sorniona, incantatrice, orientale. Nel suo patrimonio genetico danzavano flussi di sangue francese e turco e spagnolo, e secondo la sua consuocera Berthe anche siriano, era una sefardita a tutti gli effetti, quasi. Pur non essendo interessata a sondare le profondità della propria anima possedeva un'intelligenza al di sopra della media. Si vantava di avere una capacità insolita verso il calcolo numerico, si divertiva a esibirla e la trasmise a nostro padre che era il suo prediletto nonostante il primogenito Vittorio fosse bello come un attore del cinema e Alberto, il secondogenito, fosse «plein d'esprit» come Maurice Chevalier che era l'idolo del momento.

Né Arlette né Nina, le sue due figlie, avevano ereditato la sua magia vitale e mai paralizzante. Piú belle della madre ma meno speciali, erano alte come lei, snelle e dalla pelle ambrata ma dal loro sguardo non s'intravedeva mai una fiamma o il fulmine di sagacia che a volte illuminavano il viso di Mathilde. «Elles sont sages» commentava la loro madre e tutti captavano il sospiro di delusione che esalava dentro di sé.

Le due sorelle avevano assorbito con tranquillità il rapporto e il giudizio materno. Mathilde aveva ragione, erano delle brave ragazze, tutti i giorni nella gestione domestica cercavano di recuperare quello che lei mandava per aria, la difendevano con il padre e con il resto del mondo. L'amavano, la viziavano, la coccolavano ed erano riuscite a organizzare diversamente il bisogno di sicurezza, di protezione e di indirizzo della loro vita. Lo avevano demandato a un'altra madre: nostro padre.

5.

Zamalek, Il Cairo
Dicembre 1948

Dopo una delicata trattativa diplomatica tra Garden City (casa di nostra madre) e Zamalek (casa di papà) su chi doveva invitare chi e come e dove e quando, l'incontro ufficiale tra le due famiglie atteso con trepidazione dai fidanzati Fanny e Sam fu finalmente fissato con un respiro di sollievo da parte di tutti. Anche se non era possibile sentirsi del tutto tranquilli, le insidie su possibili offese e passi falsi viste le suscettibilità in ballo non erano affatto scongiurate perché in realtà piú che di una festa di fidanzamento si trattava di un incontro tra due regine.

Era stato programmato per le sei del pomeriggio privando Mathilde della sua giornata al club, contrattempo che l'aveva annoiata ma non aveva detto nulla. Quando i suoi futuri consuoceri erano apparsi sulla porta d'ingresso, sembrava che lei non avesse fatto altro durante il giorno che struggersi d'impazienza in attesa di conoscerli. Abbracciò Misha che senza saperlo aveva placato tante volte i suoi mal di testa con le preparazioni della sua farmacia. Baciò Fanny fotografandola dalla testa ai piedi senza darlo a vedere e prese tra le sue mani quella di Bobe con la migliore delle sue espressioni affettuose.

Le due donne si guardarono a fondo negli occhi, si capirono all'istante e decisero entrambe che era il caso di seppellire l'ipotetica ascia di guerra, non sarebbe servita a nulla ormai, c'era chi inevitabilmente avrebbe dovuto fare un passo indietro e lasciare il maggior spazio di manovra all'altra. Il calo di potere di Mathilde era evidente ma lei, da esperta giocatrice abituata a perdere, assecondò l'evidenza che il fulcro della serata e del futuro sarebbe stata Bobe.

L'una non poteva essere piú diversa dall'altra. Appena riuscirono a rimanere da soli sulla terrazza Fanny e Sam lo commentarono ma in modo divertito, nessuno dei due se ne preoccupava. Le due madri interpretavano i mondi da cui provenivano, Bobe quello askenazita piú tzigano e viscerale com'era lei, Mathilde quello sefardita tutto istinto e fervore.

La mattina precedente all'incontro bevendo il suo «morning tea», lo chiamava cosí anche se era un tè mediorientale, per l'ennesima volta Bobe si era domandata quanto l'educazione anzi l'avversione di Mathilde nei confronti del senso del dovere avesse contaminato suo figlio ma si era placata ripensando alle indagini sulla famiglia condotte con discrezione attraverso gli amici che erano soci dell'Horreya. Qualche sera prima suo marito Misha era entrato a casa, festoso e con una buona notizia: «Il rabbino Mosseri è passato in farmacia. Mi ha raccontato di essere un frequentatore abituale della casa di Sam, è una famiglia molto perbene. Ha definito Sam un modello di solidità e affidabilità» disse tutto d'un fiato, in genere non era mai cosí vivace. «Mi ha fatto le congratulazioni». Bobe strinse le labbra con irritazione poi domandò: «Com'è possibile che il rabbino sia informato se ancora non c'è nulla di ufficiale? Ti prego Misha non dire ancora niente a nessuno».

Prudenza, paura, silenzio. Sarebbe stato sempre un refrain molto familiare della nostra vita.

All'incontro delle due famiglie era stato invitato il rabbino con sua moglie Sara e anche tante Clara e tante Rose, le cugine del papà di Fanny chiamate da sempre zie, amabili signore che sarebbero diventate le nostre piú assidue fornitrici di giocattoli, cioccolato e caramelle. Furono felici dell'invito, Bobe teneva a fare la sua entrata con un minimo di seguito, tre era un numero un po' miserando paragonato alla tribú del suo futuro genero.

Per l'occasione la casa appariva in ordine come non lo era mai, pensò Sam guardandosi intorno. I divani e le chaise longue avevano cuscini gonfi di piume, dai tavolini egiziani erano spariti i libri di poesie, i classici francesi che dichiaravano l'usura e le sottolineature, i bricchi e le tazze di caffè abbandonate. Il marmo italiano sul pavimento era cosí brillante da sembrare nuovo, Arlette e Nina erano state inflessibili. Niente Inshallah-bukra-malesh, se Dio vuole-domani-non fa niente, giustificazioni tra le piú popolari per spiegare il non fatto, la dimenticanza, il contrattempo ma «yalla, yalla» l'esortazione alle pulizie aveva fatto da sottofondo a tutta la settimana. I domestici indossavano divise inappuntabili e offrivano sui vassoi di ottone i bicchieri turchi a forma di tulipano incrostati di turchesi con tè alla menta, succhi di melograno e di mango e le coppe di cristallo Baccarat eredità della zia che aveva cresciuto Mathilde colmi di champagne ghiacciato.

Era un grande appartamento non lussuoso ma pieno di fascino soprattutto per la sua straordinaria posizione. Le finestre erano spalancate e le veneziane di tek alzate per cercare di «fare corrente» – speranza di tutti e di sempre nelle case del Cairo. Nel salotto quattro portefinestre invitavano a uscire sulla terrazza quadrata sospesa sul Nilo e su Zamalek, la parte nord dell'isola di Gezira.

Giorgio andava fiero del panorama della sua casa e aveva preceduto gli ospiti per mettersi nell'angolo giusto e poter illustrare al meglio la vista spettacolare. Misha chiedeva e lui indicava la sagoma degli immobili costruiti nella Belle Époque dal barone belga Édouard Empain, gli edifici della Sirdaria, la sede dei servizi segreti britannici, il Gezira Palace, lo Sporting club, il circolo piú selettivo della città dove solo il 20 per cento dei soci poteva essere egiziano, e i giardini con gli eucalipti secolari. Puntando il braccio verso il centro segnalava i minareti della moschea di Mohammed Alí, simile nella forma a quella di Santa Sofia a Istanbul, nella Cittadella Salah-Al-Din a destra s'intravedeva la sinagoga Ben

Ezra dove secondo la tradizione era stato trovato il piccolo Mosè scampato alla persecuzione del faraone. Tutto intorno c'era il letto del Nilo solcato di feluche dalle vele scolorite dal sole.

Dopo aver guidato gli occhi dei visitatori Giorgio taceva di colpo, aveva una tecnica affinata negli anni. Lasciava che gli ospiti godessero da soli e in silenzio lo scenario in attesa degli immancabili complimenti e congratulazioni per la fortuna di poter gioire quotidianamente di una veduta cosí speciale. «Mi prenoto per una visita al mese almeno, questo paesaggio è una benedizione di Dio» Misha lo rese felice intuendo la sua aspettativa di gratificazione.

Bobe fu fatta accomodare su un'alta poltrona di legno e prese posto come se si stesse sedendo su un trono. Arlette, premurosa, offrí le sigarette di Mathilde che andavano molto di moda in quel periodo ma lei rifiutò con amabilità e le diede una carezza. Nina le si sedette vicino con un sorriso. Mathilde eretta su una dormeuse senza schienale, non aveva bisogno di appoggio questo era il messaggio, indicò a Fanny una poltroncina di fronte a lei. Poteva osservarla senza timore di dare l'impressione di fissarla, era proprio come l'aveva descritta Sam, molto, molto bella.

Solo un mese prima suo figlio l'aveva bloccata mentre stava per uscire.

«Mamma devo parlarti».

«Stasera chéri?» aveva tentato lei.

«Ora» aveva sorriso Sam prendendola a braccetto e avviandosi nel salotto stranamente deserto.

Non era un caso, le sorelle erano già informate e aspettavano dietro la porta. «Mamma, mi sono innamorato. L'ho già detto a papà. Voglio sposarmi, mi sono già dichiarato» pronunciò tutto d'un fiato per non essere interrotto e non lasciar spazio a obiezioni improbabili, ma con sua madre non si poteva mai sapere.

Mathilde ebbe un tuffo al cuore.

«Non hai chiesto né il mio permesso né la mia benedizione» provò a scherzare.

Sam non replicò, restò zitto.

«Ti accordo il mio perdono allora. Chi è lei?» Ascoltò
a malapena la risposta di Sam, sapeva che era un uomo
troppo intelligente per inciampare in una scelta inop-
portuna.

Doveva accadere prima o poi pensava mentre lui de-
scriveva Fanny. Era la fine, anzi l'inizio della fine. Sarebbe successo a tutti i suoi ragazzi e sperava che sarebbero stati felici. Per la prima volta si rendeva conto che
era anche grazie alla confusione e all'allegria trasmessa
in casa dai suoi figli se finora aveva potuto vivere senza
osservare le regole degli altri.

«Com'è la famiglia di Fanny, sono come noi?» Si augurava fossero di sangue misto che considerava piú
forte e geneticamente migliore. Non aspettò la risposta
di Sam – «Sí, ma sono askenaziti» – perché con un'altra
stretta al cuore il suo pensiero andò ad Arlette e Nina.

«Le tue sorelle sanno?» domandò. Per le ragazze il
fratello era la guida, quello che lei non sapeva e non
aveva mai voluto essere.

Arlette e Nina adoravano Sam e l'avevano fatto giu-
rare che non le avrebbe abbandonate o amate di meno.
Che si sarebbero visti almeno due-tre volte alla settimana e che sarebbero state le benvenute nella casa degli
sposi ogni volta che avrebbero avuto bisogno. Conoscevano Fanny di vista, non si dava arie e sembrava molto gentile. L'ultimo giuramento preteso su una pila di
Talmud era che non sarebbero andati ad abitare troppo
lontani da Zamalek.

«Ça va chéri. Ti amo tanto e mabrouk!» Mathilde
che ripudiava i sentimentalismi e soprattutto non amava mostrare di possederne, si alzò in piedi e gli diede
un bacio.

«Voglio conoscerla al piú presto e anche i suoi genitori naturalmente. Organizziamolo velocemente» dis-

se affrettandosi verso la porta d'ingresso e salutandolo con la mano ricordò «L'anello Sam, l'anello... Scegli tra i miei quello che ti piace di piú».

Suo figlio si lasciò andare sui cuscini del divano, fece un lungo respiro, allentò la cravatta e fischiò.

Nina piombò vicino a lui seguita a ruota da Arlette che l'abbracciò e gli scompigliò i capelli. «Ho bisogno di un whisky» disse Sam.

Scelse l'anello con lo smeraldo dal taglio rettangolare, non appariscente perché era antico. La sera del fidanzamento brillava sull'anulare di Fanny che lo toccava continuamente con l'altra mano. Mathilde se ne accorse e si accostò. «Ma petite non devi essere nervosa, va tutto bene, non so cosa ti abbiano detto di me ma io non ti mangerò» sussurrò sorridendo a Fanny che rimase senza fiato e senza sapere cosa rispondere. Fu salvata dalla musica, il suo futuro cognato Alberto aveva messo sul grammofono *Dream a little dream of me*, la canzone americana che in quei giorni si sentiva dappertutto al Cairo. Giorgio prese sotto braccio Sam e Misha e batté le mani per il brindisi, fu Mathilde ad alzarsi dalla dormeuse e a offrire il calice con lo champagne a Bobe.

Mentre il rabbino Mosseri concludeva il suo breve discorsetto e tutti toccavano il proprio bicchiere per brindare con quello degli altri, il suono dei muezzin della chiamata alla ṣalāt al-maghrib, la preghiera della sera, s'infiltrò dentro al salotto. Giorgio e il rabbino si scambiarono un cenno e Alberto corse a interrompere la musica. Era un segno di rispetto nei confronti delle persone che lavoravano in casa ed erano di religione musulmana.

Alle sette e mezza cominciò a suonare il campanello di casa. Giorgio aveva deciso che dopo i primi momenti dedicati all'intimità familiare avrebbe fatto piacere a tutti condividere la bella serata con gli amici piú cari.

Arrivò Kate con il nuovo addetto culturale dell'ambasciata inglese, lo smilzo e miope lord Mittford, seguita da Madame Maryam al braccio di suo marito Mustafà Robert Makmoud impeccabile nei suoi vestiti occidentali, in testa il tarbush bordeaux, cappello dei ricchi egiziani. Appena varcata la soglia l'imam Mourad impartí una benedizione ed elaborati auguri in arabo ai due fidanzati poi s'inchinò davanti a Mathilde.

Alberto Marano scortava Niní Baranes con un rossetto carminio ordinato a Parigi, il vestito in tinta e l'aria sognante ogni volta che guardava Max Perlo, ex compagno d'università di Sam di cui era innamorata da anni. Sua madre Mireille si scusava che suo marito Ahmed non avesse fatto a tempo a tornare da Alessandria, si era fatta accompagnare da Monsieur Feisal, l'amico saudita che conosceva tutti ed era appena atterrato da Londra. Lui s'inchinò davanti a Fanny e le porse un pacchetto quadrato pregandola di aprirlo la sera tornata a casa, era un bracciale d'oro costellato di piccole pietre preziose. Mireille guardava Fanny e la scena con il capo reclinato e il suo solito sguardo malizioso, indossava un abito di tulle grigio, tra le dita la sigaretta turca Turmac con il bocchino d'oro, intorno a lei il costosissimo profumo alla tuberosa che arrivava dal miglior speziale di Beirut. Si staccò a malincuore dal gruppetto dirigendosi verso quello molto meno interessante formato da Bobe, Mathilde e Sara Mosseri ma era là che le convenienze la volevano.

Fanny fu circondata dalle sue amiche dell'Auvernia Vicky Bivas, Leila Qabbani e Maria Farassi, il cui padre noto fascista finita la guerra aveva bruciato le camicie nere e folgorato da Alcide De Gasperi era diventato un fervente democristiano. Al suo fianco Sam riceveva le strette di mano e le pacche sulle spalle di Caralambo Skiatos e di suo padre Alexandre, di Caralambo Egyptiadis e di Mohammed Hafez, tutti e tre erano stati compagni di scuola fin dalla scuola materna.

Kate infilò il suo braccio sotto quello di Fanny. «Te la rapisco, sto diventando gelosa non la vedo quasi piú» disse a Sam mentre si allontanava con la testa voltata all'indietro. Era come sempre deliziosa, aveva raccolto i capelli biondi in uno chignon disordinato e l'abito di mussola aveva il colore dei suoi occhi, sapeva molto bene come valorizzarsi. Hafez chiese a Sam: «Chi è?»

«Allora habibti come ti senti nella tana del lupo anzi della lupa?» Kate e Fanny avevano parlato spesso della madre di Sam.

«È andata meglio di quello che temevo, è gentile, una persona particolare no? Piuttosto... chi è questo lord? Ti piace?» Fanny era curiosa, Kate non si era mai innamorata e sarebbe stata ora.

«Oh no, è l'abituale tentativo di papà, è terrorizzato che finisca per non sposare uno della nostra isoletta».

«Non ha ancora capito che ti piacciono gli uomini mediterranei?» la punzecchiò Fanny.

Kate le fece segno di stare zitta. «Sei andata alla Shell? Hai parlato con Mister Osborne?»

Gliel'aveva chiesto Sam e per lei era stato un dispiacere. Non che l'avesse costretta, era stato molto leggero senza voler dare troppo peso alla questione, forse per lasciarle la scelta o meglio la sensazione di poter fare una scelta. Le aveva confessato che avrebbe preferito una moglie dedita solo a lui e alla casa. Non che avesse nulla contro le donne che lavoravano, le aveva detto, sapeva che per lei uscire ogni mattina dalla casa dei genitori per andare a lavorare era stato un modo per sentirsi un po' indipendente, allontanarsi per qualche ora dalla sua condizione di figlia unica e amatissima.

Ma sposandosi, Sam aveva cercato con cura le parole per dirlo, Fanny non avrebbe piú avuto bisogno di cercare un mondo esterno al suo «nido», aveva detto proprio cosí «nido», perché avrebbe avuto una casa sua di cui occuparsi, un marito da amare e un loro mondo tutto da creare. Poi sarebbero venuti i figli... Insomma lui non voleva che Fanny si stancasse e non avesse il tempo di godere a fondo delle nuove gioie riservate a una giovane moglie.

Bobe aveva approvato, Kate aveva disapprovato e Fanny aveva accettato a malincuore perché aveva amato lavorare alla Shell, uscire presto di casa tutte le mattine, fare il tratto di strada con Moh al fianco, bere un tè con le sue compagne di lavoro, ricevere ogni mese lo stipendio di 20 pound egiziani che non le serviva a nulla se non a fare regali ai genitori, alle sue amiche, ad aiutare di straforo Moh.

James Osborne, il capo supremo della Shell House in Egitto che le era stato presentato da Kate, la trattava come una figlia, era diventato un amico di famiglia tanto da essere spesso ospite al pranzo della domenica con sua moglie Betty. Apprezzava il lavoro di Fanny, la più giovane dell'ufficio, una sorta di mascotte veloce, attenta e affidabile.

Mister Osborne che al naturale era una specie di ghiacciolo, sorprendentemente si commosse quando lei gli comunicò le sue dimissioni, le augurò ogni bene e volle a tutti i costi scrivere una lettera ufficiale di referenze che decantavano le sue virtú. «Miss Fanny you never know» le spiegò, non si sa mai.

«Bene, non c'è altro da dire. Ti sei consegnata a tuo marito, il dado è tratto» Kate allargò le braccia in segno di sconfitta. «Hai fatto quello che non volevi per ubbidire a qualcun altro. D'altra parte lui è italiano e tu sei maledettamente troppo docile».

«Cosa dovevo fare, mettermi contro il mio futuro marito? Che vuoi dire con "lui è italiano"? Invece credo sia stata la scelta giusta e non vedo l'ora di alzarmi tardi tutte le mattine» ribatté Fanny. «Non discutiamo stasera, ti prego, lo sai bene che siamo diverse, non è una novità».

Kate annuí con la testa e le strinse la mano. Tornando verso il centro del salotto indicò a Fanny l'uomo bruno vicino a Sam. «Chi è?» le domandò a bassa voce. In quello stesso momento l'uomo si voltò, sorrise avvicinandosi a Fanny e guardando Kate con aria interrogativa. Aveva un viso sconclusionato con un naso che sembrava il becco di un falco e gli occhi brillanti come se avesse la febbre. Mentre stava per fare le presentazioni Fanny, proprio come si leggeva nei libri, sentí una corrente elettrica passare tra i due anche se Kate al solito non seppe tenere a bada il suo senso dell'umorismo e si lasciò andare a una smorfia ironica. «Monsieur Mohammed Hafez, Miss Kate Lambert, la mia piú cara amica» pronunciati i loro nomi corse via anche per cercare di capire le ragioni dei rumori di giubilo che arrivavano dall'ingresso della casa.

Davanti alla porta spalancata il suo futuro suocero stava soffocando in un abbraccio un uomo dai capelli bianchi che aveva lasciato cadere un grosso pacco di cartone pieno di timbri. Intorno a lui tutta la famiglia applaudiva «Mario, Mario, che meravigliosa sorpresa!» esclamava Giorgio. «Che fai qui?»

«Potevo mai perdermi la festa di fidanzamento di Sam?» Si divincolò dall'abbraccio e si diresse deciso verso Fanny, aveva un buon odore di acqua di colonia. «È lei la bellissima fidanzata, vero?» Il signor Begliazzi, amico e socio in affari di Giorgio da una vita, le prese la mano e parlò con grande tenerezza: «Sono partito da Massa Carrara per conoscerti. Voglio bene a Sam come a mio figlio Gianluigi, abbi cura di lui» e le diede un bacio sulla fronte.

Bobe guardava la scena turbata mentre tutti ridevano e battevano le mani. Non era abituata a questo entusiasmo latino rumoroso e maschile e osservava perplessa Fanny che pareva totalmente a suo agio. Quell'energia la faceva sentire spossata. Misha si mise al suo fianco, la conosceva come le sue tasche e avrebbe saputo descrivere secondo per secondo quello che le passava per la mente. Le leggeva in faccia che non aveva smesso di rimuginare sulla scelta del Grande Tempio Ismailia in rue Adly Pacha per la celebrazione del matrimonio, una sinagoga considerata sefardita e non askenazita che perdipiú era stata costruita come un antico tempio pagano egizio. Aveva provato a dire qualcosa ma Fanny era stata inflessibile.

Suo marito le prese il mento fra le mani e la guardò a lungo negli occhi «Nemen es gring mayn libe» le disse di stare tranquilla, attirandola verso di sé. Bobe stava per rilassarsi e sorridere quando sobbalzò per l'improvviso nuovo boato, un'altra esplosione di gioia. Era stata aperta la scatola portata da Begliazzi. Era piena di sigari toscani il cui profumo riempí la stanza di colpo. Il rabbino Mosseri fu tra i primi a fumarne uno. Anche Mireille Baranes si divertí ad accenderlo. Monsieur Feisal decretò che era piú buono dei Montecristo cubani. Bobe guardando suo marito roteò gli occhi in modo significativo.

Giorgio e Mario s'infilarono nello studio in cerca di pace. «È stata una bella serata e il tuo arrivo a sorpresa mi ha riempito di gioia. Grazie. Sono contento per mio figlio, Fanny lo renderà felice ne sono sicuro». Aspirò una lunga boccata dal toscano. «Non mi sentivo cosí sereno da mesi, da quando sono cominciati gli attentati, gli arresti e da quando i Fratelli Musulmani – si dice sia opera loro – hanno fatto saltare per aria i Grandi Magazzini di Salvator Cicurel».

«Ho un amico all'ambasciata d'Italia qui al Cairo, sostiene che è tutto sotto controllo. I disordini erano stati messi in conto dopo la nascita di Israele e l'esito della guerra» lo tranquillizzò Begliazzi. «Sono teste calde, Faruq è saldo, conosce il suo popolo e lo lascia sfogare. Non è la prima volta. Qualche mese e tornerà la calma».

«Che Dio ti ascolti». Giorgio congiunse le mani mimando il gesto di pregare cercando di non far cadere il sigaro per terra. «Al club l'altra sera qualcuno raccontava di star pensando di lasciare l'Egitto. Sarebbe un peccato, è il piú bel Paese del mondo non credi?»

Dopo le esplosioni di gioia e sorpresa per gli ospiti inattesi arrivati dall'Italia era scesa la calma come se tutti avessero bisogno di ritrovare nuove energie.

Sam prese la mano di Fanny e insieme andarono verso la terrazza che sembrava tranquilla e deserta. Tranne che in un angolo. C'era Kate stesa su una chaise longue di midollino, vicino a lei Hafez la divorava con gli occhi febbricitanti. Kate alzò la mano in segno di saluto. In quel momento il muezzin ruppe il silenzio e iniziò a richiamare i fedeli all'ultima preghiera, la preghiera della notte.

6.

Monte Argentario, Italia
Agosto 2002

L'unica volta in cui nostro padre ruppe il riserbo scelto come scudo alle nostre periodiche domande sul passato cedendo a un racconto ricco di particolari fu una sera estiva in Toscana, pochi mesi dopo aver compiuto ottant'anni. Il discorso era caduto su Faruq, nessuno ricorda come mai, e papà si era divertito a descrivere il re e le storie che si raccontavano forse perché era un argomento innocente, privo dell'amarezza della perdita, dell'umiliazione, della nostalgia. Per noi divenne naturale provare a chiedergli quando cambiò l'atmosfera incantata del Cairo. E lui non si sottrasse.

«Mi domandate come cominciò a farsi largo la sensazione di essere fuori luogo, di vivere in un mondo che non fosse anche il nostro. Non saprei indicare un preciso momento, fu qualcosa di sottile, un andamento fluttuante, un'onda che appariva e sfuggiva.

Chissà come siamo finiti a parlare di quel periodo, non c'è nulla in questa serata e nel mare davanti a noi che me lo ricordi o mi riporti indietro all'odore della sabbia e del sale che ti aggrediva sulla Corniche di Alessandria. Solo i gelsomini della pergola hanno il profumo dei fiori del Mena House, dei "bon vieux temps". Sí, avete ragione non ho perso l'abitudine di parlare in tre-quattro lingue come si faceva al Cairo, diventa istintivo quando ripenso a quella parte della nostra vita.

Ho evitato spesso di ripercorrerla se non per raccontarne solo la luce, vero Fanny? Molti ricordi non sono piú cosí chiari ma non ho dimenticato come, nonostante tutto, in quei mesi del 1948 il nostro modo di vivere sembrasse ancora intatto.

Cominciò con una bomba, mi fece molta impressione ma, sembra incredibile, non le diedi un peso eccessivo forse perché ero giovane. Alle dieci di quel giorno di luglio non si soffocava ancora. Eravamo appena arrivati nel nostro ufficio a rue Ibrahim Pasha quando Caralambo Egyptiadis, il fiato corto e il viso color guaiava, piombò nella mia stanza.

"Avete saputo della bomba ai Grandi Magazzini Cicurel?"

Poggiai la matita che avevo in mano per fare i conti delle fatture, forse per la fornitura del marmo rosso di Verona che andava di moda in quel momento. "Certo, l'abbiamo saputo".

Caralambo affondò nella poltrona davanti alla mia scrivania, si tolse il cappello e allungò le gambe.

"Stamattina mi sono precipitato ai Grandi Magazzini Hannaux, sapete che a fine Ottocento Moreno Cicurel, il capostipite, aveva iniziato a lavorare proprio da loro appena arrivato da Smirne. Il direttore generale e i suoi collaboratori non avevano chiuso occhio tutta la notte, erano in riunione e c'era l'ordine di non disturbarli ma io sono di casa".

Gli Egyptiadis erano importanti coltivatori di cotone, terre feconde a ettari vicino al delta del Nilo, ricevuti ovunque con tutti gli onori.

"Si domandavano quale sorte li aspettasse visto che Cicurel, il grande magazzino preferito dalla famiglia reale, il piú sorvegliato di tutti aveva subito un attentato del genere" raccontava Caralambo, "per non parlare della devastazione subita dagli altri negozi e dell'orribile destino dei poveri diavoli che hanno perso la vita perché capitati per caso mentre scoppiava la bomba".

Si fermò, sembrò prendere fiato ma solo perché stava arrivando il vassoio con il caffè e stavano entrando nella mia stanza il nonno e gli zii Vittorio e Alberto. Dopo due tazze di caffè, ne beveva sempre due, una dopo l'altra, Caralambo continuò a parlare.

"Il direttore si chiedeva chi fosse il vero bersaglio, il negozio o la famiglia reale? Lo sanno tutti che da Cicurel 'vivono' la regina Farida, e le sue tre cognate una delle quali Fawzia, l'ex imperatrice di Persia, entra nel negozio la mattina per uscirne la sera. Il grande magazzino è impagabile per sua maestà e per i suoi familiari".

A quel punto Caralambo riportò la battuta di uno dei dirigenti:

"Impagabile nel senso che non pagano mai?"

Tutti si erano messi a ridere, aveva concluso Caralambo, raccontando anche a noi la ragione dell'ilarità, l'ennesima avventura sentimentale di Faruq diventata di dominio pubblico.

Era noto che il sovrano conducesse una vita sfarzosa e dissoluta e che avesse l'abitudine di regalare un gioiello di grande valore alle sue amanti, anche a quelle occasionali. L'ultima della serie si era recata da Antonio Di Marco per farsi valutare la collana di brillanti avuta in ricordo di qualche notte trascorsa nelle alcove reali.

Il gioielliere famoso per capire anche a occhio nudo la graduatoria della purezza di un diamante, dopo aver esaminato le pietre una per una con la lente, chiamato il primo commesso per avere una conferma del suo giudizio – non ne aveva mai avuto bisogno – aveva cercato le parole con cura perché non sapeva come dirlo. La collana offerta dal re era falsa. La signora aveva avuto una crisi isterica e nel giro di un quarto d'ora tutta la città sapeva e stava ridendo.

Al Cairo si viveva cosí, sapete, in bilico tra dramma e commedia, comodità e atrocità, ingiustizia e ironia, eravamo smaliziati, un po' profani, blasé. Ma quella mattina la storia della falsa collana non diede il via al nostro solito chiacchiericcio sui misfatti del re, politici o mondani, ci limitammo a sorridere appena, eravamo davvero scossi. Caralambo – ragazze ve lo ricordate come era eccessivo? – continuava a parlare a raffica.

"Da Hannaux non c'era altro da dire e da sapere, cosí ho salutato tutti e mi sono precipitato a Khazindar place ai Grandi Magazzini Sednaoui. Credo conosciate i proprietari George e Youssef. Non sono ebrei ma copti greco-siriani, i rapporti tra Siria ed Egitto non sono distesi, quindi sono a rischio anche loro. All'ultimo piano, quello dell'amministrazione, c'era un viavai d'impiegati, di dirigenti e di amici che andavano e venivano. Uno dei giovani Sednaoui è uscito da una stanza e l'ho bloccato. Era stravolto, l'amicizia-rivalità con i Cicurel è sempre stata fraterna e tutta la sua famiglia era sotto choc. Mi ha confidato che qualcuno di loro stava pensando di lasciare l'Egitto almeno per un po', finché il Movimento dei Fratelli Musulmani, sempre piú popolare, non si fosse calmato". La voce di Caralambo era diventata rauca, prese un bicchiere d'acqua e limone e smise di parlare.

Nel mio ufficio nessuno fiatava, eravamo pietrificati dalla frase "lasciare l'Egitto almeno per un po'", qualcosa che non era mai stato preso in considerazione. Vostro nonno riemerse dallo stupore ed esclamò:

"Andarsene? Che assurdità, per quattro fanatici".

Quel giorno non riuscimmo a lavorare, nella nostra vita era penetrata l'ombra di uno scenario imprevisto.

Non avevamo mai avuto l'impressione di essere mal digeriti nel Paese, poteva esserci un sentimento ostile nei confronti degli inglesi che controllavano il Canale di Suez o del periodo coloniale francese, non nei nostri. Ci sembrava anzi di dare lavoro e di contribuire all'economia dell'Egitto, era stato proprio Joseph Cicurel insieme a Talaat Pascià Harb a fondare la Banca Misr, la prima banca totalmente egiziana, tutte le altre erano controllate da stranieri. I rapporti con gli egiziani di qualunque classe sociale erano ottimi, le persone piú povere che ci aiutavano a casa ci avevano sempre dimostrato stima e devozione ringraziandoci per come li trattavamo. È stato per questo che non abbiamo avuto la capacità di dare il giusto valore alle nubi all'orizzonte ma allo stesso tempo proprio per questo siamo stati capaci di sopravvivere in Egitto cosí a lungo.

Quella sera la cena fu consumata in silenzio tranne che per qualche monosillabo. Persino mia madre Mathilde era impressionata e non lo nascondeva. Qualche giorno dopo vostro nonno si recò alla comunità sefardita per cercare di incontrare Salvator Cicurel che ne era il potentissimo presidente. Negli anni Venti suo nonno Salomon era stato accoltellato da un dipendente italiano furioso per esser stato licenziato. Dopo la sua morte la famiglia era partita per Parigi e sua figlia Lily aveva poi sposato Pierre Mendès-France, il futuro primo ministro di Francia.

Tornato a casa mio padre ci disse che Cicurel stava preparando un viaggio in America per informare dell'accaduto la comunità ebraica di New York. Secondo il capo di gabinetto del re, mi pare fosse Aly Maher, gli attentati erano quasi certamente opera dei Fratelli Musulmani, conseguenza della nascita di Israele e delle sconfitte dell'esercito egiziano nel conflitto arabo-israeliano.

Né il re né il governo si erano schierati ufficialmente contro gli episodi di violenza ma nello spiegarlo vostro nonno sembrava sollevato dal fatto che gli attentati facessero parte di una strategia di guerra e di politica. "Noi" eravamo un'altra faccenda.

Non ricordo molto altro se non che fu un periodo strano. Ma non durò a lungo e il nostro gruppo – i due Caralambo, Skiatos ed Egyptiadis, Alberto Marano e i miei fratelli – riprese a frequentare i pomeriggi e le serate all'Auberge des Pyramides, al Mena House e all'Hotel National in rue Suleyman Pacha. Piú allegro e meno formale dello Shepheard's dove c'era l'obbligo dell'abito da sera nella sala da pranzo, il bar del National era affollato d'italiani e di francesi. Durante la Prima guerra mondiale era diventato il locale preferito dei soldati britannici superstiti del Corpo cammellato imperiale, 2500 uomini, 3500 tra cammelli e dromedari che al Cairo erano considerati animali domestici. I beduini li portavano in giro per le strade e il re e molti pascià se li disputavano a peso d'oro per organizzare gare di corsa nel deserto.

Nel secondo conflitto il National era diventato un covo di spie, di belle donne e di contrabbandieri.

Una sera incontrai al bar Mohammed Hafez appena arrivato da Byblos in compagnia di un gruppo di amici di Beirut. Hafez apparteneva a una famiglia di costruttori della buona borghesia turco-egiziana, ora non piú in auge come negli anni anteguerra. Eravamo stati compagni di scuola, poi lui era volato in Inghilterra all'Università di Oxford per qualche anno. Lo consideravo un caro amico anche se da quando era tornato avevo avuto la sensazione che fosse sfuggente ma si capiva che era una scelta, una decisione presa non una caratteristica del suo carattere. Mi era molto simpatico lo stesso. Quella sera al bar del National gli feci i complimenti per la sua accompagnatrice.

"Me l'ha presentata Phil Kilby l'hai mai incontrato? È inglese, un tipo interessante, credo abbia a che fare con l'Intelligence non ho capito per conto di chi..."

Non finí il discorso su Kilby, e me ne sono sempre rammaricato perché anni dopo venne fuori che era davvero una spia e un mago del doppio gioco, perché fummo interrotti da... Ah sí, dal direttore del National, un greco milionario di nome Costantin Erikadis, una potenza nel mondo dell'intrattenimento del Cairo che si era precipitato a salutare Mohammed.

"Salut mon vieux, non ci siamo piú incrociati ma ti trovo in grande forma, torna a trovarci piú spesso".

Erikadis possedeva anche il Kit Kat, il cabaret dove aveva ballato Hekmet Fahmy una famosa danzatrice del ventre finita in prigione perché sospettata di aver lavorato per l'Abwer, i servizi segreti nazisti. Hafez promise, riprese il discorso con me e ci ritrovammo a parlare degli attentati, capí che ero preoccupato. "So che si stanno muovendo a corte per risarcire Salvator Cicurel e dare un segno alla comunità internazionale. C'è un memorandum in preparazione. Perché non passi a trovarmi domani, verso le sei? Cosí parliamo e ti racconto, stasera ho altro da fare e altro per la testa". Mi fece l'occhiolino e si allontanò con la sua bellissima amica francese.

L'indomani mattina Hafez telefonò per avvertirmi che non abitava piú con i suoi genitori a Heliopolis, nell'elegante zona est del Cairo costruita a inizio secolo dal barone Empain, ma che viveva da solo in un appartamento di rue Cherif Pacha. Mi diede il suo nuovo indirizzo, era il primo di noi a lasciare la casa dov'era nato per ragioni diverse da un lavoro lontano dalla città o dal matrimonio. Ero curioso.

Mi aspettava con due Martini dry, sapete che non sono mai stato un gran bevitore ma Hafez aveva fama di essere un barman di talento. La casa era piccola e piena di sole, le veneziane di legno facevano passare lingue di luce. Sarebbe stata confortevole se avesse avuto mobili e divani, nel salotto-studio troneggiavano solo due poltrone, un cassettone e pile di libri e di faldoni. Mi tornò in mente la bella casa di Heliopolis dov'era cresciuto, lui captò immediatamente il mio pensiero.

"Ho quello che mi serve. Mi sono abituato a vivere in modo spartano a Oxford ma tra qualche settimana l'appartamento sarà quasi normale, mia madre è passata a trovarmi ed è quasi svenuta, confido che stia prendendo in mano la situazione".

Facemmo un brindisi, parlammo del Libano e di quanto era viva e divertente Beirut.

"Sempre meno del Cairo s'intende" commentò lui.

Ci fu un momento di silenzio, capii che se volevo sapere dovevo essere io a chiedere, Hafez aveva sempre saputo come gestire il potere, era un uomo elegante anche in questo.

"Allora dimmi, ieri sera hai parlato di un memorandum in preparazione. Di che si tratta?"

Ebbe un'impercettibile espressione di soddisfazione, avevo centrato il punto. Accavallò la gamba e cominciò a parlare.

"Quello che ti racconterò deve rimanere tra queste mura e tra noi due, è riservato. Ieri ero dalle parti di rue Cheikh Rihanne" fece una pausa e io mi irrigidii, era la strada del ministero dell'Interno. "Cosí sono passato a salutare i miei amici che lavorano nella segreteria di Mahmoud Fahmy Nokrashy Pasha, il primo ministro. Pare che dal ministero del Commercio stiano arrivando molte pressioni, l'altro ieri anche un memorandum per sottolineare l'importanza nevralgica dei Grandi Magazzini Cicurel nell'economia egiziana. Il re è buon amico di Salvator Cicurel, sembra che siedano spesso agli stessi tavoli da poker organizzati nelle proprietà dei magnati sulla Route des Pyramides. A corte l'idea alla quale stanno lavorando è far sostenere al governo le spese per la ricostruzione e la riapertura del grande magazzino e dei negozi devastati dagli attentati. Non piacerà ai Fratelli Musulmani, lo considereranno un affronto ma darà un segnale forte alla comunità straniera e alla stabilità della monarchia".

Ricordo che per un attimo fui piú colpito dalla conoscenza di Hafez su questioni di Stato cosí riservate che dal significato, positivo per noi, di quello che mi stava raccontando. Non sapevo se nascondere questo stupore o manifestarlo ma decisi di essere sincero.

"Come mai conosci cosí bene gli uomini della segreteria del primo ministro da ricevere informazioni top secret? Non pretendo di sapere il nome di tutti i tuoi amici e conoscenti ma non mi è mai capitato di imbattermi in queste persone in giro. Erano a scuola con noi, sono amici della tua famiglia, di tuo padre?"

Hafez mi guardò dritto negli occhi poi voltò lo sguardo e rispose.

"Li ho incontrati a Oxford, eravamo gli unici egiziani. Seguivano il mio stesso corso di scienze politiche e diplomatiche ma erano piú avanti di un anno. Non li hai mai incontrati perché sono nati e vissuti ad Alessandria. Ci siamo divertiti insieme, abbiamo condiviso le scorribande a Londra e li avrei anche portati dal mio sarto a Savile Row se avessero avuto i soldi per pagarlo. Non li avevano, riuscivano a malapena a sostenere la retta e l'affitto. Li ho 'nutriti' spesso e volentieri e mi sono riconoscenti" spiegò con un sorriso.

Ebbi la strana sensazione che Hafez avesse lasciato il mio livello e fosse entrato in un altro, non so quanto piú alto, certo diverso. Mi resi conto che non sapevo piú cosa facesse. Se lavorava, se si era messo sulle orme del padre costruttore, se aveva deciso cosa fare nella vita. Glielo chiesi ma avevo già in mente la risposta anche se ero sicuro che non me l'avrebbe data. Hafez amava il potere e voleva prenderne e controllarne una fetta, possibilmente consistente.

Si alzò e cominciò ad andare su e giú nella stanza, era alto, di passo svelto e il parquet di tek scricchiolava a ogni suo passo, le lame di sole delle veneziane lo facevano sembrare tagliato a fette.

"È complicato per voi ma lo è anche per noi egiziani. Viviamo in un modello di società apparentemente perfetto ma cominciano a svelarsi le prime crepe. Cosa siamo ora o cosa siamo diventati non è chiaro né a noi né agli altri. Siamo ibridi come voi. Arabi che si comportano come francesi o inglesi o americani. È una nostra scelta o uno specchio imposto da qualcun altro? Io sono egiziano ma vivo come uno straniero. Tu sei italiano ma vivi come me, come un egiziano, mangi i nostri cibi, ti muovi nel nostro mondo. Non mi guardare cosí, non parlo né di religione né di passaporto".

Mi alzai anch'io perché le sue parole mi facevano sentire a disagio, non avevo voglia di rimuginare quel giorno, non ne ho mai avuto il carattere ma a questo punto mi premeva altro.

"Cosa prevedono i tuoi amici altolocati? Il re, il governo hanno la volontà di fermare la violenza contro gli stranieri e contro gli ebrei e i cristiani?"

Lo interrogai con una bella dose d'ingenuità, immagino che Hafez ridesse dentro di sé, gli avevo posto una domanda impossibile, una domanda da bambino. Prese tempo, si passò una mano tra i capelli neri privi della brillantina che noi usavamo con generosità e non si dilungò. "Ci sarà ancora qualcos'altro temo ma vedrai che Faruq saprà fermare l'ondata".

Bastarono queste parole a farmi sentire di nuovo a posto. Non volevo sapere altro, gli diedi la mano e ci salutammo. Non sono certo che il nostro incontro andò proprio cosí, forse ho forzato la memoria e la fantasia, ma il senso fu questo.

Come Hafez aveva previsto, ci furono altri due attentati ma poco dopo incontrai vostra madre e l'ansia fu accantonata. Non feci nessun tentativo per sapere di piú sui movimenti e sulle relazioni di Hafez, non sono mai stato una persona curiosa. Ma nel ripensarci avrei dovuto forzare la mia natura. Fu un periodo strano, cercavamo di mettere da parte quello che poteva allarmarci, vivevamo gli attentati e i disordini come qualcosa di laterale alla vita quotidiana. Solo vostro nonno Misha che era passato attraverso la rivoluzione, i pogrom e il nazismo comprese fin dall'inizio che non dovevamo farci illusioni. "Shtendik starts in di zelbe veg" disse poi, comincia sempre nello stesso modo.

Poco prima della nostra festa di fidanzamento fu arrestato un nutrito gruppo di appartenenti ai Fratelli e subito dopo il primo ministro decretò lo scioglimento del Movimento dichiarandolo fuorilegge. Non sapeva che stava firmando la sua condanna a morte. Fu ucciso da uno studente di veterinaria membro del Movimento travestito da militare che gli tese l'agguato al ministero dell'Interno. La presa di posizione del re e del governo placò i nostri animi e i nostri timori. E potemmo dedicarci ai preparativi del matrimonio convinti che tutto era tornato al posto giusto.

Pochi giorni dopo il plateale arresto del gruppo dei Fratelli Musulmani, Hafez non mancò di mandarmi un biglietto con il quale in modo leggero, quasi da salotto, mi ricordava la conversazione fatta a casa sua e le sue previsioni rivelatesi esatte.

Gli resi l'onore al merito e lo invitai come tutti gli amici intimi alla nostra festa di fidanzamento. Quella sera conobbe Kate».

7.

Garden City, Il Cairo
Marzo 1949

Fu Moh a dare la notizia. Aprí la porta e con il tarbush di traverso per l'agitazione si precipitò da Bobe che stava cucendo in giardino come un'anima in pace. Senza fiato riuscí a dire «Ma'am, c'è Mister Durrell».

Bobe lo guardò come se stesse delirando.

«Mister Durrell? Dove? Qua? Oyvey iz mir!!!» Lasciò cadere il suo lavoro di cucito guardandosi attorno allarmatissima.

«L'ho fatto accomodare in salotto Ma'am, ha chiesto un caffè». Girò sui tacchi ma lei lo bloccò.

«Moh, dov'è Poupi?» Il rapporto con Moh era cosí familiare da usare i diminutivi.

E lui di rimando con il nome che aveva dato a Fanny: «Cucu è uscita con Miss Kate e Mademoiselle Niní per andare a pranzo fuori, forse da Groppi» e si eclissò.

Bobe scosse la testa, lisciò il vestito, controllò se i capelli erano in ordine, chiuse gli occhi un momento e poi con un lungo respiro si avviò verso il salotto pensando, Morirò di crepacuore, nebekh mentsh. Cosa succederà adesso? Tese le due mani a Charles.

«Che sorpresa!» e lui l'abbracciò.

Era passato piú di un anno e mezzo dal loro ultimo incontro. Si allontanò da lui di qualche passo per guardarlo sperando che fosse diventato brutto, trascurato e in disordine. Invece era lo Charles di sempre, con i suoi begli occhi azzurri e lo sguardo franco, il fisico sportivo e le maniere poco inglesi, affettuose e spontanee.

Si sedettero mentre Moh portava il vassoio con il caffè turco e i biscottini viennesi con marmellata e nocciole. Bobe serví il caffè e glielo passò mentre Moh con un passo da tartaruga e le orecchie quasi all'indietro si avviava verso una delle porte, la piú lontana, del salotto.

«Dov'è Miss Fanny?» chiese Charles. Bobe intrecciò le mani e si schiarí la gola.

Nostra madre aveva passato una bella mattinata, aveva trovato all'Anglo-Egyptian Bookshop un libro consigliato da un'amica inglese *The razor's edge* di Somerset Maugham, Niní aveva ritirato la biancheria ordinata da Sednaoui, Kate aveva dichiarato di non aver voglia di far niente e di non aver niente da fare. Era stata silenziosa e un po' distratta durante il pranzo al Petit Groppi, sotto i portici le pale dei ventilatori di legno muovevano l'aria in modo piacevole, i cocktail di gamberi erano deliziosi come al solito e lei aveva negato di avere qualche problema. Quando aveva finito in un battibaleno la coppa di panna, mango e tamarindo si erano guardate con un sorriso, Kate stava bene era stato il tacito messaggio tra loro.

Avevano chiacchierato di amiche e di cinema, di Max Perlo che si era finalmente dichiarato a Niní e del fatto che Sam era ancora bloccato ad Alessandria a causa di un carico di marmo che non riusciva a sbarcare. Dopo il caffè con i datteri coperti di pasta di mandorle rosa si erano salutate dandosi appuntamento l'indomani per una passeggiata non prima che Fanny chiedesse un'ennesima volta:

«C'è qualcosa Kate?» Ma era stata rassicurata.

Moh le aprí la porta con un'espressione strana e Bobe vedendola arrivare non sorrise, non mosse un muscolo, sembrava la stesse aspettando seduta su una poltrona in salotto e non in giardino come faceva di solito a quell'ora. Oggi hanno tutti la luna di traverso, pensò Fanny, Mamouscka che c'è?

«È tornato Charles... Durrell. Nebekh mentsh, pover'uomo. E vuole sposarti».

La nonna decise di non perdersi in preamboli e di sintetizzare il colpo di scena. Fanny la guardò come se stesse delirando poi si mise a sedere, deglutí e domandò:

«Gliel'hai detto?»

Non fecero parola a Misha, erano tutt'e due frastornate, il ritorno del «pretendente inglese» era una possibilità che nessuno aveva messo in conto. Il suo nome e il suo viso erano spariti nelle nebbie del passato offuscati dall'imprevisto arrivo di Sam, dalle scelte di Fanny e dalla debolezza del suo sentimento verso Charles, colpevole di non essersi piú fatto vivo nonostante le promesse che erano sembrate ardenti.

La sorte era dispettosa, Charles appariva proprio quando Sam era lontano. Con lui al fianco Fanny avrebbe saputo meglio cosa fare e come comportarsi, forse glielo avrebbe presentato e non ci sarebbe stato nessun tormento. Non che ci fosse il tormento, cercava di tranquillizzarsi nell'insonnia di quella notte, Charles spuntava dopo piú di un anno e mezzo senza avvertire, senza nemmeno un telegramma, poteva anche essere che avesse voluto metterla alla prova, allora voleva dire che non aveva avuto fiducia in lei e dunque ben gli stava anche se... in effetti lei non lo aveva aspettato. Ma si può aspettare un fantasma?

Charles aveva chiesto a Bobe di rivedere Fanny. Voleva spiegarle le ragioni della sua sparizione, non la biasimava per essersi fidanzata con un altro, era comprensibile, lui aveva aspettato troppo tempo pur essendo sicuro del suo sentimento verso di lei. L'avrebbe attesa allo Shepheard's l'indomani alle undici. Era una beffa che avesse scelto proprio il posto dove Sam l'aveva chiesta in sposa a suo padre cinque mesi prima.

«Cosa mi consigli?» era stata la prima domanda fatta a sua madre. «Forse potresti venire con me».

Dopo aver riflettuto o almeno fatto finta di riflettere perché ci aveva già pensato a lungo aspettando il ritorno di Fanny, Bobe aveva risposto che non voleva influenzarla ma che comunque, nonostante il silenzio di mesi, Charles meritava un chiarimento.

«Se credi ti sia di aiuto posso venire a salvarti dopo... quanto? Mezz'ora, un'ora?»

Fanny aveva scosso la testa.

«No, mamouscka grazie, è meglio se vado da sola».

Il suo nervosismo era tale che l'indomani mattina arrivò a Ibrahim Pasha Street con trenta minuti di anticipo. Nella hall dell'hotel c'era molto fermento, sedette su una delle poltrone e per distrarsi chiese a un groom le ragioni di tanta eccitazione. Le spiegò che nel pomeriggio era prevista la cerimonia della pesatura del capo degli Ismailiti. Come da tradizione l'Aga Khan sarebbe stato issato su una mega bilancia a forma di trono e avrebbe ricevuto dalla sua comunità il corrispettivo in oro e brillanti del suo peso che era notevole piú che mai in vista della cerimonia. L'Aga Khan III amava l'Egitto, vi passava lunghi periodi spiegava il groom orgoglioso, e per l'occasione era previsto un pubblico di celebrità, probabilmente anche Faruq. Fanny ringraziò il ragazzo delle informazioni ma nonostante l'atmosfera da mille e una notte che rendeva lo Shepheard's piú speciale del solito la sua agitazione montava invece di placarsi.

Si accorse che Charles era arrivato sentendo su di sé il suo sguardo da lontano. Era appoggiato a una delle colonne moresche e la osservava con intensità. Si alzò e andò verso di lui.

L'esordio fu disastroso. Le disse che l'amava, che non aveva mai smesso di amarla e che era tornato al Cairo per chiederle di sposarla. Non l'avrebbe portata via subito dall'Egitto, sapeva quanto lei adorasse il Paese e quanto dopo tanta luce e sole potesse soffrire nella sua umida isoletta. Aveva in tasca i biglietti per Suez dove sarebbe dovuto andare «a dare un'occhiata» al traffico del Canale per conto del governo britannico. Prima di partire per l'Inghilterra con lui, Fanny poteva avere il tempo di abituarsi all'idea e prepararsi psicologicamente, magari poteva chiedere a Bobe di venire a stare con loro a Londra per qualche mese. Aveva l'aria gentile e non arrogante di chi pensava che la partita era ancora tutta da giocare.

Nostra madre era annichilita e il discorsetto giudizioso che si era preparata era svanito nel nulla del suo cervello diventato vuoto. Cercava di riordinare il caleidoscopio di parole e di lingue che le frullavano in testa e, invece che in inglese, cominciò a dire qualcosa in francese lingua che Charles non comprendeva.

In quel momento si fermarono davanti al loro tavolo Ketty Mardikian e Mary Adamantides conoscenti di Bobe e signore di punta dell'importante comunità armena d'Egitto, arrivata a inizio del Novecento a Port Said per sfuggire alle persecuzioni. Erano molto eleganti, una volta l'anno andavano a Parigi per le collezioni, e apparivano gongolanti nell'incontrare la fidanzata di Sam che conoscevano bene con Charles Durrell, l'ex pretendente. O ancora pretendente in fieri? La salutarono con affabilità, ma era chiaro quello che stavano pensando e quello che nel giro di pochissimo avrebbero riferito con grande goduria. A nostra madre salirono quasi le lacrime agli occhi dalla rabbia. Chiese a Charles:

«Perché hai smesso di scrivermi?»

Era come se avesse imparato a memoria un discorso. Lui parlò senza un attimo di esitazione, senza aver bisogno di cercare un sostantivo o un aggettivo migliore di un altro, ogni parola era proprio quella giusta quella che rendeva al meglio il suo pensiero.

«Quando sono tornato a casa ho informato i miei genitori che mi ero innamorato di te, gli ho fatto vedere la tua foto perché capissero com'eri bella e raffinata, chiunque avrebbe potuto scambiarti per un'inglese».

Charles estrasse dal portafoglio una foto assai malconcia di Fanny.

«Ne furono rapiti, anche il fatto che tu fossi cosí esotica, di sangue russo-francese-mitteleuropeo, la religione ebraica non costituiva un problema, non sono il tipo di britannici convinti che noi siamo il popolo eletto».

Fanny fece un gesto ironico come per dire «Sono onorata». Lui sorrise e continuò.

«L'unica obiezione fu che potevo essere stato attratto da una situazione fascinosa, papà aveva vissuto in India diversi anni e sapeva quello che si poteva provare. La tua bellezza, Il Cairo, le Piramidi, il deserto, la città in bilico tra Oriente e Occidente un'atmosfera cosí particolare e intrigante poteva confondere i sentimenti di un... inglese privo di fantasia come me».

Fanny pensò che dopotutto era un bravo ragazzo.

«E cosí mi chiesero di aspettare, di rientrare nel nostro vecchio mondo, rivedere gli amici di prima e le ragazze che frequentavo, di alcune ero stato anche un po' infatuato, due anni fa avrei detto innamorato ma ora so che l'amore è un'altra cosa».

La guardò sperando in un gesto, in un'espressione ma lei era immobile.

«Promisi che li avrei accontentati, che non ti avrei piú scritto e che avrei messo alla prova l'amore di entrambi. Devo confessarti che non giudicai sbagliato il loro consiglio, alla fine ha rafforzato i miei sentimenti verso di te. Sarei potuto tornare prima ma i documenti per il nuovo incarico a Suez hanno richiesto settimane e il viaggio sai quanto è lungo. Perdonami se ci ho messo tanto tempo».

La mamma stava per replicare quando Charles si alzò di colpo per andare a salutare due uomini, uno tipicamente inglese, l'altro un indiano con un bellissimo turbante viola. «Sono fratelli massoni» spiegò Charles scusandosi. «L'Aga Khan è membro della massoneria indiana collegata al rito scozzese della mia loggia, sono qui per la cerimonia di oggi pomeriggio».

Fanny si ricordò che Charles era massone come molti in Egitto. Cercò di riordinare i pensieri dopo l'interruzione e gli fece le domande che per mesi si era fatta.

«Perché non mi hai spiegato? Perché non mi hai avvertito che avevamo una prova da superare insieme? Non hai pensato a me?»

Charles fu disarmante.

«No, non ci ho pensato».

Nostra madre non ebbe esitazioni. Le parole uscirono senza difficoltà dal suo cuore o dalla sua testa, non avrebbe saputo individuare la fonte ma adesso non aveva piú dubbi.

«Charles è un bell'uomo molto caro con il bagaglio perfetto per far felice una donna» raccontò tutto a Kate nel pomeriggio.

«Ma non ha nulla a che vedere con me e con la mia storia. Ha calcolato male i tempi, per fortuna è arrivato tardi e mi sono innamorata di Sam, mi ha salvata da un mondo che non avrei compreso e non avrebbe capito me».

Kate la guardò in tralice come se stesse per dirle qualcosa, ma sembrò cambiare idea.

«Sono contenta per te, è stato un bene vederlo, hai fugato ogni rimpianto e chiuso una vicenda finita su una nota alta riportandola a un livello terreno».

«Charles verrà a parlarti, Kate, volevo prepararti, sembrava poco convinto da quello che gli ho detto, spiegagli meglio tu» pregò Fanny salutandola. Anche lei esitò quasi a volerle dire qualcosa ma si trattenne, erano giorni che domandava a Kate cosa le stesse succedendo senza ottenere nessuna risposta soddisfacente.

Dopo aver salutato Charles, non era tornata subito a casa pur immaginando l'ansia di sua madre. Si era avviata sulla Nile Corniche perché le sembrava di essere di colpo svuotata dopo la tensione che l'aveva tenuta in ostaggio dalla sera prima. Aveva bisogno di assorbire l'energia del Cairo per sentirsi di nuovo in asse con sé stessa, camminare in centro la metteva sempre di buonumore, era un percorso a ostacoli per dribblare venditori di pistacchi e gelsomini, lustrascarpe, indovini, mendicanti con il sottofondo inarrestabile dei clacson delle macchine. Le sarebbe piaciuto rimanere allo Shepheard's, ordinare un tè kochari, non inglese come quello bevuto con Charles ma bollito a lungo, fumante, nero e «ziyada», molto zuccherato, riprendersi a poco a poco respirando a fondo piano piano. E rimanere a guardare le maharani con i sari coperti di gioielli, i funzionari del ministero degli Esteri riconoscibili dai vestiti e dalle cartelle marroni, i brillanti delle principesse italiane, le bellezze francesi ed egiziane in arrivo per l'ora dell'aperitivo.

L'albergo era il posto dove si incontrava sempre qualcuno pronto a confidarti le storie piú assurde e divertenti sul re proprio come la storia del cucchiaio d'oro. Uno dei segretari del sovrano un conte italiano – sia Faruq che suo padre Fuad erano considerati molto, anzi troppo filo-Italia – aveva l'incarico di individuare le ragazze piú belle del momento e di portarle a Palazzo. Il luogo di caccia che dava maggior soddisfazione era l'Auberge, meta della gioventú del Cairo ma anche quella di turiste e soubrette straniere. Il conte invitava le ragazze per un bagno nella piscina reale. Faruq le esaminava con un cannocchiale e sceglieva la fortunata che veniva sollevata dall'acqua con un enorme cucchiaio d'oro massiccio manovrato da tre servitori.

Era il tipo di racconti che avrebbe potuto distendere i nervi di Fanny ma era stato piú saggio lasciare lo Shepheard's. Charles le aveva detto che si sarebbe trattenuto, aspettava qualcuno al Long Bar. Aveva un'aria desolata, voleva partire la sera stessa per Suez, non se la sentiva di rimanere al Cairo fino all'indomani.

Le era sembrato un ragazzo, non un uomo rispetto a Sam, che fortunatamente doveva tornare da Alessandria in serata. Non vedeva l'ora di raccontargli tutto prima che le chiacchiere pettegole di Ketty Mardikian e Mary Adamantides lo informassero che era stata vista in compagnia di Charles Durrell. Comprò la *Revue du Caire* e le sigarette Simon Arzt per addolcire suo padre prima di dovergli confessare il ritorno inaspettato del pretendente inglese e soprattutto il fatto che sua moglie e sua figlia glielo avevano taciuto.

Arrivata al Qasr El Nil Bridge girò verso l'ombra dei sicomori e degli enormi banyan del lungofiume imboccando rue Qasr El Nil fiancheggiata dagli alti palazzi di fine Ottocento, simili a quelli visti nelle foto dei boulevard di Parigi, e dagli immobili in stile moresco. Era una strada che aveva sempre amato, fremente di vita e di modernità, la sera s'illuminava grazie alle lanterne in stile Beaux arts e dal Qasr El Nil Bridge delimitato dai maestosi leoni neri le luci del Cairo brillavano riflesse sul Nilo.

Non trasmetteva la serenità dell'isola di Gezira, di Zamalek, di Garden City, quartieri residenziali, silenziosi, pieni di giardini abitati dall'élite internazionale ed egiziana. Rue Qasr El Nil le sembrava il centro di tutto.

In fondo alla strada si stagliava la residenza reale, il Palazzo 'Abidin, via via apparivano il Grandi Magazzini Sednaoui in stile art déco, il teatro dell'Opera, il Museo Egizio e la bella piazza Midan Ismailiyya. All'angolo con Soliman Pasha Street c'era la sua pasticceria del cuore, il Café Groppi con le due colonne che l'artista veneziano Antonio Castaman aveva ricoperto di mosaici. Per Fanny era la via piú bella del mondo, la strada delle meraviglie.

Il Royal Automobil Club era al numero uno e davanti al suo ingresso un po' déco e un po' arabo stazionavano automobili da sogno. E al numero otto... Si fermò a guardare l'alto palazzo haussmanniano color sabbia dal cortile ampio con una fontana di marmo e tutt'intorno le piante di palme nei grandi vasi di terracotta verde. Nostro padre le aveva detto che nel palazzo vendevano un appartamento e aveva già fissato per l'indomani l'appuntamento per visitarlo. Il portiere, un gigante sorridente, si materializzò vicino a lei chiedendole se cercava qualcuno.

Arrivò a casa in tempo per l'ora di pranzo. Mentre attraversava il viale che portava a casa, aveva visto una tenda muoversi, quando tardava sua madre si metteva sempre dietro la finestra per aspettarla, era molto ansiosa nei suoi confronti. Non c'era tempo per i dettagli, le disse solo «Tutto bene» e si sedettero a tavola. Moh la fissava immobile.

Dopo il caffè raccontò tutto a suo padre. Misha s'infuriò, ancora di piú quando lei gli porse la rivista e le sigarette. Detestava le donne «cachottières», furbette. Si erano comportate molto male con Sam, Fanny non sarebbe dovuta andare da sola a parlare con Charles, non aveva forse una casa – e poi proprio nel «Posto» dei pettegolezzi del Cairo, allo Shepheard's dove prima o poi passava sempre qualcuno che si conosceva. E se fosse arrivata Mathilde, o uno dei fratelli di Sam? Fanny era ufficialmente fidanzata, lei e sua madre erano proprio delle foyld froyen, delle donne sventate. Avrebbero dovuto consigliarsi con lui per evitare equivoci che potevano fare del male.

Moh era fermo con il vassoio del caffè, naturalmente non parlava ma era chiaro che parteggiava per il padre. Misha si alzò per andarsi a chiudere nel suo studio. Madre e figlia si guardarono scuotendo la testa temendo di avere combinato un brutto pasticcio.

Nonostante queste rovinose premesse, Sam tornato da Alessandria fu piuttosto comprensivo. Era arrivato portando con sé la torta al cioccolato di Pastroudis fatta preparare in giornata per lui da Athanash e Gabrielle, i proprietari del caffè amici di famiglia di vecchia data che si erano raccomandati di salutare e abbracciare la famiglia Barzel, Fanny in primis. Sam non si innervosí, non si adombrò, si fidava della sua fidanzata e non gli dispiaceva affatto che avesse rivisto Charles Durrell. In fondo, aveva sempre provato fastidio nel sapere che la sua fidanzata era stata abbandonata dal suo pretendente. E il pensiero di essere stato una seconda scelta l'aveva anche lambito qualche volta. Ora tutto era diventato chiaro e la sua vanità poteva darsi pace. Charles non aveva abbandonato Fanny, era tornato pieno d'amore e le aveva proposto il matrimonio. Se lei l'avesse amato, conoscendola come la conosceva ora, non avrebbe esitato a mandare all'aria il loro fidanzamento. Aveva avuto l'opzione e aveva scelto lui.

Sam bussò alla porta dello studio di Misha – Fanny l'aveva avvertito dell'ira di suo padre – per invitarlo a dividere con loro una fetta della torta di Pastroudis. Misha era molto arrabbiato ma era anche molto goloso. Aprí lentamente l'uscio del suo studio.

8.

Il gran rabbino d'Egitto Haim Nahum Effendi, amico intimo del re, nominato senatore del Parlamento
egiziano, non officiò il matrimonio dei nostri genitori
alle cinque del pomeriggio del 3 luglio al Gran Tempio
Ismailia. Non era un matrimonio fastoso come quello
dei Cattawi e dei Jabès che aveva celebrato giorni prima
e che fece epoca, era semplice e con poche persone felici. Il gran rabbino, uno dei personaggi piú importanti
del Medio Oriente, fece però l'onore di benedire papà e
mamma venendo a casa una sera e si scoprí che anche
lui amava i sigari come il rabbino Mosseri.

«A che punto sono i lavori a Qasr El Nil?» chiese Madame Baranes a Fanny che nello spogliatoio rosa di Cicurel stava provando l'abito da damigella per le nozze
di Niní con Max Perlo.

«Oggi pomeriggio andrò a vedere e spero proprio
che siano arrivati a buon punto. Almeno cosí ha detto
Prinzivalli».

Dopo il matrimonio erano partiti per la luna di miele a Cipro, dal lato della Grecia. Papà amava il suo mare
turchese, i mosaici, i siti archeologici e la sua uva che,
diceva anche a noi bambine, era piú dolce del miele.
Fin dai primi giorni in cui aveva conosciuto Fanny, aveva pensato a quanto sarebbe stato bello farle conoscere
la «sua» isola. Lui tornò color cuoio, lei con la sua carnagione lunare evitava il sole come la peste, essere ab-
bronzati non era considerato elegante per una signora
occidentale. Fu un viaggio breve, meno di dieci giorni,
non potevano permettersi piú tempo perché l'appartamento al numero otto di rue Qasr El Nil acquistato alla

vigilia delle nozze aveva bisogno di molti lavori ed era il caso di seguirli. Era stato comprato con l'aiuto delle due famiglie e con un prestito ottenuto da papà dal Crédit foncier égyptien, la banca costruita in stile coloniale su disegno dell'architetto italiano Carlo Prampolini e fondata dai Sassoon e dai Mosseri.

Fanny aveva scelto Monsieur Prinzivalli, un decoratore-architetto pieno di arie e permaloso che arrivava in cantiere con Jolanda, la sua scimmietta. Era di gran moda averne una come animale da compagnia. Prinzivalli sosteneva che Jolanda si nutrisse solo dei piccoli choux alla crema di Groppi ma papà, che lo vedeva come il fumo negli occhi, continuava a offrire a Jolanda delle noccioline plebee che la scimmietta divorava con grande gusto innervosendo non poco il decoratore. Secondo nostro padre Jolanda era dotata di un quoziente intellettivo molto al di sopra di quello di Prinzivalli «sempre che ne abbia uno» diceva facendo indispettire la mamma. Anche se la ristrutturazione andava per le lunghe, la casa stava venendo bene.

In attesa di trasferirsi nel loro appartamento, papà e mamma erano andati a vivere a Garden City a casa di Bobe e Misha e avevano installato il nuovo letto matrimoniale nella camera da ragazza di Fanny. Spesso il pomeriggio lei e Bobe andavano a prendere il tè e un po' d'aria sotto le palme del Mena House Hotel sulla Pyramids Road, sedici ettari di giardino all'inglese davanti alla piramide di Giza, il golf, il campo da cricket e il vanto di essere stato alla fine dell'Ottocento il primo albergo in Egitto dotato di una piscina. Il Mena House era famoso in tutto il gran mondo internazionale non solo per la sua bellezza ma anche per essere entrato più volte nella Storia. Nel 1943 sia Bobe che la nonna Mathilde avevano visto da lontano Winston Churchill seduto a guardare il tramonto sulle Piramidi fumando il celebre sigaro in un momento di riposo dopo aver discusso a porte chiuse in un salone l'operazione Overlord, lo sbarco in Normandia, con il presidente degli Stati Uniti Franklin Roosevelt e i piani per il Sudest asiatico con il generale cinese Chiang Kai-Shek.

Dopo l'ufficio e dopo la chiusura della farmacia arrivavano anche Sam e Misha, la notte calava tardi in quel periodo e se capitavano i Mosseri, i Di Marco, i Marano, allora tutti rimanevano a lungo in giardino prima di tornare a casa a malincuore. Quando appariva Alexandre Skiatos con suo figlio Caralambo era impossibile sottrarsi al suo entusiastico invito a cena. Bobe e Fanny nicchiavano, erano vestite da pomeriggio mentre il ristorante del Mena House era elegantissimo, potevi incontrare la miliardaria Barbara Hutton o Rita Hayworth con Alí Khan. Alex non poteva avvertirle prima, si seccava Bobe, perché dovevano fare la figura delle piccole fiammiferaie? Per cercare di placarla Skiatos le offriva con aria solenne il braccio e Bobe cercando di non sorridere diceva abbastanza forte «Hellenes! Mayn Got!»

Era successo proprio la sera prima e nostra madre lo raccontava ridendo a Madame Baranes che all'uscita da Cicurel le stava proponendo di andare al caffè El Fishawy nella Cairo islamica, la parte medievale della città. Aveva voglia di bere uno shai barad, il tè bollito in grandi bacini colmi della sabbia rovente del deserto, preparavano così anche il caffè se Fanny lo preferiva.

Si avviarono verso le strade, le moschee, l'Università Al-Azhar, i vicoli che non facevano parte dei loro itinerari quotidiani, tranne il gran bazaar Khan El Khalili verso cui Bobe nutriva un'insanabile passione. Scesero dalla macchina guidata dall'autista e Fanny seguí Mireille Baranes che avanzava con totale sicurezza nella folla disordinata dalle mille lingue tra lo starnazzare di polli, galli, pappagalli, il ragliare degli asini e la musica suonata da qualche strumento lontano. C'erano donne con il capo coperto dal velo nero e molte egiziane dai capelli ossigenati, la maggior parte degli uomini le salutavano e sorridevano gentili. L'aria era piena di mosche, di polvere e di sabbia del deserto. I granelli del Sahara sembravano pulviscolo dorato sotto il sole che tagliava ogni tanto il dedalo di vicoli.

Fanny non si era mai seduta al caffè El Fishawy. Lo conosceva e sapeva che era meta d'intellettuali, musicisti, e scrittori ma anche di suo padre Misha che amava fermarsi a bere un tè all'anice la domenica dopo aver visitato e curato insieme a medici e farmacisti famiglie egiziane bisognose e malate che gli venivano segnalate e che aumentavano di giorno in giorno.

Si guardò intorno. L'arredamento in stile tradizionale si vedeva a malapena, i muri coperti di specchi riflettevano e moltiplicavano i fumi della shisha. Come accadeva spesso al Cairo, gli odori si sovrapponevano, il profumo del caffè si amalgamava a quello della liquirizia, della cannella, del cardamomo e a un vago sentore di muffa e di essenza di rose. Nel tavolino vicino bevevano il sahlab, il latte mescolato all'amido del bulbo dell'orchidea *Orchis mascula*, bevanda considerata nutriente e afrodisiaca. Come Mireille anche Fanny ordinò uno shai barad. Per parlare bisognava alzare la voce.

Chiacchierarono dei preparativi del matrimonio, di come Niní fosse innamorata da sempre di Max, di come lui l'avesse fatta dannare prima di chiedere la sua mano e anche della vita con Sam a casa dei suoi genitori. Improvvisamente senza sapere perché le venisse in mente, Fanny capí. Mireille voleva dirle qualcosa ma non intendeva farlo in un posto frequentato dalla «colonie» in cui potevano essere interrotte o ascoltate da orecchie indiscrete. Lasciò scendere il silenzio e abbassò gli occhi mentre arrivavano i tè e i dolcetti al miele. Madame Baranes ne assaggiò uno.

«Sono i preferiti di Kate. L'altro giorno ne ha fatto fuori un vassoietto».

Ecco, pensò Fanny, si tratta di Kate.

«Quando l'ha vista Madame Baranes? È un po' che non c'incontriamo».

«Mireille, Fanny, Mireille. Credo sia ora che tu smetta con l'assurdo Madame Baranes» sorrise, «sei una donna sposata abbiamo lo stesso status... piú o meno».

Bevve un sorso di tè che era diventato meno fumante. «Parlo spesso con Kate, viene a trovarmi a casa... Non la vedi piú? C'è stato qualcosa?»

Fanny ci pensò su.

«Non credo... È solo che da qualche mese non mi sembra piú lei, no, no mi correggo è sempre lei però sento che mi sfugge, pare continuamente sul punto di dire qualcosa ma poi qualcos'altro la trattiene».

Aveva la gola secca, prese il tè.

«È come una sorella per me, le ho chiesto mille volte se andava tutto bene ma non voglio tormentarla né obbligarla a parlare». La trasformazione inspiegabile di Kate le metteva angoscia.

Mireille le lanciò uno dei suoi sguardi di traverso e Fanny la osservò con attenzione nuova, anche lei sembrava diversa. Averle chiesto di eliminare il rispettoso «Madame Baranes» aveva di colpo cambiato le cose, la donna che aveva di fronte non le dava piú la sensazione rassicurante di essere la madre di una sua amica. Captava una femminilità e un'intelligenza sensuale di cui non si era mai resa conto. Fanny si domandò se questo cambiamento le facesse piacere o no.

«Possibile che tu non abbia ancora compreso?» chiese Mireille. Fanny ebbe finalmente un barlume.

«Kate è innamorata? Ha un problema sentimentale... ma chi...?»

Si fece lasciare dalla macchina di Mireille a Soliman Pasha Street, come sempre quando era turbata provava il bisogno di camminare da sola. Era stata proprio una sciocca a non capirlo. Eppure quando aveva fatto le presentazioni alla festa del suo fidanzamento aveva percepito l'elettricità che era passata tra i due. Era Mohammed, certo, Mohammed Hafez il tormento di Kate. Solo un uomo drammatico come lui aveva potuto rompere la sua corazza inglese indifferente ai corteggiatori occidentali o peggio ancora britannici giudicati prevedibili e noiosi. Kate era molto piú avanti di loro per testa, intuito e fantasia. Hafez, invece appariva una persona affascinante, misteriosa fuori dalle regole del rigido protocollo del Regno Unito, uno dei pochi uomini capaci di trasmettere il meglio dell'Oriente e dell'Occidente. Era un gentiluomo del Levante, quello che ci voleva per una come Kate.

Mireille non aveva voluto né approfondire né divagare sull'argomento, voleva solo dirglielo, desiderava che Fanny sapesse e stesse vicino a Kate che ne aveva bisogno. Non diede altre spiegazioni, si ritrasse quando Fanny domandò come si stesse comportando Hafez. Le sembrava di aver già fatto troppo, non era sicura che Kate sarebbe stata felice della sua iniziativa, anche se in fondo pensava di sí. Ma sentiva che Fanny alla quale voleva davvero bene le era riconoscente di averle aperto gli occhi.

Come doveva comportarsi con Kate, si domandava dal canto suo nostra madre, doveva dire la verità o far finta di aver capito tutto da sola? Ma con quali indizi, le avrebbe chiesto Kate, che era un diavolo di sagacia e che non si era lasciata sfuggire nemmeno una parola. Non poteva inventare di aver parlato con Hafez non solo perché non era vero ma anche perché non sapeva se l'amore di Kate era inespresso, se lui e Kate comunicavano e se c'era stato o c'era già qualcosa tra loro. Decise che avrebbe seguito l'istinto del momento e che avrebbe fatto in modo di vederla il piú rapidamente possibile. Chissà se Sam sapeva qualcosa.

La sera dopo Sam la portò a ballare all'Auberge, era un bravo ballerino, Fanny amava la musica e adorava il ballo. Mentre dopo un mambo tornavano al loro tavolo videro Hafez che si alzava per venirli a salutare. Non era solo, erano in quattro, seduta vicino a lui c'era una ragazza bruna, l'altro uomo era un ufficiale dell'esercito con il braccio attorno alle spalle di una donna.

«Bonsoir Mohammed, tu va bien?»

Fanny gli sorrise e poi chiese: «Chi è quella bella ragazza, è la tua fidanzata?»

Sam la guardò sorpreso, sua moglie non era mai indiscreta.

«Fanny sei curiosa stasera. No, non è la mia fidanzata, è la sorella del mio amico il maggiore Abdel Hakim» rispose Hafez con tono molto cortese. «Te lo farò conoscere Sam, sai che ho fiuto per gli uomini che fanno strada».

Strinse la mano a Fanny in modo galante e si risedette al suo tavolo.

Sam scosse la testa riportando Fanny sulla pista da ballo, avevano iniziato a suonare *Isn't it romantic?* una delle loro canzoni preferite.

«Hafez ha strane frequentazioni, sembra che Hakim sia una testa calda, non capisco cosa abbia a che fare con lui... forse corteggia la sorella» si fermò e osservò attentamente sua moglie. «Da dove nasce questo tuo improvviso interesse per la sua vita sentimentale?»

L'indomani Fanny disse a Kate che voleva il suo parere sulla stoffa scelta per il divano del salotto. Andarono al Salon Vert a rue Qasr El Nil e da Pontremoli a rue Soliman Pasha. Alla fine concordarono che il damasco opaco color fragola sarebbe stato perfetto per la casa di due giovani sposi e avrebbe vivacizzato i muri che secondo Prinzivalli erano color gardenia e che i comuni mortali, invece, avrebbero definito semplicemente bianchi.

Si sedettero al Café Riche che da qualche anno, grazie a George Basile Avayianos, suo ultimo e terzo proprietario, era diventato anche un ristorante. Aveva una tradizione intellettuale e rivoluzionaria, fu Kate a volerci andare. Ordinarono spaghetti alla bolognese e insalata greca e mangiarono con appetito. Mentre Kate parlava e aspettavano il caffè Fanny giocherellò con un bicchiere e prese la sua decisione. Mise la sua mano su quella dell'amica e chiese come fosse la domanda piú normale del mondo.

«Come stanno le cose con Hafez?»

Era buffo. Era uno di quegli uomini che era impossibile chiamare per nome.

Kate detestava essere presa in contropiede e quindi nascose di esserlo. Si schiarí solo la voce, quello fu costretta a farlo.

«Non c'è niente con Hafez purtroppo. Lui non ne vuole sapere».

Nonostante il suo leggendario self-control, i suoi occhi s'inumidirono per il dolore e la frustrazione. Ma era sollevata che Fanny fosse al corrente di una condizione che per lei era davvero «miserabile», non era mai successo che qualcuno non volesse Kate.

Raccontò che, il giorno dopo la festa a casa dei suoceri di nostra madre, Hafez l'aveva aspettata davanti a casa di prima mattina. Non aveva chiuso occhio tutta la notte pensando a lei, le aveva spiegato. Avevano passato una giornata intera insieme e il giorno dopo e quello dopo ancora, era andata avanti cosí per una buona settimana, la portava lungo il Nilo a bere il tè alla menta in certe baracche frequentate solo da popolani egiziani, a passare il pomeriggio nella cabane nel deserto di un suo amico, a fare un picnic nella campagna di Saqqara vicino alla piramide a gradoni, la prima al mondo. Senza che succedesse nulla. Ogni tanto le prendeva la mano. Per entrambi la sensazione era fortissima, una scossa elettrica, la stessa della sera in cui erano stati presentati. Tutt'e due erano piegati da una sorta di febbre alta. Kate gli aveva detto di essere vergine.

«Un pomeriggio davanti al consolato britannico dove avevo ritirato una lettera per mio padre, Hafez ha incontrato un giovane militare. Me l'ha presentato ma non riesco a ricordarmi il nome. Prima il militare gli ha chiesto come mai si trovava lí poi si sono allontanati parlando sempre piú animatamente. Dopo averlo salutato, Hafez è diventato pensieroso, per la prima volta non ero piú io il centro della sua tensione. L'indomani mi ha mandato un biglietto per annunciarmi che doveva partire per Port Said e che sarebbe tornato al piú presto». Kate prese fiato.

La mano di Fanny era sempre stretta intorno alla sua.

«Non hai bisogno di raccontarmi tutto. Voglio solo che tu sappia che quando hai bisogno di parlare ci sono anch'io... non solo Mireille».

Fanny non si trattenne dal lanciarle una frecciatina e riuscí a far ridere Kate.

Un cameriere in divisa blu e oro portò il caffè con i baklava di rito. «Hafez scomparve per piú di un mese» riprese a raccontare Kate. «Non sapevo dove cercarlo, mi rendevo conto di non conoscere nulla di lui e della sua vita. Un giorno verso sera, tornando a casa, mi è venuto incontro a metà strada. Non abbiamo resistito, è stato il nostro primo bacio. Da allora, Fanny, è sempre cosí, arriva inaspettato e sparisce di nuovo, non mi dice perché, non dà nessuna spiegazione. Poi qualcuno per caso racconta che l'ha visto all'Auberge o al Mayfair Inn di Alessandria...»

Mangiò un altro baklava.

Fanny si domandava se avvertirla dell'incontro dell'altra sera.

«Hafez non vuole una relazione seria con me. So che mi ama quanto lo amo io, lo sento e me l'ha detto, anche per lui è la prima volta. Ma resiste con tutte le sue forze. Eppure non gli ho chiesto di parlare con mio padre o di sposarmi. In questi mesi mi sono tormentata sulle possibili ragioni della sua decisione, forse la sua famiglia gli ha destinato un'altra donna ma nega questa possibilità, forse è il suo strano lavoro che gli impedisce di permettersi una stabilità di vita. Non so come fare, non so cosa fare, sono totalmente indifesa e disarmata».

Nonostante la sofferenza di Kate, Fanny preferí raccontarle di aver visto Hafez all'Auberge. Kate alzò le spalle, cercò di ricordarsi se il militare che aveva incontrato si chiamasse Hakim ma era abbastanza sicura di no. «Mireille mi ha giurato che si sarebbe informata su cosa stia combinando Hafez, sai che le sue amicizie sono tentacolari, è una donna potente, ho parlato con lei per questo non perché non mi fidassi di te. Non volevo rattristarti con il mio amore infelice e stupido, non mi riconosco piú».

Scrutò il Café. «Sono diventata un segugio, vivo con le orecchie drizzate per carpire qualunque tipo d'informazione sulla vita che conduce Hafez, sono affamata di conoscere le persone e i luoghi che frequenta e che mi sono sconosciuti».

Fanny la fissò esterrefatta, la vecchia Kate avrebbe definito con orrore «decadenti» queste affermazioni.

«Di' la verità, siamo mai state qui io e te? È mai capitato che una di noi venisse al Café Riche? Non che sia malfamato, per carità, è delizioso», una tipica mania molto britannica di Kate era scegliere aggettivi in aperto contrasto con il soggetto di cui parlava. Il Café Riche era tutto fuorché delizioso, si respirava un'atmosfera particolare, pieno di libri, di giornali e di foto di artisti e scrittori, si percepiva che era un luogo dove al di là di servire cibo e bevande accadeva altro.

«Abbiamo mangiato in questo posto perché ho saputo che è frequentato da Hafez. Capisci come sono ridotta?»

Furono interrotte dall'arrivo di Sam. Nostra madre gli aveva detto che avrebbero mangiato al Café Riche e lui, non avendo altri appuntamenti di lavoro, aveva deciso di fare una sorpresa a sua moglie.

Kate gli rivolse un sorriso fulgido, fece calare sul suo bel viso una maschera d'allegria. Sam prese un caffè, Kate mangiò altri baklava, Fanny osservò la sua silhouette ma le sembrò che non fosse ingrassata un grammo nonostante i dolci inghiottiti con il nervosismo dell'infelicità.

Salutarono affettuosamente Kate e si avviarono verso casa. Sam propose di andare al cinema Diana a rue El Alfy Bey c'era la prima di *Notorious* di Alfred Hitchcock con Cary Grant e Ingrid Bergman, un film di spionaggio, la passione di Fanny. Poi facendo con la testa piccoli movimenti di approvazione esclamò: «Kate era splendida, l'ho trovata davvero in grande forma».

Fanny pensò alla straordinaria capacità delle donne di camuffare la sofferenza e la paura. A come sua madre, che arrivava dal cuore dell'Est europeo, fosse riuscita ad affrontare un mondo nuovo come quello egiziano e cercasse di nascondere il timore che tutto potesse cambiare da un momento all'altro come le era già successo. All'orgoglio di Kate che non voleva essere compatita e combatteva per avere l'uomo che amava.

Fanny si ricordò che, parlando di Hafez, Sam citava sempre la sua volontà di ferro e l'ansia di potere. Kate non sembrava aver calcolato questi aspetti o, forse, li stava sottovalutando. Fanny aveva il cuore stretto, era una situazione difficile.

«Kate è troppo luminosa, dev'esserci sotto qualcosa, e se non si è confidata con te allora vuol dire che te lo sta nascondendo» commentò papà.

9.

Rue Qasr El Nil, Il Cairo
1950

Quando a rue Qasr El Nil l'ultimo libro trovò il suo posto, l'ultimo vestito fu infilato sulla stampella e tutti i mobili approdarono alla loro destinazione definitiva, Moh chiese di parlare a Fanny. Il trasloco era finito, lei si sedette per la prima volta sul nuovo divano e si apprestò ad ascoltare l'ennesima lamentela o spiata di Moh sugli altri domestici, sui fornitori e, a volte, anche sui suoi amici. Non si sarebbe mai aspettata quello che lui le annunciò.

«Cucu anzi signora Cucu – dal giorno del matrimonio Moh aveva affiancato al vezzeggiativo con cui la chiamava l'appellativo della donna sposata – sai quanto ti sono devoto e quanto ti amo, habibti. Ora sei una sayyida con un marito, non devo piú proteggerti, non hai piú bisogno di me. Posso tornare a casa in pace».

Fanny fraintese, credette che volesse essere rassicurato.

«Moh che vai dicendo. Certo che ho bisogno di te, anzi ora piú che mai, te l'assicuro. Sono sola in questa grande casa e soltanto tu mi puoi aiutare a organizzarla al meglio. Tu sai come si fa».

Moh chinò il capo in segno di ringraziamento.

«Sono stanco signora Cucu. Grazie a voi l'avvenire dei miei figli è assicurato, sono stati allevati e nutriti da Madame Berthe, il docteur Misha li ha fatti studiare e, Inshallah, hanno tutta la vita davanti. Tu sei la moglie del signor Sam» faceva sempre precedere ai nomi delle persone il titolo nelle diverse lingue d'appartenenza, Moh teneva alla forma. «Dopo quarant'anni di lavoro, venticinque nella vostra famiglia, torno a Fayyum, il mio paese e da mia moglie Nanja».

Era visibilmente commosso.

Tutto stava cambiando, pensò Fanny dopo aver salutato Moh contravvenendo a ogni regola, lui stava per fare un inchino di commiato, lei decise di abbracciarlo. Gli fece piacere anche se Moh pensava fosse sconveniente accorciare le distanze.

Tutto era già cambiato, si corresse. Non viveva piú con i suoi genitori ma con suo marito. Aveva lasciato la villetta di Garden City per una casa al sesto piano di un grande palazzo abitato da tante persone. Persino i rumori di sottofondo delle sue giornate erano diversi. A Garden City anche il fragore diventava ovattato, attutito dai vecchi alberi che racchiudevano le strade in una sorta di benefico riparo. Dalle finestre di Qasr El Nil si avvertiva il magnetismo della città, il viavai delle macchine, le urla degli ambulanti, il traffico incessante di barche sul Nilo.

Tutto era diverso, tutto da rivedere. Madame Baranes, considerata da sempre una seconda madre, si era voluta spogliare di questo ruolo per trasformarsi in un'amica diversa da lei solo per una questione anagrafica. Kate, che era stata il baluardo contro i sogni impossibili, la garanzia dell'esercizio della lucidità, era ingaggiata in una storia senza senso. E ora che Moh, il suo eterno angelo custode stava andando via, Fanny si sentiva nuda davanti alla sua nuova vita.

Moh ringraziò Misha baciandogli le mani per averlo aiutato a istruire i suoi due figli e aver trovato per loro un posto che, secondo la scala sociale egiziana, non sarebbe mai stato offerto a chi proveniva da un ceto cosí basso. Moustafa era entrato nell'esercito e Rayan al ministero degli Esteri. Misha e Bobe lo salutarono sulla porta e gli diedero una somma che al suo paese gli avrebbe assicurato una buona vecchiaia. Fanny aveva preferito risparmiarsi l'addio. Fu accompagnato alla stazione da Abdul, appena promosso primo domestico.

Moh non sapeva né leggere né scrivere, tutti i tentativi d'insegnamento erano falliti per cui non ebbero piú sue notizie e non lo rividero mai piú. Ma non lo dimenticarono mai.

Pian piano la nuova vita di Fanny cominciò a sovrapporsi alla cadenza e ai ricordi di quella precedente e a ritrovare un ritmo e dei punti fermi, sostituendo la tristezza del distacco con la conoscenza di un mondo per lei ancora intatto, quello della libertà da sua madre, quello di poter disporre della sua casa e dei suoi giorni.

Il sorriso bianchissimo del portiere Salah cominciò a diventarle familiare. Era un sudanese molto alto, pelle scura butterata dal vaiolo e sguardo vivace, vestito con una galabeya e un lindo turbante bianco, che dirigeva la sua guardiola come un quartier generale, capace di risolvere qualunque problema. «La velocità dipende solo dall'importanza del bakshih» spiegò Madame Rossano che con marito e figlia abitava al secondo piano. Fanny li aveva battezzati «la famiglia dagli occhi piccoli», invece che bulbi oculari avevano delle fessure, sembrò uno scherzo quando si venne a sapere che il dottor Amedeo Rossano era oculista.

Con una tazza di caffè italiano offerta da Fanny che aveva intuito l'inesistente tasso di discrezione della signora, Giovanna Rossano fece un'esaustiva radiografia del palazzo. Al quarto piano abitava la coppia francese Servan-Tonnerre. Vicky, vedova di un conte francese sbalzato dalla sella di un dromedario e finito sotto le ruote di un autobus turistico, presentava il suo convivente Nino come un nipotino ma tutti sapevano che erano amanti, lui aveva trentacinque anni, lei cinquanta ed era furiosamente gelosa. Al settimo viveva il colonnello Jim Forsyth, un sudafricano scapolo che aveva servito l'esercito e l'Intelligence inglese, appassionato di whisky di malto. «Anche troppo se posso permettermi» commentava la signora Rossano. «Al terzo sono arrivati da poco Farid e Chou Chou Maktoum, lui è avvocato, suo padre era un giudice molto vicino al vecchio re Fuad, sono sposati da pochi mesi ma le sono bastati per comprare a Parigi degli abiti splendidi». Fanny pensò al suo guardaroba made in Egypt e guardò il suo vestito made in casa, l'aveva cucito la moglie di Abdul, il neopromosso primo domestico al posto di Moh.

«Il quinto piano è diviso in due appartamenti. In uno ci sono Yusuf e Farah Haji, sono siriani di Aleppo, lui è nel ramo tappeti, lei prepara una marmellata di rose paradisiaca. L'altro è di proprietà del dentista Antoine Basmajan» continuava come una macchinetta Giovanna, «sua moglie l'ha lasciato dopo averlo sorpreso in flagrante adulterio con un'amica, Sophie Ajram. Lei si spaccia per libanese, secondo me ha un bel po' di gocce di sangue turco, me l'ha confidato qualcuno di affidabile anche se basta guardarla in viso per capirlo. Pare che lui non ci creda. Un armeno con una turca! Gli uomini sono pazzi e ciechi».

Fanny concordava ma non sapeva come fermare il flusso d'informazioni. Prese al volo l'occasione di un sorso di caffè che necessitava per forza di una pausa dalla loquacità di Giovanna per guardare l'orologio e mimare un salto sulla poltrona.

«Sono le quattro, devo scappare da mia madre. Signora Rossano mi scusi. Non so come ringraziarla per avermi aiutato a conoscere qualcuno dei nostri vicini. Parleremo un'altra volta di quelli che abbiamo trascurato, mi raccomando. È stata davvero gentilissima». Tese le mani in segno di saluto e di ringraziamento.

Fanny non aveva idea di quanto Giovanna Rossano si fosse sacrificata per farle visita, anche se, a pensar male, la ricompensa di perlustrare per prima la casa di una nuova arrivata nel palazzo poteva essere un adeguato risarcimento. La signora Rossano come Mathilde, la suocera di Fanny, era una giocatrice devota e la visita l'aveva privata di qualche preziosa mano di poker. Applicava al gioco gli stessi orari che avrebbe avuto un'impiegata in un ufficio, usciva la mattina di buon'ora, tornava per il pranzo e alle tre ripartiva per rincasare alle otto. La sua meta era una casa in Sharia Kamil vicino ai bellissimi giardini di El Ezbekya, di proprietà di Martine Terenzio, signora italo-francese divorziata che aveva trasformato le stanze destinate ai ricevimenti in una florida bisca clandestina rigorosamente femminile. Dopo anni di tourbillon i suoi vicini esausti si erano rivolti ai rispettivi riferimenti ecclesiastici – padre Hanna, il rabbino Slomo, il mullah Mansour – che all'unanimità avevano approvato la decisione di denunciarla alle autorità. Con inconsolabile rammarico delle giocatrici la signora Terenzio dovette chiudere i battenti, fare le valigie e oltraggiata partire alla volta di Beirut. Molti mariti tra cui Giorgio organizzarono brindisi e festeggiamenti per la chiusura della bisca, per la scomparsa dal Cairo di Martine e per il subitaneo miglioramento dei loro conti in banca.

La storia della denuncia alla signora Terenzio la raccontò Bobe a Fanny quando venne ad ammirare l'effetto finale del lavoro di Prinzivalli. Suonò il campanello alle nove del mattino e con orrore le apparve sua figlia ancora in vestaglia.

Sam usciva presto. Fanny faceva la prima colazione con lui e non appena si chiudeva la porta di casa si precipitava a rimettersi a letto, atto d'emancipazione e voluttà che sua madre avrebbe considerato scandaloso. Secondo nostra nonna una signora perbene non doveva poltrire, non era solo una questione di educazione e di clima, piú si tardava, piú il sole diventava rovente, ma anche di rispetto verso i domestici al lavoro alle prime ore dell'alba. Vent'anni dopo a Roma nei giorni di vacanza mamma o Bobe entravano nelle nostre camere di mattina presto e alzavano rumorosamente le tapparelle. La perfida abitudine del Cairo non era andata perduta. Dino il fruttivendolo romano di Ponte Milvio si divertiva a dire che nostra madre apriva il mercato.

Per Bobe quella a Qasr El Nil non fu una mattinata tranquilla. Mentre Fanny correva a vestirsi ispezionò la casa. I tre bagni erano di marmo bianco e nero di grande bellezza e non era strano visto che Sam e la sua famiglia lo importavano e facevano questo di lavoro. Prinzivalli aveva tagliato bene gli spazi, ricavato tre camere da letto che affacciavano su un lungo corridoio scegliendo i colori preferiti della mamma. Il bordeaux e il fragola nel salotto e nella sala da pranzo mentre i divani e le poltrone del piccolo salotto dove troneggiavano la radio e il telefono avevano fodere di cretonne a fiori. La cucina dotata di un'anticucina e di una lavanderia spaziosa, era americana con un enorme frigorifero Kelvinator, orgoglio della casa, di lato due camerette da letto per i domestici. Davanti al salotto c'era una terrazza non molto grande, quel che bastava per un soggiorno esterno con un divano e delle poltrone in midollino dove Sam poteva fumare tranquillamente. Tutto era all'ultima moda, cosí nuovo da essere ancora impersonale.

L'architetto aveva fatto un buon lavoro, approvò Bobe mentre si dirigeva verso la porta di casa. «Hanno suonato, chérie apro io» avvertí. Entrò Prinzivalli con un pouf «molto retour d'Egypt» disse lui, che Bobe trovò orribile insieme alla scimmietta Jolanda vestita di rosa che si precipitò ad abbracciarle le gambe: aveva una passione per lei. Dietro all'architetto entrava una sconosciuta, il capo coperto da un foulard, il corpo bene in carne, che sembrava avere familiarità con la casa e che le sorrise mostrando i denti scuri di chi mastica hashish. Bobe si era trasformata in una statua come la moglie di Lot quando Fanny vestita e pronta per uscire arrivò di corsa. Prinzivalli scrostò a fatica dalle gambe di Bobe Jolanda che per dispetto fece pipí sul pavimento e baciò Fanny con trasporto. Nostra madre si affrettò a fare le presentazioni: «Mamouscka, Prinzi questa è Fatma, la mia domestica. È in prova. È la cugina di Salah il portiere che me l'ha raccomandata caldamente».

Riuscirono a uscire di casa solo un'ora dopo e nostra nonna, che era sul punto di avere una crisi isterica, affrontò sua figlia: «Poupi, sai bene che in Egitto quando ti presentano qualcuno per un lavoro è sempre un parente. Ricordi quando Ahmoud lo stiratore ci portò Rashida dicendo che era sua sorella e poi scoprimmo che l'aveva conosciuta quella mattina per strada? E la cuoca sedicente zia del domestico dei Di Marco che si rivelò essere l'amica di un'amica dell'autista della casa di fronte? È probabile che il tuo portiere abbia appena incontrato Fatma, magari è lei che gli procura l'hashish. Stai facendo una shtuss».

Bobe era preoccupatissima e si capiva dalla scelta della parola in yiddish. Ma Fanny non si scompose, sapeva come gestire la situazione. «Stai tranquilla se non funziona o se noto qualcosa di strano la mando via subito. È una brava ragazza sopravvissuta a una brutta setticemia causata dall'infibulazione. Ha fatto una buona impressione a Sam, secondo lui cucina un foul eccezionale». Nostro padre amava il piatto nazionale egiziano, una zuppa di fave che la leggenda faceva risalire al tempo dei faraoni. Bobe ammutolí, pur essendo di sangue – come diceva lei – austroungarico se c'era di mezzo il volere di un uomo, e in questo caso la faccenda era ancor piú delicata visto che si trattava del neomarito di sua figlia, si comportava come la piú conciliante delle mogli egiziane. Non si sarebbe mai messa di traverso contro suo genero e soprattutto detestava le cause perse in partenza. A pensarci bene, poi, non era detto che la donna avesse i denti scuri per il vizio di masticare l'hashish, si rassicurava. Forse poteva avere gravi problemi di carie, poverina. Disse a Fanny di portarla da un dentista. «Mi sembra ce ne sia uno al quinto piano del tuo palazzo, vero?» Fatma la dolce, fu soprannominata in questo modo, rimase a casa nostra finché potemmo. E il dottor Basmajan divenne il dentista di famiglia.

Tutti i venerdí sera al tramonto, dopo essere tornato dall'ufficio e passato un momento da casa, Sam andava a pregare nella sinagoga sefardita a due passi da Qasr El Nil. Ogni tanto tornava a quella vicino a Zamalek dove incontrava suo padre e i suoi fratelli. Fanny non lo accompagnava sempre, a volte preferiva passeggiare da sola lungo il Nilo e andare poi a prenderlo per tornare insieme al loro appartamento. Altre raggiungeva i genitori alle funzioni askenazite che Bobe adorava perché «cantano le meravigliose melodie della nostra infanzia». Erano piccole sinagoghe di quartiere, solo in occasione delle feste piú importanti come Pesach, Rosh hasha'nà, Purim e Yom Kippur i fedeli affollavano i grandi templi, l'Ismailia, l'Askenazi e il Ben Ezra. Ai rabbini piú famosi si affiancavano i chazan, i cantori e spesso «celebri tenori, contralti, baritoni, illustri pianisti e violinisti arrivavano da tutto il mondo per esibirsi nelle sinagoghe egiziane» ci raccontava la nonna quando eravamo già in Italia. Era piena d'orgoglio per il passato e desiderava sottolineare con passione che vivere al Cairo era stato vivere alla grande perché non credessimo mai a chi ci avesse detto che l'Egitto era un Paese sottosviluppato.

Un venerdí sera Sam e Fanny trovarono ad aspettarli sotto casa Misha e Bobe, la funzione era finita prima perché il rabbino aveva un impegno. Era una serata perfetta per passeggiare e senza rendersene conto si erano allungati fino a Qasr El Nil. Tutt'e due erano sorridenti, ma lo sguardo di Misha era cupo. «Mangiate con noi?» chiese Fanny. «Fatma ha lasciato un piccolo buffet pronto». Pensò che fosse l'occasione giusta, improvvisata e non organizzata di proposito, per mostrare le qualità culinarie della nuova domestica.

Allestirono tutto sul tavolino del terrazzo, i piatti di ceramica siriana verdi e turchesi, i bicchieri di Boemia della nonna di Bobe, i tovaglioli in pesante lino egiziano, le caraffe di vetro toscano arrivate da casa. Fatma aveva preparato l'hummus con il pane arabo, i pomo-

117

dori al riso seguendo la ricetta italiana accompagnati dalla salsa greca di yogurt e cetrioli, l'insalata di melanzane alla turca con uova sode e cipolline rosse e quella di pomodori e cetrioli che non è mai mancata nella nostra tavola anche in Italia. Aveva poggiato i manghi gialli in un cestino di paglia e la petite pâtisserie di Groppi che Fanny aveva comprato il pomeriggio in un vassoietto. Non era un vero e proprio Shabbath ma il cibo era freddo e le candele erano state accese.

Fu la consacrazione di Fatma, Bobe batté silenziosamente le mani in segno di goduria ma non trattenne una battuta, «tutto davvero delizioso e leggero, mi sento benissimo, non sarà che la tua Fatma ha farcito il cibo con l'hashish?» Sam e Fanny risero. Misha, che non sapeva nulla da buon chimico si allarmò «Hashish? Dove?»

Dopo il caffè mazbout per gli uomini e la tisana di ibiscus per Bobe e per la mamma, Sam e Misha con l'aria preoccupata che non si era mitigata nonostante il cibo buonissimo e i famosi éclairs au chocolat di Groppi, accesero le loro sigarette e cominciarono a parlare.

Fanny avrebbe voluto ascoltarli, l'argomento era la politica e il re Faruq ma Bobe pretendeva la sua attenzione per le novità casalinghe. Abdul stava lavorando magnificamente, raccontava, d'altra parte era stato istruito da Moh che era un perfezionista avendo lavorato da un pignolissimo baronetto prima di approdare da loro. Abdul alto e magro con belle mani affusolate, non appariva mai sciatto e quando usciva con lei teneva a essere elegantissimo, la galabeya con gli alamari stirata di fresco, il turbante pulitissimo a posto. Aveva un solo problema, quello di tutti i domestici egiziani, era ostile all'uso delle scarpe, al momento avevano trovato un compromesso: a piedi nudi solo se non c'erano ospiti ma in compenso aveva imparato a fare un soufflé al cioccolato alla perfezione. Seguiva Bobe come un'ombra e la guardava come una divinità. «A proposito mayn libling ho parlato con tante Clara e tante Rose vogliono dirti mabrouk ma non hanno mai visto la tua nuova casa». Fanny si chiese quale nesso sua madre avesse trovato tra i due argomenti. «E le tue amiche... Niní non ha mai messo piede a Qasr El Nil, cosí le tue cognate, tua suocera e Mireille Baranes... E ti rendi conto che Kate non ha mai varcato questa soglia? Shame, vergogna devi invitarle, se Fatma è cosí brava sarà semplice, io posso portarti una Linzer Torte, il Weichselstrudel che Niní adora o la tarte Tatin...»

Fanny promise, carezzò la mano di Bobe e domandò a Misha: «Raccontate anche a noi papà, siamo interessate, si tratta di Faruq o cosa?» Aveva colto piú volte nella conversazione il nome di Hafez, doveva sapere per poi riferire a Kate. Suo padre riprese a parlare: «Stavo raccontando a Sam quanto il popolo sia sempre piú affamato e malato. Quando la domenica mi spingo oltre Khan El Khalili verso la periferia e oltre Il Cairo islamico mi rendo conto che di settimana in settimana le condizioni della gente sono sempre piú miserabili e la fila di persone che ci aspettano, siamo otto, nove medici, è sempre piú lunga. Simon Bernstein e Ismail el Karim, gli amici oculisti che fanno parte del nostro piccolo gruppo di volontari, sostengono che gli egiziani rischiano di diventare un popolo di ciechi a causa del glaucoma e delle gravissime congiuntiviti di cui soffrono. Il cibo scarseggia, i bambini sono scheletrici e le infezioni causate dai parassiti che proliferano nelle acque sporche crescono di giorno in giorno. Sono malattie che si potrebbero curare facilmente ma che nella loro situazione diventano spesso letali».

Fanny era orripilata. «Non potete avvertire il governo? Forse non hanno idea...» Misha le sorrise con la compassione che si prova verso chi dovrà fare prima o poi i conti con la realtà. «Certo habibti, abbiamo fatto un esposto al ministero dell'Interno in quanto medici e chimici. Il docteur Ismail l'ha consegnato a suo cugino che lavora con il direttore generale Hussein. Purtroppo non abbiamo avuto nessuna risposta».

«E il re?» insistette Fanny. «Gli egiziani lo adorano».

«Userei l'imperfetto, è vero era molto popolare ma non è piú cosí, c'è troppo dolore e troppa corruzione. Ti ricordi, Sam, di quando Churchill nel '45 tornò al Cairo e disse a Faruq che in nessuna parte del mondo aveva visto condizioni di disparità sociali cosí macroscopiche? E che per un giovane re come lui migliorare la vita del proprio popolo poteva essere un'opportunità straordinaria. Grazie al cotone l'Egitto è un Paese molto ricco. Purtroppo Faruq non ha fatto nulla per gli egiziani. Ha usato il potere a piene mani solo per il suo divertimento».

Bobe si mise a ridere. Gli altri la guardarono stupiti. «Faruq rubò l'orologio a Churchill, rammentate? Poi glielo dovette restituire dicendo che era uno scherzo. Lord Killearn, l'ambasciatore britannico, era scandalizzato e Churchill non gradí affatto».

«Invece di scandalizzarsi dovevano avvertirlo, si sa che il re è cleptomane» intervenne Fanny. «L'altra settimana a casa Ades si è intascato un preziosissimo accendino d'oro della Russia imperiale, l'hanno visto tutti ma hanno fatto finta di niente. Me l'ha raccontato Myriam Ades che ne aveva parlato a Lilianne Cohen».

«È sempre la sua... amante in carica?» chiese Bobe con tono prima esitante perché c'era Fanny, poi tranquillamente piú acida ricordandosi che sua figlia era sposata. «Ho sentito dire che ne ha anche altre due. Passa le serate all'Auberge con Anne Berrier, una cantante francese e Patricia Wilder, una modella americana bevendo aranciata, fumando e lanciando palline di pane agli ospiti. Non credo siano ebree. Suo padre, il vecchio re Fuad, sosteneva che le ebree sono le migliori donne al mondo soprattutto quando sono colte». Nella voce di Bobe si percepiva un fondo di soddisfazione. «La ricchissima Alice Saurez Cattaui Pasha, una delle intellettuali piú in vista della Comunità ebraica, è stata il grande amore di Fuad e ha avuto piú potere della regina Nazi».

Misha si alzò in piedi e si mise a passeggiare in su e in giú lungo la terrazza. Detestava le storie delle amanti del re che appassionavano il Cairo e Alessandria e soprattutto detestava che fossero un argomento sviscerato da sua moglie. Passò a temi piú seri, a quelli che agitavano il suo stato d'animo. «Né Fuad né suo figlio Faruq hanno mai manifestato il benché minimo sentimento antisemita. Molti degli amici con cui il re passa le serate sono ebrei, il rapporto è sempre stato naturale e paritario. Ma ora lui ha sempre piú paura dei Fratelli Musulmani. Per compiacerli ha fondato la Lega Araba, ha ospitato il Gran Mufti di Gerusalemme scappato dalle carceri francesi dove era detenuto come criminale di guerra nazista e ha aderito alla guerra contro Israele. I suoi pessimi consiglieri gli hanno suggerito che doveva distogliere l'attenzione del Paese dai suoi vizi. Cosí ha dato spazio alla questione palestinese alimentando un sentimento di antisemitismo sconosciuto in Egitto che ha portato alle manifestazioni feroci contro gli stranieri e ai campi d'internamento. È uno sbaglio enorme. Se non cambia linea il primo a essere travolto sarà lui» pronosticò Misha molto agitato. «Vi ricordate come avevamo parafrasato il vecchio detto in yiddish su Odessa sostituendolo con "lebn vi Got in Cairo, vivere come un dio al Cairo"? Mi domando per quanto tempo sarà ancora cosí».

Bobe e Sam cercavano di intercettare lo sguardo di Misha indicando con la testa Fanny come a dire «non spaventarla». Bobe si alzò in piedi, era tardi e dovevano tornare a casa a piedi ma Sam si offrí gentilmente di accompagnarli in macchina. Fanny aveva seguito il discorso di suo padre a metà, intenta, invece, a domandarsi come avrebbe fatto l'indomani a riportare la conversazione su Hafez.

Arrivati a casa, dove Abdul li aspettava, i nonni andarono subito a letto. Bobe che non riusciva a chiudere occhio, svegliò Misha appena assopito.

«Come ti è venuto in mente di fare quel discorso davanti a Fanny? Sai che si impressiona facilmente. Segui troppo la politica e ti fai condizionare dai giornali e dal tuo amico, il dottor Ismail. Suo cugino è in rapporti con i Fratelli Musulmani, sai che per miracolo non è finito in prigione, devi stare più attento».

Misha si sedette e accese la luce.

«Tua figlia non è una bambina, smetti di volerla proteggere. Tutti noi dobbiamo cercare di capire in tempo quello che succede e deve farlo anche lei. E ora buonanotte, shlof gut».

Al buio in silenzio Bobe gli prese la mano.

10.

Café Riche, Il Cairo
1950

Per due giorni Fanny non fece altro che arrovellarsi sulla maniera di introdurre il nome di Hafez nei dialoghi serali con Sam. Si calmò solo quando le venne in
mente l'idea giusta che non avrebbe destato sospetti in
nostro padre, anche se lui non aveva un'indole maliziosa probabilmente perché era un uomo sicuro di sé.

L'occasione arrivò solo il lunedí, perché sabato vennero a cena i fratelli e le sorelle di papà, Vittorio, Alberto, Arlette e Nina. «Era ora» commentò Bobe. Domenica
mattina dovettero accompagnare dei clienti turchi di Sam
curiosi di conoscere il quartiere copto. Cominciarono il
giro con la sinagoga Ben Ezra dove Mosè fu salvato dalla
figlia del faraone. Due passi piú in là e proseguirono per
la chiesa Abu Serga, nome arabo di San Sergio. Nella sua
cripta, secondo i copti, la Sacra Famiglia si era fermata
alla fine del viaggio in Egitto. Conclusero la visita con El
Muallaqab, la Chiesa Sospesa, dalle pareti in avorio sempre avviluppate da una tempesta di fumi d'incenso. La
sera uscirono con Niní e Max Perlo che avevano scoperto un locale dove si suonava musica nubiana. Era stato
impossibile trovare un momento per parlare con calma.

Lunedí Sam arrivò a casa piú tardi del solito, era affamato e si sedettero subito a tavola. Fatma serví gli spaghetti di Antoniadis, il miglior negozio di prodotti italiani, al sugo di pomodoro imparato da Arlette e Nina.
Poi i falafel bollenti e croccanti e le focaccine zaatar con
la feta, il formaggio greco. La mamma aveva preparato
il pudding bianco con uvetta e frutta secca. Papà che appena tornato era parso pensieroso, dopo la cena aveva
cambiato umore.

In terrazza presero il caffè e Fanny il suo solito karkadè. Sam aveva poggiato sul tavolino i due quotidiani a cui era abbonato, *Le Progrès Egyptien* in francese, *Al-Ahram* in arabo e il settimanale americano *Time* in inglese. Strano, pensò Fanny e gli chiese: «Chéri non dirmi che non hai ancora letto come tuo solito i giornali da cima a fondo?» Lui si mise a ridere. «Proprio cosí, mi mancano ancora degli articoli. È passato Hafez a trovarmi e ci siamo persi in una lunga conversazione».

Fanny si era arrovellata inutilmente, eccola servita su un vassoio d'argento. «Hafez? È redivivo, che ne è stato di lui?» La mamma aveva l'aria di chi si ricordava a malapena del vecchio amico. Nostro padre – che aveva preso in mano *Al-Ahram* – lo poggiò sulle sue ginocchia e con il sospiro di chi rinuncia a una lettura in santa pace per affrontare un argomento spinoso incrociò le mani e prese a raccontare: «Ricordi quell'ufficiale, il maggiore Abdel Hakim che era con Hafez all'Auberge? Disse che me l'avrebbe presentato perché, secondo lui, era una persona che valeva la pena di conoscere». Fanny si ricordava.

«Oggi è arrivato in ufficio con lui. Ha magnificato la nostra azienda, i lavori di papà, e me in particolare. Il maggiore ha chiesto delucidazioni sulla capacità che abbiamo di importare materiali e di costruire immobili. Non sembrava qualcuno che stesse accompagnando un amico a una visita di cortesia, pareva piú un colloquio d'affari quello che si fa prima di stringere un accordo o di affidare una commessa a una ditta. Anche se ero irragionevolmente prevenuto, Hakim non mi è dispiaciuto. È certamente un uomo furbo e ambizioso ma non mi sembra un... bandito».

Fatma che ormai conosceva i gusti di papà, li aveva spiati e studiati, arrivò con un secondo bricco di caffè. Sam si illuminò, la ringraziò mentre lei preparava la tazza. «E allora?» chiese Fanny temendo che il racconto finisse lí e lui si mettesse a leggere il giornale.

«Allora dopo poco Hakim ci ha salutato, mi ha stretto la mano dicendo che sperava di rivedermi presto e se n'è andato in fretta perché aveva un appuntamento con il suo superiore.

Hafez è rimasto con noi. I miei fratelli, c'erano Alberto e Vittorio, gli hanno chiesto chi era questo Hakim. Secondo Hafez è uno dei giovani ufficiali con più seguito all'interno dell'esercito, controlla una gran parte di ufficiali e soldati e ha in mano la delega agli appalti. Per questo faceva domande cosí approfondite sulla nostra azienda. "Potrebbe anche affidarvi una commessa" ha azzardato, "so che deve ristrutturare delle caserme ed è appassionato di marmo italiano, come tutti del resto. È la ragione per cui l'ho portato da voi". L'abbiamo ringraziato con trasporto, non sono tempi grandiosi, i lavori importanti vengono commissionati sempre più spesso a società egiziane, avere un'entratura nell'esercito è una fortuna. Hafez, più magro che mai, lo sguardo ancora più tormentato e cupo del solito, si è schermito e ha detto che voleva parlarmi. E mi ha portato... indovina dove?»

Fanny alzò le spalle.

«Al Semiramis? Al National?»

«No chérie, al vostro Café Riche. Ma adesso fammi leggere, sono stanco». E alzò inesorabilmente il muro, cioè *Al-Ahram*.

Fanny tirò un lungo sospiro per non lasciarsi sfuggire un gesto di stizza e decise di aspettare suo marito a letto, ma per prudenza tolse silenziosamente dal tavolino *Le Progrès Egyptien*, Sam avrebbe fatto l'alba pur di leggerlo per bene. Passò dalla cucina per controllare che Fatma avesse bollito come si doveva l'acqua per lavare le verdure e per cucinare. Le disse che poteva coricarsi senza aspettare Sam. Ma lei scosse il capo, non sarebbe andata a dormire prima di Monsieur Sam. Fatma era dolce ma non mancava di furbizia, come ogni donna egiziana considerava l'uomo un essere superiore.

Passò un altro giorno prima che Fanny riuscisse a sapere quello che le interessava perché si era addormentata appena entrata nel letto e Sam aveva potuto leggere tranquillamente dalla a alla zeta anche *Le Progrès Egyptien* come si poteva constatare la mattina trovando il giornale tutto stropicciato.

La sera dopo lo aspettò al varco, non poteva sfuggirle, per fortuna sembrava non avesse portato giornali con sé. Ma era meglio non perdere tempo e affrontare l'argomento appena seduti a tavola.

«Cosa dovevi raccontare ieri di Hafez? Vuoi farmi morire di curiosità?» domandò mentre lui si serviva del pollo bigawi allevato nell'oasi di Fayyum, la terra di Moh, cotto con verdure e spezie da accompagnare al riso alla turca.

Sam masticava sempre lentamente, concentrandosi sui sapori e rendendo qualunque racconto un percorso mai fluido sempre a singhiozzo. Fanny era addestrata al suo ritmo ma alla fine ottenne il quadro completo che aspettava da giorni. E non era quello che avrebbe sperato per Kate.

«Al Café Riche tutti lo chiamavano per nome, pare sia un habitué. Sei al corrente che il posto ha un passato da covo di complotti e di attentati? Ora è il ritrovo preferito degli ufficiali dell'esercito, i nuovi close friends di Hafez. Ha scelto un tavolino in fondo un po' nell'ombra, facendo un mucchio di storie al cameriere perché il caffè secondo lui non era ziyada, ben zuccherato ma arriha. Era molto agitato, si guardava di continuo in giro, in genere è impassibile. Mi ha detto di essere di nuovo in partenza per Port Said, gli hanno chiesto di continuare a tenere d'occhio la situazione del Canale». Sam si fermò per complimentarsi per la cottura del pollo.

«Cosa fa Hafez nella vita?» chiese Fanny, davvero curiosa sulla questione. «Perché va avanti e indietro da Suez?»

«Non ha bisogno di lavorare, suo zio Hafez Bey gli ha lasciato un patrimonio depositato, da buon egiziano ricco, in un conto svizzero nella stessa banca, credo, usata dal re. Lo so perché mi aveva chiesto dei consigli sul modo di investirlo. La mia impressione è che Hafez sia molto cambiato, un tempo amava divertirsi ed era un tombeur de femmes di successo ma sono mesi che non mi nomina un night club e che non si vanta delle sue conquiste».

Fanny esultò dentro di sé, Questo renderà felice Kate.

Sam continuò: «Ha sempre avuto un debole per il potere, te l'ho detto tante volte, ma adesso c'è qualcosa di piú, come se avesse trovato una strada per ottenerlo per sé stesso, non solo per goderne di riflesso. Cosa faccia esattamente non l'ho capito, credo lavori per conto dei militari, loro si fidano di lui e Hafez conosce tutti, riesce a entrare in qualunque ambiente. La gestione inglese del Canale sta diventando d'importanza politica centrale, c'è sempre piú nervosismo nei confronti delle forze britanniche. Ma in questo momento per i capitalisti, per i vertici delle grandi società, per l'alta borghesia, oltre che per gli ambienti diplomatici il vero problema è rappresentato dalla cerchia del re. Gli inglesi lo chiamano il "kitchen cabinet", un piccolo gruppo di persone che lo consiglia piú o meno ufficialmente. Oltre al solito Antonio Pulli Bey, il figlio dell'elettricista di Palazzo al tempo di re Fuad, suo amico del cuore e braccio destro, ne fanno parte Elias Andraous un greco che gli gestisce gli affari e i libanesi Karim Thabet, l'addetto stampa, e Edmond Galhan, un ex trafficante d'armi incaricato di occuparsi delle forniture per le residenze reali ma che in realtà manovra i conti esteri del re. Quei quattro lo stanno accompagnando alla rovina politica». Sam fece un cenno a Fatma, poteva cambiare i piatti.

Fanny disse che aveva sentito parlare proprio di questo qualche giorno prima a colazione a casa Baranes. Mireille ospitava un'amica turca, Adalet Demir, giornalista del quotidiano *Hürriyet* arrivata al Cairo con l'incarico di scrivere un articolo sulla situazione politica egiziana. A tavola aveva raccontato l'immenso potere del kitchen cabinet.

Sam riprese a raccontare.

«È cosí. Tutti sanno che è stata un'idea di Thabet la nomina a primo ministro di Nahas Pasha, leader del Partito Wafd. Nahas è al suo quinto mandato e la sua fama di uomo corrotto specializzato nel saccheggio del denaro pubblico è consolidata da tempo. Sua moglie è ancora piú spregiudicata. L'altra sera al cocktail del consolato l'ambasciatore americano Jefferson Caffery l'ha definito il politico piú venduto e piú stupido. Hafez teme che gli egiziani non reggeranno a lungo questa situazione, il governo ha costretto i contadini ad aumentare a dismisura le coltivazioni del cotone che viene acquistato a peso d'oro sottraendo terra al mais, alle patate, al fabbisogno alimentare. La gente ha fame e non sa come far mangiare i figli. Il re è uno degli uomini piú ricchi al mondo ma il suo popolo è sempre piú derelitto».

Il racconto di Sam aveva fatto passare la fame a Fanny. Proprio in quel momento arrivò Fatma con il dolce al cucchiaio, ricetta tradizionale di casa Barzel, savoiardi bagnati di rum, banane, ananas coperti dalla crema inglese. Avrebbe fatto parte della nostra adolescenza romana anche se l'ananas fresco che non si trovava facilmente in Italia veniva sostituito da quello sciroppato. Era uno dei dessert del lessico culinario quotidiano insieme al pudding, al riso al latte cosparso di cannella e alla torta viennese con visciole e noci.

«La situazione ti preoccupa?» Fanny si serví una minuscola porzione di dolce, grata che il suo sapore familiare la confortasse. Sam le batté un colpetto sul braccio facendo no con la testa e godendosi il dessert. Tranquillizzata, lei sferrò l'attacco finale: «Al di là della passione politica Hafez vuole sposarsi, avere una famiglia, innamorarsi? Forse ha una liaison segreta, un amore impossibile...»

Suo marito spezzò ogni speranza di ottenere notizie interessanti. «Vuoi sapere qualcosa di sentimentale? Faruq si sposa, pare sia un'idea di Thabet, convinto sia il miglior modo per riconquistare un po' di popolarità, gli egiziani adorano i matrimoni reali» Sam si alzò e si diresse verso la terrazza. Lei capí che l'argomento era chiuso.

Si sposavano tutti, persino il re. Tranne Kate, si rattristava Fanny leggendo qualche giorno dopo i giornali inondati dalla notizia del fidanzamento ufficiale di Faruq. La prescelta, Narriman Sadek, rispondeva all'identikit ideale diramato pubblicamente dal gabinetto del re: aveva sedici anni, era musulmana, figlia unica, di incontaminata stirpe egiziana e apparteneva all'alta borghesia. Il luogo dell'incontro fatale non era chiaro, una gioielleria o il solito Auberge, ma la notizia aveva provocato uno scandalo perché Narriman era già promessa a Zaki Hachem, un laureato a Harvard che lavorava come economista alle Nazioni Unite a New York. Nostra madre prese in mano il *New York Times* di due giorni prima, le era stato segnalato per via di un'intervista furibonda rilasciata dal fidanzato piantato in asso che inveiva contro la prepotenza del re e contro la sottomissione del mancato suocero. In verità, scriveva il giornale *Al-Ahram*, Sadiq Bey, il padre di Narriman, aveva tentato di far cambiare idea a Faruq senza ottenere nessun risultato, se non promozioni, favori e convincenti prebende.

Secondo l'informatissimo quotidiano la promessa sposa, una ragazza paffuta con un viso da criceto e un incarnato meraviglioso era stata spedita a Roma all'ambasciata egiziana, sotto le false spoglie di nipote dell'ambasciatrice per essere educata al suo futuro da regina. L'inconsolata Narriman, innamorata di Zaki e non di Faruq, doveva imparare quattro lingue, studiare la storia e il galateo degli inchini sorvegliata a vista dalla contessa Layla Martly, dama di corte nota per leggere molti libri. Ma soprattutto doveva sottoporsi a una dieta crudele per tornare al Cairo con un peso non superiore ai cinquanta chili, cosí aveva deciso il fidanzato, da parte sua regalmente obeso. Roma, sospirò Fanny leggendo le cronache dei quotidiani, le sarebbe piaciuto visitarla, aveva sposato un italiano dopotutto, doveva chiedere a suo marito di farle conoscere l'Italia. Guardò l'orologio. Era tardi doveva affrettarsi, Kate l'aveva convocata al Café Riche.

Sam aveva avvertito Fanny che sarebbe tornato a casa in ritardo, Alexandre Skiatos lo aspettava alle sei del pomeriggio al Royal Automobil Club a due passi da casa. Era un pomeriggio bellissimo, terso e non si moriva di caldo. Raggiungendo a passo svelto rue Qasr El Nil nostro padre era di ottimo umore, rifletteva che gli piaceva la sua nuova vita, finalmente aveva una sua casa con una bella moglie di cui era innamorato e che si occupava di lui con attenzione. Era un uomo buono e cercava in tutti i modi di impedire alla sua mente di fare il paragone con sua madre che non c'era mai ed era ossessionata dal gioco. Ma non riusciva a bloccare certi ricordi. Come la volta in cui suo padre se n'era andato via di casa e si era trasferito all'Hotel National dopo che Mathilde aveva sperperato una somma assurda in un solo giorno. Era tornato sui suoi passi solo perché i cinque figli in lacrime lo avevano supplicato di ripensarci. Sam voleva bene a sua madre, e comprendeva che era stata educata a nutrire le sue passioni anche se nefaste, ma non avrebbe mai sposato una donna schiava di un vizio. Fanny era intelligente e dedita e soprattutto quasi sempre allegra, solare; i suoi genitori avevano fatto un buon lavoro.

Era quasi arrivato, vedeva già l'ingresso in stile neo-islamico del club, il circolo preferito del re, dove erano accettati solo aristocratici, pascià, milionari e quelli che al tavolo da poker sapevano perdere ingenti somme di denaro facendo vincere e rallegrare Faruq. Non era un mistero che quelle perdite avessero il potere di placare gli appetiti degli ispettori delle tasse e di appannare la loro vista di fronte ai trasferimenti di capitali egiziani in Svizzera o in Libano.

Sam salí la lunga scalinata che portava alle sale da ricevimento e poi svoltò verso il bar scortato da un inserviente che non avrebbe sfigurato al fianco di lord Mounbatten. Intorno a Skiatos si era formato come sempre un cerchio di persone, la sua esuberanza greca e le mille informazioni che intercettava grazie a una rete di relazioni poderose lo rendevano un uomo prezioso da frequentare. «Goodbye my olds, kalispera Sam, siediti vicino a me» lo salutò congedando i suoi amici. «Tu bois quoi?» chiese usando il lessico internazionale del Cairo. Ordinò con autorità due Dirty Martini nonostante le proteste di papà, poco amante dei superalcolici. «È il cocktail preferito di Churchill, devi provarlo». Skiatos era appena tornato da Londra, in genere ci voleva una settimana perché si disintossicasse dall'anglomania.

Era visibilmente soddisfatto, aveva venduto il marchio del suo impero di pasticcerie e d'industrie di dolci e gelati esportati in tutto il Medio Oriente a un'importante azienda britannica. E aveva depositato il capitale della cessione alla Child & Co. di Fleet Street, una delle banche piú antiche e piú snob della Gran Bretagna. «Londra sta tornando al suo splendore anteguerra ma noi greci amiamo l'acqua sotto ai piedi non sopra la testa. Ho lasciato Caralambo a guardia della cassa, tornerà tra un paio di mesi». In un sorso finí il suo primo Dirty Martini.

Dopo aver chiesto notizie della famiglia, di Fanny e di Bobe che lo divertiva per il suo carattere risoluto, voltò la testa a destra e sinistra poi abbassò la voce. «Gli inglesi pensano che Faruq abbia perso la testa e che a causa del suo comportamento non sia piú in grado di esercitare nessuna autorità sul suo popolo. Sono stato a colazione con il colonnello William Percy, è un pezzo grosso dell'Intelligence molto stimato da Sir Stewart Menzies il capo del Sis. Voleva avere da me informazioni sullo stato della politica in Egitto, sul Wafd e sui Fratelli Musulmani ma sono state molto piú interessanti quelle che lui ha fornito a me».

Sam capí che era meglio mettere da parte il buonumore per un altro momento, l'espressione di Alexandre era molto seria. Dopo le preoccupazioni di Misha, il colloquio con Hafez, ora toccava a Skiatos. «Non so cosa riportino i giornali egiziani ma la stampa mondiale è su di giri, decine di giornalisti seguono le gesta in Normandia e in Costa Azzurra di un re in preda a un delirio di sfarzo. In un porto lo aspetta il suo yacht di ottanta metri *Fakhr el Bihar* scortato da un cacciatorpediniere. Ovunque vada c'è un aereo che lo segue in volo pronto a ospitarlo nel caso si annoi a viaggiare in una delle sue sette Cadillac». Sam spalancò gli occhi per lo stupore. «Wait, attends. Il suo seguito è formato dal kitchen cabinet, da trenta guardie del corpo albanesi con altrettante moto, medici e cortigiani egiziani, assaggiatori di cibo sudanesi oltre ai sessanta uomini dell'equipaggio dello yacht. Per la sua festa di addio al celibato sembra siano sbarcate da Hollywood trenta starlette e buona parte della cena è stata preparata a Parigi da Chez Maxim's, mentre le ostriche e le langoustine sono arrivate dal Nord della Francia con aerei diversi dal velivolo reale che doveva rimanere a sua totale disposizione. Ti risparmio l'entità delle somme giocate ai vari casinò e le vere e proprie razzie nei negozi». Skiatos ordinò un altro Dirty Martini, nostro padre no.

Con il cocktail in mano continuò a raccontare: «Faruq è diventato l'idolo dei giornalisti, il materiale che fornisce nutre quotidianamente con grande successo i giornali europei e quelli del mondo anglosassone. A Downing Street e a Buckingham Palace il suo comportamento è considerato molto pericoloso. Percy mi ha detto che, secondo i suoi informatori, il governo di Nahas Pasha è incapace ormai di controllare l'informazione egiziana, e che per distrarre l'opinione pubblica dalle notizie sulle follie del re pensa a un ultimatum. Quello di ordinare agli inglesi di lasciare per sempre l'Egitto. Hai sentito qualcosa in merito?»

Sam scosse la testa. Ripensò ai discorsi fatti con Hafez mandato in missione proprio nel quartier generale degli inglesi a Suez ma non aveva fatto menzione di una possibilità del genere. Certo, Hafez lavorava per l'esercito, non per il governo, né per il Wafd, il partito di Nahas. Era molto probabile che non sapesse nulla delle intenzioni del primo ministro. Forse Nahas aveva deciso di fare un'operazione politica per ottenere il favore dei Fratelli, sempre piú forti anche se ancora in clandestinità e pronti a tutto pur di veder scomparire gli inglesi dalla terra egiziana. «Panta rei, Sam». Alexandre Skiatos allargò le braccia.

Kate era già seduta al Café Riche quando Fanny arrivò trafelata. Ordinarono due Coca-Cola fredde con limone e senza ghiaccio. Kate conversava vivace e sembrava quella che era sempre stata prima dell'incontro con Hafez, di nuovo la regina dello small talk, chiacchiere leggere di visite, ricevimenti, nuove conoscenze. «Ho ricevuto due proposte di matrimonio, una molto carina, mio padre è furibondo perché l'ho rifiutata, ha paura che rimanga zitella. In effetti i miei due pretendenti erano dei buoni partiti e io ho già compiuto venticinque anni. Lui ti cita sempre perché a vent'anni sei già una signora maritata».

Fanny non sorrise e le domandò seria: «Cos'hai intenzione di fare? Morire da sola aspettando Hafez? Lui ti ama, lo sappiamo ma, come dice Sam, ama piú il potere o qualunque altra cosa abbia in testa. È ripartito per Suez, va e viene come un senzatetto. E soprattutto è fonte della tua sofferenza».

Kate abbassò gli occhi. «Mi ha scritto da Port Said. Ha ripetuto che mi ama come non ha mai amato nessuna ma che prima di me e di lui c'è il bene del suo Paese. Non posso dargli torto. Credo che al ritorno dalle sue visite caritatevoli della domenica tuo padre ti racconti come vanno le cose e come vive la povera gente».

«Bene, è deciso allora. Lo aspetterai... forse inutilmente... non ti è mai venuto in mente che il problema sia la tua nazionalità? Non l'avevo mai considerato prima... ci ho pensato ora, forse Hafez non vuole dirtelo per delicatezza... Chissà se questo possa spiegare la sua resistenza...»

Kate confessò che anche a lei era passato per la mente dopo aver analizzato tutti i possibili ostacoli, alla fine gliel'aveva chiesto e lui si era messo a ridere negando con convinzione. «In ogni caso ho deciso di cambiare aria, sto soffrendo come un cane, non è amore, è come un'ossessione. Dopodomani parto per Londra, torno a casa per un po', raccolgo le idee e metto alla prova della lontananza i miei sentimenti per lui... ti va una limonata? Ho la gola secca».

Fanny le prese la mano. «Credo tu faccia bene habibti anche se mi mancherai da morire, giura sulla Bibbia che scriverai ogni giorno, non sai quanto mi piacerebbe venire con te... Kate che c'è? Chi stai guardando?»

Era entrato un uomo molto alto e massiccio vestito da ufficiale. Aveva lo sguardo tagliente, il viso accattivante tagliato da un paio di baffetti e illuminato da un bellissimo sorriso. Si fermò un attimo a salutare con calore il maître, che era diventato di colpo ossequioso. Sembrò riempire l'intera sala con la sua presenza.

Kate le tirò la manica.

«Mesi fa, davanti al consolato britannico dove ero andata a reperire un documento, Hafez che era a braccetto con me ha incontrato un ufficiale. Si sono salutati con evidente simpatia reciproca. L'ufficiale gli ha domandato in arabo cosa stesse facendo lí e poi si sono messi a discutere in modo concitato. Quando gli ho chiesto spiegazioni Hafez ha eluso l'argomento e non ne abbiamo piú parlato. Mi sembra di avertelo raccontato vero?»

Fanny annuí.

«Quell'ufficiale è lui» sussurrò Kate.

L'uomo si girò come per controllare con lo sguardo tutta la sala, si soffermò piú a lungo a fissare con attenzione Kate e poi sedette a un tavolo davanti alla finestra dando loro le spalle. Kate chiamò il maître per domandargli chi fosse quell'ufficiale.

«È una brava persona sayyida che ama il suo popolo. Si chiama Nasser, è il comandante Gamal Abd el-Nasser, che Allah lo protegga».

«Nasser» ripeté Kate. «Teniamo a mente il nome, voglio chiedere a Hafez chi è».

11.

Odette, Il Cairo
1950

«T'es pas pauvre chérie».

Quando non dormiva, Odette, il pappagallo femmina di tante Rose e tante Clara, ripeteva a intervalli regolari «Non sei mica povera mia cara», frase usata reciprocamente dalle sorelle quando un'improvvisa prudenza bloccava un nuovo acquisto da parte di una delle due. Fanny era in visita per invitarle a casa sua come previsto dal galateo impartito da Bobe che l'accompagnava e osservava la loro «perruche» di razza Alexandre, chiamata cosí in onore di Alessandro Magno: era stato lui a introdurla dall'Asia al bacino del Mediterraneo.

Svegliata dal loro arrivo Odette aveva lanciato il suo urlo in segno di benvenuto, ingoiato qualche noce dalle mani di Alouf, il domestico sudanese, pelle nerissima, sorriso irresistibile, un inseparabile braccialetto intorno alla caviglia, per poi addormentarsi. Rose aveva chiesto a Bobe se avesse notato quanto il becco di Odette fosse di un corallo piú acceso del solito e le piume, verde lime e giallo limone, piú luminose. Le due donne adoravano la perruche, la portavano a passeggio in una sorta di paniere con le ruote costruito apposta per lei e avevano ascoltato con soddisfazione materna i complimenti di Bobe sulla bellezza di Odette. Fanny rifletteva sull'incongruenza estetica rappresentata dalle zie e dalla scelta di avere un pappagallo come animale da compagnia, piú adatto a un pirata malese che a eleganti signore dai capelli quasi bianchi. Fosse dipeso da lei in un'ipotetica iconografia avrebbe inserito un cane pechinese.

Le zie, che avevano maniere francesi a causa dell'esilio parigino dei primi del Novecento in un palazzetto pierre de taille a rue de Lille, non erano affatto delle zie. La parentela era piú vaga e si perdeva nei meandri dei viali e degli alberi genealogici di Odessa, complicati come una sciarada per quanti incroci, innesti, matrimoni e contaminazioni da varie parti del mondo ogni famiglia potesse vantare tanto che alla fine non ci si ricordava piú chi fossero gli zii veri, i cugini reali, i finti nipoti. In realtà erano, dalla parte di Misha, prime o seconde cugine a seconda dell'indice di gradimento momentaneo deciso da Bobe.

Non si chiamavano davvero Clara e Rose. La nuova identità era frutto del soggiorno a Parigi suffragata dalla forza dell'influenza culturale francese in Russia e dalla possibilità a quei tempi di scrivere sui passaporti quel che si voleva. Al contrario di Misha, le zie erano dotate di un buon patrimonio. I genitori avevano lasciato la Russia prima della Rivoluzione d'ottobre per un Grand Tour, si erano innamorati della Rive gauche e poi non era stato piú salutare tornare in patria. Quando Misha era fuggito da Odessa e dai bolscevichi, era stato il loro padre ad accoglierlo e a farlo studiare. Erano cresciuti insieme tutti e tre e se Misha era rimasto fedele al suo nome, le cugine Sara e Rebecca si erano piano piano infilate nella personalità di Mademoiselle Rose e Mademoiselle Clara.

Come Misha, come Bobe, e poi come sarebbe stata nostra madre, erano sole al mondo. I loro parenti erano stati falcidiati dalle guerre, dai pogrom, dalle rivoluzioni, pochi avevano lasciato la vita stesi nei loro letti e tra questi fortunati c'erano i genitori di Rose e Clara che avevano abbandonato la terra e gli amatissimi macaron di Ladurée, di cui facevano indigestioni epocali, adagiati sui cuscini di piume delle loro camere parigine. Alla loro morte Clara e Rose avevano resistito per un po' a rue de Lille ma erano bastate un paio di lettere scambiate con Misha per prendere la decisione. Dopo aver venduto molto bene la casa, riempito sessanta bauli metà di passato e metà di razzie al Faubourg

Saint-Honoré, spedito i mobili preferiti, avevano raggiunto l'unico legame affettivo che avevano. Misha le aveva accolte sul molo del porto di Alessandria d'Egitto dapprima con grande affetto, poi con costernazione nel constatare la magnificenza del bagaglio.

Si erano installate allo Shepheard's Hotel per tre mesi facendo impazzire Bobe con tour turistici, acquisti esotici tra cui Odette e la ricerca di una nuova casa che si arenò con l'acquisto di un palazzetto, contestato duramente da Misha, al limite dei quartieri popolari egiziani perché – era stata la loro spiegazione – si erano innamorate del tetto ornato di merli. Da lontano la casa sembrava una piccola fortezza ocra ma all'interno aveva lo stile di un kervansaray, diceva in turco Bobe. Era la miglior definizione per la casa delle zie, rifletteva Fanny guardandosi intorno, anche se si trattava di un caravanserraglio molto ordinato e pulito nonostante tutto, proprio come loro vestite sempre con semplici camicette di cotone ricamate bianche o rosa, gonne dritte di lino con una piega centrale e profumate di Carnation, l'essenza di garofano della casa inglese Floris.

Una sera Fanny capitò a casa loro per consegnare un pacchetto di medicine da parte di suo padre. Aveva lasciato Sam ad aspettarla nella sua nuova macchina, una Hillman, ed era entrata nel salotto annunciata da Alouf.

Nella stanza riempita senza nessun buon senso da una preziosa scrivania Boule, da pouf di cuoio egiziano, da una polonaise tappezzata di seta gialla circondata da tavolini turchi intarsiati di madreperla le zie stavano sorseggiando il tè alla menta della sera. La salutarono con gridolini di gioia ma Fanny le guardò pensando di avere le traveggole. Indossavano sontuose vesti da camera orientali, delle specie di galabeya in seta ricamata con strascico, maniche a kimono e cinte ornate da passamaneria preziosa. Era l'abbigliamento usato dalle donne mediorientali ricche e sofisticate come Mireille Baranes. Dov'erano svanite le sue sobrie zie russe-parigine?

«Cara» disse tante Clara che in famiglia era considerata la piú intuitiva «non guardarci cosí... è per il nostro déshabillé?»

Le si avvicinò, non profumava di garofano ma della sensuale fragranza della rosa di Damasco che Fanny desiderò immediatamente di avere per sé.

«Zia» rispose nostra madre cercando le parole «i vostri... abiti...» Clara si sedette e fece segno a sua nipote di avvicinarsi.

«Fanny, è difficile spiegare ma spero di riuscirci. Viviamo in un Paese straniero che abbiamo imparato ad amare in maniera definitiva». Fanny annuí anche se per lei era diverso, non era un Paese straniero, era il suo.

«È un Paese d'elezione, non è la nostra terra d'origine. Siamo nate in Russia, ci siamo rifugiate a Parigi, ora abitiamo qui al Cairo e non vorremmo andare da nessun'altra parte al mondo. È amore puro. Ma continuiamo a restare dall'altra parte della vetrina perché viviamo e ci comportiamo come occidentali. Le nostre camicette sono di cotone egiziano ma le facciamo tagliare e cucire come in una qualunque sartoria d'Europa».

«Molti egiziani si vestono come noi, non ha mai rappresentato un problema per nessuno...» Fanny non capiva e soprattutto non si sentiva da una parte o dall'altra di quella vetrina citata da sua zia che le aveva suscitato un inspiegabile senso di angoscia. Tante Rose che era la piú affettuosa tra le due lo percepí perché si alzò per accarezzarle i capelli.

«Vogliamo imparare a vivere anche culturalmente piú vicino agli egiziani per poterli rispettare e amare in modo meno...» Clara scosse la testa perché non le veniva la parola giusta, poi arrivò «... meno altezzoso».

Tante Rose annuí con foga. Fanny pensò confusamente che non sarebbe certo bastato indossare una veste di seta ricamata, tra l'altro cosí sfarzosa. Clara sembrò leggerle nel pensiero.

«Non vuol dire rinnegare quello che siamo ma vestirci almeno in casa alla maniera mediorientale lasciando da parte i nostri abiti da stranieri, i nostri scudi occidentali è un piccolo passo. Non so dove ci porterà e se cambierà qualcosa. Ma è anche una forma di rispetto verso i domestici. Sono contenti di vederci indossare abiti vicini alla loro cultura quanto lo sono quando gli regaliamo i nostri vestiti da europei».

Indicò i baklava e la halawa su un tavolino d'ottone.

«Noi mangiamo i loro dolci e ora Alouf e Hamila la cuoca sembrano adorare il nostro kugel, è uno scambio, capisci, che ci fa stare meglio».

Tante Rose che fino a quel momento era rimasta in silenzio, aggiunse: «Clara ti sei dimenticata di dire a Poupi che stiamo prendendo lezioni di arabo con il maestro Uthman, è un poeta che ha bisogno di soldi, ce lo ha consigliato tua madre tramite la sua amica Maryam, stiamo imparando in fretta non vediamo l'ora di scambiare qualche parola in arabo con tuo marito...»

Sam! Fanny si ricordò di suo marito in attesa in macchina e salutò frettolosamente le zie promettendo di rivederle presto e riprendere il discorso. Per qualche giorno continuò ad avvertire il disagio che aveva provato durante il discorso di tante Clara. Non aveva mai avuto la percezione di vivere protetta da una vetrina, tantomeno da una sola parte di essa e non conosceva quello che molti anni dopo per me, sua figlia, sarebbe stato una grande sofferenza, il bisogno di appartenere ma senza sapere a chi e a cosa...

Forse le zie desideravano avvicinarsi di piú agli egiziani perché erano arrivate da poco al Cairo e non avevano avuto ancora il tempo di sentirsi parte della città e, rimuginava, il loro desiderio era del tutto legittimo. Ma a colpirla a tradimento era stato il messaggio non espresso nascosto nelle pieghe delle vestaglie da mille e una notte e nelle parole esitanti delle zie, il sottinteso che ci fosse qualcosa di sbagliato nel rapporto fra egiziani e residenti occidentali. Era probabile che questa loro sensazione dipendesse solo dalla conoscenza superficiale di un mondo estraneo, alla fine Fanny riuscí a rassicurarsi e decise che si sarebbe data da fare per aiutarle a sentirsi piú integrate. Alla prima occasione ne parlò a Mireille che, sempre pronta ad allargare la cerchia delle sue protégées, promise di invitarle nei suoi pomeriggi orientali dedicati alle amiche turche, libanesi, egiziane e druse. Sperando di togliersi dalla testa il disagio che continuava a rendere meno luminose le sue giornate si confidò con sua madre che scrollò le spalle:

«Libe, queste sono le follie di Clara, mi dispiace per Rose che le subisce. Secondo tuo padre è sempre stata cosí, eccentrica e alla ricerca di novità. La sua ultima passione è quel prete ortodosso, l'hai conosciuto, il pope Alexis. Un mese fa sono passata al kervansaray per portare a Rose i miei biscottini al cocco, sai che li adora. Alouf mi ha aperto la porta tossendo e con gli occhi rossi, quasi invisibile dietro a un muro di incenso. "Che succede?" gli ho chiesto allarmata. Lui non ha risposto». Bobe si interruppe perché nella stanza era entrato Abdul portando con aria regale il vassoio con il kahwe baida, il caffè bianco, acqua bollita con fiori d'arancio e cardamomo. Aspettò che uscisse e riprese il racconto.

«Al centro del salotto pieno di fumo c'era il pope in abito da grande cerimonia nell'atto di benedire non solo i quattro angoli della casa ma anche i domestici, la perruche Odette che urlava e naturalmente anche loro, Clara e Rose. I domestici, tutti di religione musulmana, erano molto impressionati dalla cerimonia e borbottavano tra loro, tra un attacco di tosse e l'altro».

Fanny stava per essere posseduta dal fou rire che era sempre stata incapace di trattenere al pensiero della scena descritta da sua madre.

«Non sono riuscita a controllarmi» stava dicendo Bobe «ma sono esplosa: "Mayn dears che state facendo? Ir zent mshuge? Perché avete chiamato il pope per la benedizione e non il rabbino? Siete diventate ortodosse per caso? Vi siete dimenticate di essere ebree?" Clara mi ha guardata come fossi diventata uno scarafaggio.

"Siamo ebree, Berthe, ma abbiamo degli amici. Alexis lo è. E siamo convinte che una benedizione valga l'altra purché sia sincera". Non ho saputo cosa rispondere».

Fanny evitò di commentare che secondo lei le zie avevano ragione, ma Bobe captò subito da che parte stava sua figlia.

«Sono due sconsiderate, je t'en prie, non ti far condizionare da loro».

Pensò di capovolgere la situazione a suo favore rammentandole lo scontro tra suo marito e le zie scoppiato a causa della scelta, astrusa secondo lei di installarsi a due passi dal Cairo islamico e a pochi metri dal gran mercato vicino a quartieri poco raccomandabili. «Clara è stata irremovibile. Non voleva vivere a Zamalek, a Garden City o a Heliopolis come tutti noi, voleva abitare a fianco del peuple, del popolo diceva. Ma se perfino Faruq non si cura del suo popolo». Fanny scelse la strada diplomatica, non disse nulla delle lezioni di arabo prese dalle zie e si limitò a muovere la testa in modo affermativo per evitare ancora una volta di proferire giudizi.

Bobe si sbagliava. Il re voleva riavvicinarsi al suo popolo e farlo innamorare di sé come al principio del suo regno, per questo aveva deciso di sposarsi. Ma gli articoli sul suo sfarzoso viaggio in Costa Azzurra e sull'addio al celibato pari solo alle Ziegfeld Follies di Hollywood stavano facendo il giro del mondo scandalizzando l'Egitto, dove la maggior parte dei suoi sudditi era alla fame. I cannoni dei giornali dell'opposizione avevano ricominciato a sparare, la sua sconsideratezza era diventata l'argomento principale al Cairo e ad Alessandria. Se ne parlava fino alla nausea.

A casa Baranes l'amico saudita di Mireille riferiva

che Faruq, tornato al Cairo, avvertito dell'indignazione popolare, aveva riunito il suo kitchen cabinet per lavorare a una strategia capace di distogliere l'attenzione dalla sua vita privata. Qualche giorno dopo un comunicato ufficiale aveva informato che il premier Nahas Pasha convocato a Palazzo 'Abidin era sul punto di tenere un discorso al Parlamento.

Sam l'ascoltò alla radio e si ricordò di quello che gli aveva raccontato Alek Skiatos di ritorno da Londra la sera del loro incontro al Royal Automobil Club.

Il primo ministro non aveva finito di dichiarare come l'intenzione del governo fosse quella di allontanare al piú presto dall'Egitto le truppe inglesi e annullare l'accordo anglo-egiziano per la gestione bilaterale del Sudan, che il telefono di Sam si era già messo a squillare. Era Skiatos.

«Salut Sam! Yalla, non si può dire che non abbia delle buone fonti. Il colonnello Percy e il vecchio Foreign Office sono meglio di un indovino».

Sam sorrise. Da buon greco ricco abituato all'adulazione amava riscuotere i complimenti sulla sua potente rete di rapporti internazionali. In questo era simile a Hafez.

«Le mie congratulazioni Alek, sei l'uomo piú informato del Medio Oriente. E ora che succede?» Dall'altra parte della cornetta arrivò una risata, ma il timbro era forzato: «Chissà, nulla di buono credo. Chiedilo al tuo amico Hafez. A proposito dov'è? Che fine ha fatto?»

Sam chiuse la telefonata pensieroso. Hafez. Perché diavolo Skiatos gli aveva detto di parlare con lui? Non lo vedeva da molto tempo e non aveva idea di dove si fosse ficcato. In ogni caso aveva chiaro in mente a chi rivolgersi per chiedere sue notizie.

Joe Scialom, un ebreo mezzo veneziano e mezzo russo, laureato in Francia in chimica, sette lingue – inglese, francese, italiano, greco, arabo, tedesco e russo – parlate benissimo, sposato a una ragazza franco-algerina era l'uomo che sapeva tutto. Conosceva quello che succedeva nelle stanze piú segrete dei palazzi, delle caserme inglesi ed egiziane, dei bordelli cosmopoliti e dei vicoli malfamati vicini a Khan El Khalili. Regnava sul Long Bar dello Shepheard's molto meglio di quanto non facesse Faruq in Egitto.

Appena uscito dall'università Joe aveva lavorato in Sudan vicino a Khartoum per la Lever Brothers, l'azienda britannica produttrice del sapone Lux e del detergente Vim che poi avrebbe cambiato il nome in Unilever. Per passare il tempo si divertiva ad applicare i principi della chimica alla preparazione di bevande alcoliche con immenso godimento dei suoi colleghi fino a quando capí che diventare un bartender poteva essere molto meno faticoso e piú remunerativo di una vita passata nei laboratori. Tornò al Cairo dove era nato e il vicedirettore dello Shepheard's, Monsieur Gustave, un russo bianco sofisticato considerò che era molto snob affidare il bar a un chimico. Dopo aver inventato il Suffering Bastard come cura per le sbornie degli ufficiali inglesi, servito drink a reali e milionari, bevuto cocktail in compagnia di Winston Churchill e dell'Aga Khan, Joe era diventato una celebrità magnificata da articoli su *Le Monde*, *The Washington Post*, *The Times*. Nonostante la fama era affabile, gentile e sempre sorridente anche con chi non era di grande rango.

«Era molto simpatico, un vero galantuomo» diceva Bobe che era un tantino infatuata di lui.

Se qualcuno poteva avere notizie di Hafez quell'uomo era Joe.

Sam aspettò che fosse domenica, nonostante la maggioranza del popolo fosse musulmana era il giorno di riposo ufficiale, e non il venerdí come stabiliva il Corano. Si avviò con Fanny allo Shepheard's dove i suoi genitori e i fratelli li aspettavano in giardino per l'aperitivo. Salutò tutti, installò sua moglie in una delle poltroncine piú panoramiche e si avviò al bar. Come al solito Joe era circondato da una folla di gente ma quando lo vide arrivare gli fece un cenno per dirgli di avere pazienza. Papà si era parcheggiato su uno sgabello e si mise a guardare la folla che riempiva la terrazza. Riconosceva molte delle persone sedute ai tavoli, c'erano ebrei, musulmani, cattolici che dopo aver rispettato i loro doveri religiosi erano in pace con loro stessi e con i loro precetti e potevano godere della vita e dei piaceri delle sere al Cairo.

Per arrivare in albergo Sam e Fanny avevano fatto una passeggiata a piedi attraversando le strade commerciali del centro scansando mendicanti, pulitori di scarpe, barboni, venditori di zucchero a velo e di kebab, storpi, lettori di fondi di caffè e il contrasto con la condizione umana che aveva davanti a sé fu piú forte del solito. Lo colpí come non gli era mai successo, forse perché era stato suggestionato dai discorsi di suo suocero sulla situazione penosa del Paese o dalle parole di Skiatos che per la prima volta si era mostrato incerto sul futuro del regno. Ma ora osservando il giardino dell'hotel si sentí rassicurato notando come l'ambiente rappresentasse una mappa delle comunità piú potenti del Cairo, ognuna con la sua identità capace di convivere gomito a gomito con le altre. C'erano il tavolo dei greci, quello dei turchi e degli armeni divisi dai francesi che stappavano senza sosta bottiglie di champagne. Gli italiani occupavano due tavoli enormi, uno era quello della sua famiglia, i pochi inglesi erano seduti in disparte con la solita aria di sufficienza.

Al centro della sala in una sorta di posto d'onore era seduta una comitiva di cortigiani di Palazzo 'Abidin, signore ingioiellate e profumate, uomini in abiti dal taglio inglese e dalle cravatte francesi. Sul biglietto di prenotazione del tavolo Sam aveva letto il nome di un parente del re e nel parcheggio dell'albergo aveva notato varie Rolls Royce rosse. Era il colore che solo il sovrano, i suoi parenti o qualcuno che aveva ricevuto il privilegio reale poteva scegliere quando comprava una macchina.

Chi arrivava con un'auto rossa aveva la priorità su tutto e su tutti.

Si voltò verso Joe, che alzò gli occhi al cielo come a dire che il bar era preso d'assalto, poi la sua attenzione fu attratta da un'impercettibile pausa di silenzio calata sulla terrazza quando entrò un gruppo di militari egiziani. Fece uno strano effetto a tutti, era insolito incontrarli in posti come lo Shepheard's. Il maître si affrettò a trovar loro un tavolo mentre i soldati si guardavano intorno.

Finalmente si aprí un varco davanti al bar e Sam si precipitò. Conosceva Joe da quando era un ragazzo e il barman era appena arrivato al Cairo. Sam non perse tempo. C'era troppa gente in attesa, doveva fare in fretta. Gli chiese se aveva notizie di Hafez. Joe cambiò espressione.

«Eravate amici se non sbaglio. Oppure hai litigato con lui?»

«Non ne so piú nulla» rispose Sam, «è sparito non solo con me ma anche con tutto il vecchio gruppo».

Joe non era un semplice barman, era un esperto di spiriti di qualunque origine fossero.

«Perché ti preoccupi di Hafez? Lui è perduto per uno come te. Ha preso una strada diversa. Non credo che frequenterà piú bar come questo».

«Allora ho fatto bene, Joe. Tu sai come sta e come trovarlo» s'intestardí Sam.

Joe scosse la testa come se si trovasse di fronte a qualcuno che non voleva capire.

Sam continuò.

«Come faccio a rintracciarlo? Aiutami, davvero non so dove andare a bussare».

Furono interrotti da nuove ordinazioni e da due uomini che si erano alzati dal tavolo dei nobili per salutare Joe. Sam non lasciò la postazione guadagnata e aspettò.

Alla fine riuscí ad avere quello che voleva. Joe glielo disse.

«Se vuoi parlargli mandagli un biglietto. Se avrà voglia e... potrà, si farà vivo lui».

«Dove? È al Cairo? A casa sua?»

Joe lo fissò con simpatia.

«No, Sam. Lasciaglielo al Café Riche. Lo riceverà senz'altro».

12.

Dopo tre mesi Fanny ricevette notizie da Kate. Chiese un tè rosso a Fatma e si sedette nella poltrona piú comoda del salotto. Aveva intenzione di godersi ogni parola della lettera.

Mia cara Fanny,
scusami se ho tardato tanto a scriverti, sarai stata in pena.
Ma il ritorno a Londra ha avuto un impatto che non mi
aspettavo. Al Cairo si vive in un paradiso intriso di bagliore
e calore e non mi riferisco solo alle situazioni atmosferiche,
abituarsi di nuovo alla vita occidentale perdipiú britannica è
stato uno sforzo innaturale.
Sono stata accolta con il massimo dell'affetto che il tempera-
mento domestico permette. C'è molto fermento per la ricostru-
zione dopo la guerra. Elisabetta, l'amatissima erede al trono è
incinta per la seconda volta, lei e suo marito Filippo rappre-
sentano quanto di piú elettrizzante e moderno ci sia rispetto
alla dignitosa e noiosa vita di corte. Londra sta tornando al
suo antico splendore, i parchi sono meravigliosi non ricorda-
vo la magnificenza dei fiori nelle bordure, mi devo abituare a
non sentir piú parlare della mancanza d'acqua. Sono arriva-
ta in tempo per l'apertura della season e Sarah e Julia, le mie
cugine, mi hanno trascinato in un'infinità di ricevimenti por-
tandomi in giro come fossi una cammella di razza vincitrice di
una corsa. Ma è divertente e sono stata... piú che corteggiata.
Il ritorno a casa è stato salutare, una doccia fredda sul mio
spirito, qualcosa che serviva a ritrovare la vecchia Kate. Ri-
spetto all'Egitto qui la vita riprende un corso moderato, si
parla la stessa lingua, ci si capisce al volo, i valori sono gli
stessi piú o meno, non c'è il funambolismo cerebrale per l'ac-

*coglienza della diversità. La linea di protezione si fa sentire e
ti fa sentire forte. È un modo di vivere piú provinciale rispetto all'apertura internazionale alla quale siamo abituate e non
c'è paragone con l'eleganza e la raffinatezza del Cairo ma alla
fine dopo tanto «sconvolgimento e impeto» è il confortevole
rifugio. In realtà questo fiume di parole è una divagazione rispetto alla clamorosa notizia che stai per leggere.
Mi sono sposata, Fanny. Sono Mrs Derek Folder-Williams
da ben quindici giorni.*

Fanny spalancò gli occhi e dovette rileggere due-tre
volte la frase.

«Si sposano tutte» si mise poi a ridere «anche Kate
alla fine». E riprese la lettura.

*Mi sembra di amare Derek e sono felice in modo decoroso. Mi
ha fatto ridere, mi ha portato a teatro, sa ballare divinamente, è biondo e con gli occhi chiari come me, e so sempre cosa
pensa. L'ho conosciuto due settimane dopo il mio arrivo e ho
capito le potenzialità, per me voglio dire.
Ci siamo sposati in fretta e furia – credo avesse paura di un
mio ripensamento, ha capito la mia natura e non posso dargli
torto – nella parrocchia di Beaconfield, vicino a Oxford, dove
i suoi genitori posseggono una casa di campagna antica e romantica, ti piacerebbe, archi di rose, vecchie pietre, grandi
caminetti e corridoi pieni di spifferi. È stato un matrimonio
allegro, il ricevimento organizzato in giardino, molti amici e
pochi parenti, scones e gin sul banchetto di nozze. Ma prima di accettare la sua proposta ho fatto un patto con lui. Non
posso e non voglio rinunciare alla mia vita in Egitto, gli ho
detto, non è possibile dimenticare il paradiso una volta che ci
sei stata e hai la possibilità di ritornarci.
Cosí abbiamo raggiunto un compromesso, vivremo metà
dell'anno in Gran Bretagna e metà a Zamalek con papà sempre che Derek si trovi bene al Cairo e riesca a piegare la rigidità britannica alla frenesia disordinata e chiassosa dell'Egitto. Ho cercato di raccontare con chiarezza gli aspetti crudeli*

149

(vissuti da noi occidentali da lontano, da privilegiati) di quella vita, l'estrema miseria, le diseguaglianze a volte inaccettabili, la sporcizia, le malattie. Ma lui ha vissuto a Calcutta quando era ufficiale e mi ha assicurato che l'India è il vaccino piú potente per affrontare il Medio Oriente.

Papà ha già saputo la grande notizia e puoi immaginare, è raggiante, non sperava che qualcuno impalmasse una venticinquenne eccentrica e molto esigente.

So cosa ti sta passando per la mente, ma la stagione di Hafez è finita. Non voglio piú soffrire desiderando di essere nata in una famiglia egiziana, domandandomi se convertirmi o no alla religione musulmana. Ho bisogno di riposare, di raffreddare il cuore e l'anima, di non avere piú paura di quello che può succedere da un momento all'altro. Al Cairo non sono mai riuscita a razionalizzare il mio sentimento verso Hafez, c'è qualcosa nell'aria della città, un'insultante pretesa di ottenere ciò che si vuole, di puntare al proprio piacere senza curarsi delle conseguenze e degli ostacoli.

Non ho avuto il tempo di raccontartelo, ma prima di partire l'ho incontrato, non potevo andarmene senza salutarlo. Non è piú la stessa persona che ho conosciuto la sera del tuo fidanzamento, forse è ancora piú attraente adesso che ha ceduto alla sete di giustizia e di potere che lo ha monopolizzato e reso ancora piú inavvicinabile. Io ci sono sempre nel suo cuore, lo so, ma dopo i suoi obiettivi primari.

Non ho idea di cosa stia realmente facendo, ce lo siamo domandato tutti senza riuscire a capirlo, almeno questa era la situazione fino a quando sono partita.

Una sera io e Derek siamo andati a un cocktail a casa di un suo amico diplomatico legato a un qualche ramo dell'Intelligence poi mi ha chiarito... mio marito – devo abituarmi a chiamarlo cosí (tu ci sei già riuscita?). A un certo punto il padrone di casa si è avvicinato e mi ha chiesto con cortesia se avevo nostalgia del Cairo, mi è parso lo conoscesse bene dal modo in cui parlava, sai, il nome di certi piccoli negozi, dei baracchini lungo il Nilo che noi due amavamo tanto... sembrava una conversazione da salotto.

Fino a quando, di punto in bianco, mi ha chiesto notizie di Hafez e del suo lavoro a Suez. Ero impietrita, sentir pronunciare il suo nome a South Eaton Place mi ha fatto venire i brividi. Allora gli ho posto la domanda piú stupida che potessi fare:

«Mister Brown mi lascia senza fiato, come sa che conosco Mohammed Hafez? Il Cairo è grande...»

George Brown sorrise. «Sí, ma il mondo... è piccolo» e la sua frase cosí banale mi è sembrata sinistra «e Port Said e Suez ancora di piú, ci sono molti inglesi da quelle parti come lei saprà bene, lavorano alla nostra Compagnia concessionaria del Canale. Hafez va e viene, a quanto sembra, per conto del ministero dell'Interno dove invece non risulta avere nessun incàrico. Sarebbe interessante, Mrs Folder-Williams, sapere qual è il suo lavoro a parte giocare a carte e bere in compagnia dei nostri connazionali».

E con una sorta di inchino Mr Brown ha chiuso la conversazione.

Tornando a piedi a casa a Collingham Gardens ho detto a Derek che il suo amico mi aveva fatto delle domande strane, quasi inquisitorie sul Cairo. Derek si è messo a ridere, i ragazzi dell'Intelligence, ha commentato, anche quando ti chiedono notizie sul tempo hanno l'aria di metterti sotto torchio.

«Ti ha domandato di qualcuno in particolare?» Derek si è acceso un sigaro.

«Era interessato a Mohammed Hafez, un caro amico di Sam e Fanny» ho risposto e mi ha fatto impressione sentire il suo nome nella notte londinese.

«Se George Brown ha chiesto informazioni su di lui dev'essere un tipo interessante. Mi piacerebbe conoscerlo».

Per tutta risposta ho infilato il mio braccio sotto al suo pensando che si sarebbero detestati.

Mentre mi preparavo ad andare a letto sono salite in superficie tutte le domande che da tempo aleggiano dentro di me e che non ho mai voluto affrontare.

Che diavolo combina Hafez? riflettevo, è una sorta di maledetta spia?

Piú ci pensavo, piú mi sembrava improbabile, era un'ipote-
si decadente e assurda, cercavo di calmarmi, se fosse stato
vero sarebbe già saltato fuori in qualche modo. Era piú sen-
sato pensare che le sue maniere misteriose avessero acceso la
curiosità di gente maligna, magari di qualche inglese scon-
fitto a uno dei suoi poker e costretto a pagargli una grossa
somma. Hafez è un giocatore formidabile. Nessuna conget-
tura mi sembrava convincente e non ho chiuso occhio tutta
la notte.
Quando ci rivedremo mi dirai cosa pensi in merito a tutto
questo e se hai saputo qualcosa di piú sulla sua vita di ora.
Lo so, lo so che non mi riguarda piú.
Io e Derek arriveremo tra un mese, prima faremo un giro in
Francia e in Italia, Roma, Firenze, ricordi quante volte ab-
biamo sognato di andarci? A Venezia ci imbarcheremo sulla
nave dell'Adriatica, destinazione Alessandria. Saranno pas-
sati quasi sette mesi dall'ultima volta che ci siamo abbraccia-
te. E ho pensato che sarebbe fantastico se tu e Sam ci veniste a
prendere all'arrivo. Dimmi di sí ti prego, chiedi questo regalo
a Sam, ha ancora un debito verso di me per tutto il tempo in
cui ti ha corteggiata e ho dovuto coprirti le spalle dalla possi-
bile furia di tua madre.
Siamo sposate tutt'e due, ti rendi conto? Io con la fede al dito
unita al destino di un uomo che in fondo non è altro che uno
sconosciuto. Avevo sempre avuto paura che il matrimonio
potesse essere claustrofobico per me, invece la sensazione piú
paradossale è che questo legame mi fa sentire per la prima
volta libera di fare ciò che voglio della mia vita.
Mi manchi tanto.
Kate

Fanny che aveva gioito per ogni virgola della lettera, spalancò gli occhi nel leggere l'ultima frase. Kate libera di fare quello che voleva non era tranquillizzante e
non era quello che ci si poteva aspettare da una novella sposa.

Sam aveva appena lasciato il biglietto per Hafez al Café Riche quando uscendo si trovò faccia a faccia proprio con lui. Lo riconobbe a malapena, aveva lo sguardo piú allarmante del solito ed era molto dimagrito. Hafez lo prese per un braccio e lo spinse di nuovo dentro al locale. Intorno a un tavolo in ombra lontano dalle finestre erano seduti degli uomini, uno di loro intercettò l'arrivo di Hafez e alzò il braccio chiamandolo a gran voce.

«Sam devo salutarti ora» gli disse lui rispondendo con un gesto al militare.

«Ho bisogno di parlarti» gli spiegò Sam.

«Va bene, ma non qua e non adesso, devo andare, mi farò vivo io».

Sam chinò la testa in segno di assenso e si incamminò verso l'uscita. Ma Hafez lo fermò.

«Hai saputo che Kate si è sposata?»

«Fanny non mi ha detto nulla. Glielo chiederò ma fatti sentire, Mohammed, aspetto una tua chiamata».

Si voltò verso il tavolo degli ufficiali e si accorse che li stavano guardando. Fu contento di sentire di nuovo l'aria della sera sul viso.

Dal rumore della porta d'ingresso che sbatteva, Fanny capí che suo marito era tornato a casa. Gli corse incontro sventolando la lettera. «Kate si è sposata» disse eccitata. Sam la baciò, le sorrise e rispose: «L'ho appena saputo. Me l'ha confidato Hafez».

13.

Da Luxor al Cairo
Aprile 1951

Aveva passato la giornata in piedi con il direttore dell'albergo a controllare l'elenco dei carichi di marmo di Carrara e di Lasa per i pavimenti del nuovo bar, del corridoio e dei bagni del secondo piano del Winter Palace, l'hotel coloniale di Luxor costruito a fine Ottocento da un'impresa italiana. Faceva piú caldo del solito nonostante fosse pomeriggio inoltrato, Sam era assetato e desideroso di una sedia comoda. Scelse un tavolo del Central Park Bar da cui poter guardare il Nilo ma anche il ritorno dei turisti, inglesi nella maggior parte, il viso segnato dal calore del deserto del Sahara, delle gite a Karnak e alla Valle dei re.

Chiese un Mango Martini con appena un goccio di vodka e glielo portarono con le «mezze», falafel, olive, borek e sottaceti. Stava piano piano rilassandosi, era andato tutto bene e presto l'albergo, l'aveva avvertito il direttore, avrebbe avuto bisogno di altre ristrutturazioni. Guardò il Nilo color fiamma e le palme davanti alla terrazza del bar che al tramonto perdevano colore e diventavano nere e pensò che avrebbe dovuto organizzare con Fanny un giro del fiume in una dahabiya, Cook aveva appena inaugurato una nuova nave.

Dentro al Royal Bar di lato alla terrazza un gruppo di egiziani si stava salutando rumorosamente, uno di loro era magro, elegante e con una massa di capelli mal tagliati, aveva qualcosa di familiare, di profilo rassomigliava a Mohammed Hafez. Dopo l'incontro al Café Riche e la promessa di incontrarsi presto, era scomparso. Erano passati quattro-cinque mesi da allora e Sam non aveva piú avuto sue notizie. Era tornato varie volte al Café nella speranza di intercettarlo, aveva provato a chiamarlo al suo telefono di casa, ma erano stati tentativi inutili. Nessuno l'aveva piú visto, era svanito nel nulla.

Papà non era un filosofo della praticità, ne era un predicatore. Aveva fatto tutto quel che poteva per incontrare Hafez nella speranza che grazie alle sue entrature fosse in grado di spiegargli quello che stava succedendo nel Paese. I segnali erano inquietanti. Di ritorno dalla Costa Azzurra Faruq aveva ricevuto una lettera anonima, resa pubblica, che l'avvertiva della preparazione di una rivolta popolare. Subito dopo l'ambasciatore americano Jefferson Caffery era salito a palazzo per informare ufficialmente il sovrano che la corruzione del primo ministro Nahas Pasha era diventata troppo sfacciata. La risposta di Faruq, aveva poi raccontato Caffery, era stata una risata e un commento ironico.

Da mesi Sam e tutti quelli che conosceva percepivano la tensione dell'attesa, la sospensione che precede un cambiamento anche se il governo non dava segni di instabilità e la corte appariva impegnata nei preparativi del matrimonio del re con Narriman fissato per il 16 maggio. Forse Hafez avrebbe saputo interpretare il presentimento rispetto alla realtà, la percezione rispetto all'apparenza.

Sam aveva capito che doveva aspettare, Mohammed si sarebbe fatto vivo quando avrebbe potuto. Papà era in grado di accantonare quello che non era possibile, era un combattente ma per le cause che si potevano vincere.

Doveva aver fissato con intensità l'uomo al bar che si voltò e lo mise a fuoco.

L'egiziano che assomigliava a Hafez era Hafez.

Fanny uscí da Helouan dubbiosa dopo aver ordinato per l'indomani il foul e le ta'ameya per cui il negozio era famoso. L'hummus, le foglie di vite, la minestra molokhiya, il kebab, la kofta e l'insalata di melanzane erano in preparazione nella cucina di casa dove in aiuto alla sua Fatma era arrivata la squadra di Bobe, la cuoca Amina, la cameriera Karimah e Bobe in persona.

Le era sembrata una buona idea offrire una cena egiziana casalinga a Kate tornata da poco al Cairo con suo marito ma ora Fanny si domandava se un londinese come Derek avrebbe apprezzato, se non era stata una decisione affrettata. Forse voleva dimostrargli com'era affascinante la gastronomia mediorientale cucinata nelle case occidentali.

Era il primo ricevimento che organizzava da quando era sposata ma si trattava di un invito per gli amici non certo una cena formale, era un bentornata a Kate e un modo per far conoscere il suo nuovo marito. Derek si era rivelato un bell'uomo piacevole con uno sguardo franco e una stretta di mano leale – da una persona del genere l'avrebbe stupita un tradimento o un gesto infido – e le piaceva che in modo visibile fosse molto preso da Kate.

Era mattina presto, faceva sempre la spesa a quell'ora quando la città era integra e non si era ancora aperta alla folla che la possedeva ogni giorno. Era un momento in cui Il Cairo cambiava aspetto, sembrava irraggiungibile e innocente pensava Fanny, diventava impossibile capirne e catturarne l'anima.

Costeggiò il Museo Egizio notando come le strade fossero pulite, Faruq voleva fossero lavate tutti i giorni. Non aveva voglia di tornare a casa dove avrebbe trovato sua madre che le avrebbe rinnovato i suoi rimproveri per uscire a piedi, e senza domestico e rallentò il passo. Si diresse al Petit Groppi in rue Adly, avrebbe ordinato les éclairs au chocolat per la serata in onore di Kate e Derek e si sarebbe seduta in giardino a bere un caffelatte aspirando il profumo del gelsomino e delle resine degli eucalipti. Poteva anche passare alla libreria francese, era a due passi, la gestiva un ex tennista, lui e Marcel Cohen erano i piú bravi del Cairo con la racchetta. E nel pomeriggio suo marito sarebbe tornato dal viaggio a Luxor.

Sam si alzò in piedi e gli andò incontro.

«Hafez, come stai? Che fine hai fatto? Ero persino preoccupato».

Hafez gli strinse le mani con calore, sembrava davvero felice di incontrare Sam.

«Hai ragione amico mio. Ti racconterò. Che straordinaria coincidenza, dimmi, quanto ti fermi a Luxor?»

Sam gli spiegò che sarebbe partito all'alba per Il Cairo. Concordarono di rivedersi alle dieci al Royal Bar.

Sam si sentí in pace quella sera, il silenzio di Hafez era stato una spina nel fianco, lo aveva infastidito. Era contento che sia pure per caso fosse tornato nella sua vita, si rendeva conto che lo considerava un punto di riferimento. Eppure rappresentava quanto di piú lontano dalla sua natura solida, quadrata, matematica, il contrario di Hafez, passionale, una testa calda, un uomo inquieto che aveva scelto di condurre una vita diversa dalla sua. Il paradosso era che proprio questa estraneità gli trasmetteva un senso di sicurezza. Di colpo aveva compreso di aver bisogno di un interprete per un mondo che conosceva bene.

Dopo aver cenato si sedette in attesa al bar guardandosi intorno e pensando a come doveva essere l'albergo al tempo in cui ci vivevano lord Carnarvon e Howard Carter intenti a portare alla luce la tomba di Tutankhamon, considerata la piú grande scoperta archeologica del Novecento. Hafez arrivò e gli strinse la spalla con la mano in un gesto affettuoso. Si incamminarono lungo il Nilo, per un po' non parlarono, si godettero il riverbero sull'acqua delle luci della Corniche e il vento del deserto che aveva il profumo della sabbia calda.

Con il linguaggio figurato degli egiziani Hafez chiese notizie della sua famiglia parlando in arabo. Sam sempre in arabo ricambiò la cortesia. Poi calò il silenzio. Mentre papà rimuginava sul modo di introdurre le sue domande, Hafez gli venne in soccorso.

«So che sono passati mesi da quando ci siamo incontrati al Café Riche ma sono tornato al Cairo raramente, a volte anche solo per poche ore. Cosa volevi dirmi?» Aveva abbandonato l'arabo e ora parlava in francese.

Papà si adeguò al cambio intuendone la ragione, Hafez era passato dalla lingua degli affetti a quella degli affari.

«Tutti noi occidentali avvertiamo che c'è qualcosa che non va, l'atmosfera al Cairo sembra uguale a sé stessa ma non è cosí, è una sensazione impercettibile. So bene che tu hai piú informazioni di me anche se da tempo ormai non conosco il percorso che hai preso. Mohammed, noi siamo cresciuti insieme, siamo amici... Forse tu puoi aiutarmi a capire, a prepararmi».

Hafez si fermò, infilò le mani in tasca e guardò verso il Nilo. Aveva gli occhi aperti ma un'espressione chiusa. Poi sorrise rivolgendosi a Sam.

«Non ho ben capito a cosa ti riferisci. È chiaro che Nahas Pasha sta tirando la corda e che le speranze del popolo su Faruq sono inesistenti. Tu mi attribuisci un potere che non ho. Ma parto anche io all'alba per Il Cairo dove starò per qualche giorno, sentirò cosa si dice in giro e forse ti potrò dare qualche informazione in piú».

Sam comprese che avrebbe potuto dire molto ma che aveva scelto di non farlo. A papà non importava, sentiva che prima o poi avrebbe saputo quello che voleva, l'importante era stato riannodare il legame. Continuarono la passeggiata conversando dei tempi della scuola e dei vecchi compagni.

Non si cercarono sul treno come se avessero bisogno, ognuno per le proprie ragioni, di metabolizzare il loro incontro. Ma appena scesi si ritrovarono l'uno davanti all'altro e Sam d'impulso gli chiese dove pensava di cenare.

«Perché non vieni da noi stasera? Fanny ha invitato un po' dei vecchi amici per dare il bentornato a Kate e a suo marito».

Hafez sgranò gli occhi.

«Kate è al Cairo?» La domanda era retorica serviva

a fargli prendere tempo e a controllare l'affanno che l'aveva assalito. «Sei sicuro Sam? Forse Fanny non ha voglia di avere un intruso alla sua cena».

Papà gli batté due-tre colpetti di rassicurazione sulla schiena.

«Mohammed, per me sei un amico fraterno, la mia casa sarà sempre aperta per te, qualunque cosa accada, in qualunque pasticcio ti vada a infilare. Fanny lo sa. Sarà felice quanto me di averti stasera. Ti aspettiamo alle otto».

«Shukran jazilan sadiq, grazie mille amico mio». Hafez lo ripeté due volte, in arabo e in francese.

Sam era ignaro di quanto il suo invito affettuoso avrebbe segnato la sua vita e quella della nostra famiglia. Salí su un taxi e arrivato a casa si dimenticò totalmente di avvertire Fanny.

I Tom Collins e i Singapore Sling erano stati serviti con le quiche e i falafel e Derek e Kate, raggiante per aver ritrovato i vecchi amici, erano stati festeggiati già da parecchi brindisi. Fanny sottobraccio a Sam guardava la scena del suo primo ricevimento, era il battesimo della sua casa e la consacrazione da donna adulta di fronte a sua madre che la guardava dall'altro capo della stanza con l'orgoglio di un artista davanti al suo capolavoro. Niní Baranes Perlo apparve per ultima con suo marito Max e con l'autista in divisa e guanti bianchi che reggeva una grande scatola di Harrod's di Londra contenente il regalo di nozze per Kate, un servizio da tè in argento antico.

Prima che si aprisse il buffet nella sala da pranzo e nel terrazzo Fanny batté le mani e tutti si zittirono.

«Ora che sono arrivati anche Niní e Max non manca nessuno di quelli che Kate e io amiamo e che non potevano non esserci stasera. Diamo il benvenuto a Derek, il nostro nuovo caro amico».

Kate alzò il suo bicchiere e stava per rispondere a Fanny quando s'immobilizzò fissando la porta d'ingresso del salotto. Fanny si voltò, vide Hafez e voltò di nuovo la testa per guardare Kate che era impallidita.

Sam gli andò incontro. «Ci siamo incontrati per caso a Luxor» spiegava seguito da Max, da Marano, dai suoi fratelli, e dai due Caralambo felici di abbracciare Hafez. Ad accoglierlo arrivò anche Bobe accompagnata da Derek.

Fanny si era avvicinata a Kate.

«Non ne sapevo nulla ti giuro, non immaginavo...» Avrebbe voluto uccidere Sam.

Kate non rispose, Hafez si stava avvicinando a salutarla e a farle le sue congratulazioni. Quando prese la sua mano lei stava tremando.

Il resto della serata trascorse come se fosse calato un velo di nebbia per Kate ma anche per Fanny. A un certo punto Hafez trovò il modo di scambiare qualche parola con Kate e poi con una sorta di inchino salutò Bobe, ringraziò Fanny e a braccetto con Sam si avviò verso la porta d'ingresso. Derek si avvicinò a sua moglie e a Fanny.

«Un tipo interessante, addentro alla vita politica e ai suoi equilibri, ma un po' sfuggente per i miei gusti. Non credo sia un estimatore di noi inglesi, vero cara? Capisco che il nostro amico George Brown volesse saperne di piú» commentò guardandolo uscire.

Quando tutti se ne furono andati Fanny uscí sul terrazzo guardando per aria e cercando Achernar, la stella azzurra piú luminosa del sole, la sua preferita, che a volte si faceva vedere nel cielo del Cairo. Sam si era scusato per aver dimenticato di avvisarla dell'invito a Hafez e lei non aveva avuto la forza di rimproverarlo. Cosa avrebbe potuto dirgli senza raccontargli di Kate? Non ci sarebbe stata nessuna ragione nel mostrarsi seccata, Hafez era da sempre uno dei loro.

Ma osservando il viso di Kate all'arrivo di Mohammed aveva capito che ora poteva succedere tutto, tutto quello che non era ancora successo, nessun Derek al mondo poteva avere speranze di vincere contro la potenza di fuoco che esisteva tra Kate e Hafez.

Sam la fece voltare e l'abbracciò. Le fece i complimenti per la serata, per come era bella. Accese una sigaretta Coutarelli Frères e le raccontò di Luxor.

«Voglio bene a Hafez, quando ha potuto ci è sempre stato vicino. Ho bisogno che mi tenga informato sulla situazione politica e stasera ha promesso di chiamarmi presto» spiegò Sam. «Kate mi è sembrata contenta di vederlo e anche tu mi pare. Non ne avevo l'intenzione, ma è stata una bella sorpresa vero?»

Fanny sembrò pensierosa mentre gli prendeva la mano e confermava con un filo di voce: «Sí, hai ragione, è stata una bella sorpresa».

Pochi giorni dopo Hafez gli diede appuntamento davanti alla moschea di alabastro, nella cittadella di Saladino sulla collina di Muqattam al centro del Cairo. Papà arrivò in anticipo, si diresse verso la terrazza-giardino e si accese a fatica una sigaretta perché il vento lassú non mancava mai soprattutto a fine pomeriggio.

La città si estendeva ai piedi della collina circondata da un satellite di foschia di pulviscolo e granelli di sabbia, in lontananza si vedevano le piramidi di Giza e Saqqara e la piramide rossa di Dahshur. Uno dopo l'altro cominciarono i richiami dei muezzin per la preghiera del tramonto. Come gli succedeva sempre quando si soffermava a osservare la città e ne prendeva coscienza Sam sentí la malia del Cairo. Passavano i mendicanti ciechi, ogni giorno erano piú numerosi. Uno con la galabeya nera di sporcizia tenuto per mano da una bambina si fermò vicino a lui, Sam cercò nelle tasche e gli diede dieci piastre.

Hafez voleva camminare, aveva passato tutto il pomeriggio con un vecchio amico di suo padre, seduto a gambe incrociate sui tappeti mamelucchi e aveva bisogno di muoversi. Sam chiese se aveva raccolto informazioni interessanti. «Tu vorresti la verità su quello che si sta preparando nell'ombra. Chiedi la verità sul futuro. Per il momento posso offrirti quella sul presente. E dirti cose che sai già. La gente come te vive in un mondo dorato che non ha nulla a che fare con la realtà di questo Paese». Hafez parlava in francese a voce bassa guardandosi ogni tanto dietro le spalle.

«L'Egitto ha bisogno di una riforma agraria, di un sistema fognario e di garantire condizioni igieniche che risparmierebbero migliaia di morti di colera e migliaia di ciechi. Il Paese ha un sistema di classi privilegiate bene attente a chiudere le porte a chi per nascita ne è escluso. Il figlio del mio autista è dotato e studioso ma non potrà mai vincere un concorso pubblico a meno che io non lo sostenga perché i figli degli autisti, come tutti i poveri, devono rimanere al loro posto».

Hafez chiese una sigaretta a Sam e riprese a parlare.

«Il governo è nelle mani di politici corrotti, il primo ministro Nahas Pasha aveva promesso un piano da venti milioni di dollari per migliorare l'istruzione, le strade, la qualità dell'acqua da bere ma i soldi sembrano spariti. Sua moglie Zainab Hanem Elwakil sta facendo affari d'oro grazie alle leggi che suo marito vara sul cotone di cui lei è una delle prime coltivatrici. Dimmi, Sam, quanto credi che un Paese possa resistere, quanto credi che un popolo affamato e senza speranza possa accettare tutto questo? Non pensi che gli egiziani meritino un governo e una vita migliore?»

Sam rispose precipitosamente.

«Gli egiziani sono un popolo meraviglioso che amo. Li abbiamo sempre trattati e pagati bene e come me tutti gli stranieri che conosco e che lavorano qui».

«È vero che molti stranieri come te e la tua famiglia sono brave persone e grazie a quelli come voi migliaia di lavoratori guadagnano il pane per nutrire i propri figli. È altrettanto vero che gli egiziani ricchi, gli imprenditori, i latifondisti trattano i dipendenti, gli operai, i contadini in maniera piú disumana di quanto non facciate voi occidentali. Ma quando esploderà la rabbia, secondo te, verso chi sarà diretta?»

Sam pensò: Ecco il punto, la rabbia... l'esplosione della rabbia. E poi ad alta voce:

«Allora, Hafez, la sensazione che qualcosa stia per accadere non è cosí assurda».

«Non so dirti di piú. Se qualcosa starà per succedere e lo saprò per tempo ti avvertirò, te lo prometto. La questione Suez e il rapporto con i maledetti inglesi è cruciale, per un trattato firmato nel 1936 la Gran Bretagna ha ancora le truppe sul Canale e ne controlla il traffico. Disuguaglianze su disuguaglianze, perfino il privilegio per voi stranieri di essere giudicati solo dai tribunali dei vostri Paesi di provenienza, siete addirittura al di sopra della legge egiziana». Il tono di Hafez era diventato vibrante.

«Il mondo sta cambiando Sam e gli egiziani devono evolversi. Sono decenni che inglesi e francesi ci sfruttano e ci ingannano. Avevano promesso completa indipendenza e la creazione di una Confederazione araba dopo essere stati aiutati ad annientare l'impero ottomano ma come sai bene le cose non sono andate cosí».

«Mohammed cosa fai? Per chi lavori?» Sam gli fece finalmente la domanda.

Hafez non esitò, se l'aspettava.

«Seguo i miei affari, quello che mi hanno lasciato mio padre, Allah lo abbia in gloria, e mio zio. E aiuto degli amici per quello che posso e perché questo Paese abbia un futuro migliore».

Hafez si sedette su una panchina e si fece offrire un'altra sigaretta.

Sam ci pensò un attimo e poi lo chiese.

«Amici come il maggiore Hakim che hai portato in ufficio da noi tempo fa?»

Era calato il buio sulla moschea di alabastro. Hafez allungò le gambe come se stesse preparandosi a un lungo discorso.

«Sí, Sam, amici come Hakim. Ma ora devo dirti qualcosa che non posso piú nasconderti dopo le parole affettuose che hai avuto per me quando mi hai invitato a casa tua».

E gli parlò di Kate.

14.

Old Cataract Hotel, riva ovest, Aswan
Fine 1951

Di punto in bianco Bobe che non era mai stata una devota praticante non si fece piú sfuggire una sinagoga. Ovunque andasse, fosse o no in ritardo, da sola o in compagnia, mai in presenza di Fanny però, non appena ne incrociava una si precipitava a entrare e a pregare: «Nebekh mentsh» diceva. E non badava piú a fare distinzioni tra il tempio askenazita e quello sefardita che nella sua scala di valori era inferiore di un gradino almeno. Purché potesse recitare le preghiere andava bene tutto.

Si era perfino confidata, lei d'indole diffidente e sempre sulle sue, con Muna Kassim una delle sue due amiche egiziane, non colta ma bene istruita nella scienza dell'istinto e dell'intuito. Dopo un giro di cartomanti e lettori di fondi di caffè, pratica tra le piú popolari in tutte le cucine del Cairo, Muna l'aveva accompagnata in uno dei vicoli del quartiere Muski da una sorta di santone noto per gli amuleti risolutivi adattabili a ogni religione, occidentale o orientale. In un antro illuminato a malapena seduta su un sudicio pouf di cuoio davanti al santone che si professava egiziano ma parlava come un armeno, Bobe aveva esposto il problema. Dopo due anni di matrimonio sua figlia non era ancora incinta.

Niní Perlo maritata da pochi mesi era già in attesa di un bambino e Vicky Bivas era quasi alle soglie del parto ma l'argomento era proibito, non si poteva affrontare con Fanny, s'innervosiva, asseriva di non volerne parlare, che lei e Sam per il momento erano ben contenti di dedicarsi l'una all'altro.

All'ennesima snervante sosta davanti alle sinagoghe che interrompeva le loro passeggiate al tramonto Misha era sbottato pregando Bobe di dedicarsi a qualcosa di piú utile. «Da quando sei diventata una fachnyok?»

Se moriva dalla voglia di preoccuparsi di qualcosa, le disse, poteva destinare la sua ansia a quello che stava succedendo con gli inglesi e a riflettere su quanto, in cuor suo, avrebbe preferito come genero il pretendente inglese al posto di Sam.

«E sarebbe stato un bel shtuss, un pasticcio. Il cuore di Fanny è stato piú saggio e lungimirante di te» aveva concluso Misha.

A furia di rimproverarla e di rincuorarla, Misha era riuscito a placare l'ansia di Bobe e lei aveva smesso di cercare di calcolare con occhio da compasso il raggio della pancia di Fanny. Non aveva piú toccato la questione, per finta o per davvero si era messa il cuore in pace e aveva soprattutto lasciato in pace sua figlia.

Anche per questo Sam aveva deciso di cambiare aria negli ultimi giorni dell'anno, ne aveva bisogno aveva detto a Fanny e aveva prenotato per loro due una camera con vista all'Old Cataract ad Aswan.

Fanny, approfittando di una mattinata solitaria, Sam era partito per una gita sul Nilo, si era diretta verso la terrazza dell'albergo portando con sé una copia in inglese di *Rebecca, la prima moglie* di Daphne Du Maurier ma appena stesa sulla chaise longue, si era messa a ripensare agli ultimi avvenimenti. Erano stati mesi di colpi di scena, di svolte inaspettate nell'equilibrio dell'Egitto rifletteva, prima il matrimonio e la luna di miele di Faruq e della nuova regina Narriman con echi di spese folli per cui i Fratelli Musulmani avevano minacciato ritorsioni tra le piú efferate. Poi c'era stata la cessione obbligatoria del 51 per cento delle società di proprietà di stranieri.

Una sera Sam era rincasato molto tardi con il viso tirato.

«Abbiamo dato la maggioranza delle quote a Mourad Aladdin, un costruttore di Alessandria buon amico di Alberto, lo conosce da anni» aveva annunciato.

Era sbalordita, era la prima volta che ne sentiva parlare, la famiglia di suo marito amava il lavoro che faceva ed era orgogliosa della sua società. Fanny non sapeva come interpretare la notizia.

Dopo aver cenato e ripreso colore Sam le aveva spiegato che non c'era stata scelta, gli stranieri erano costretti a ottemperare alla nuova Legge delle compagnie.

Ricordò di aver sentito qualcosa.

«D'ora in poi nessun forestiero potrà possedere piú del 49 per cento di un'azienda oltre al fatto che la maggioranza dei dipendenti dovrà essere di nazionalità egiziana. Papà non l'ha presa bene ma non c'era altro da fare».

Parlava come se nulla fosse ma lei immaginava cosa stesse provando e scrutava il viso di suo marito per comprendere come stessero davvero le cose.

«Che succede? Non è un buon segno per noi. Te l'aspettavi? Per questo avevi bisogno di vedere Hafez?»

Lui l'aveva rassicurata.

«Il governo ha bisogno di soldi e di consenso. Ha scelto questa strada, tutto qui».

È uno spartiacque tra noi e loro, aveva pensato lei con tristezza. Qualcosa che non c'era mai stato prima e che sarebbe stato molto difficile da attuare senza rancori e lacerazioni, era tutto cosí intrecciato, da sempre.

Pochi giorni dopo, mentre stava sovrintendendo con Bobe alla preparazione del Gefilte fish, le polpette di pesce alla askenazita, una ricetta tipica di Czernowitz, erano state chiamate a gran voce da Misha rinchiuso nel suo studio. La radio era accesa a tutto volume e il conduttore stava annunciando che il primo ministro Nahas Pasha aveva mandato all'aria il trattato anglo-egiziano firmato nel 1936. Le truppe britanniche dovevano lasciare il Canale di Suez. Un attimo dopo dalle finestre aperte aveva fatto irruzione un urlo di esultanza che sembrava arrivare dal ventre della città. Misha era balzato in piedi e si era infilato la giacca.

«Oyvey! Oy gevalt! Corro in farmacia, dobbiamo decidere se cambiare il nome Sinclair, tenerlo potrebbe diventare pericoloso. Shlekhte nayes!»

Lei e sua madre si erano guardate sgranando gli occhi sedendosi sul divano all'unisono senza dire una parola.

Il nome della farmacia era stato prudentemente trasformato e tutto quello che era britannico e che fino a poco tempo prima rappresentava la quintessenza dei privilegi e delle benedizioni crollò di colpo in un ghetto di diffidenza.

Mentre un cameriere portava il famoso succo di melograno e pompelmo del bar dell'Old Cataract, Fanny pensando alla Gran Bretagna si domandò se Derek, il marito di Kate, avesse poi deciso di tornare o no a Londra per capire se poteva fare qualcosa per il suo Paese visto che aveva un passato da ufficiale. Si rese conto di non avere avuto piú notizie né di lui né di Kate. Sam aveva deciso di partire per Aswan all'improvviso e lei non era riuscita a trovare il tempo per salutarli.

Ripensò alla cena che aveva organizzato per loro mesi prima e al momento in cui Hafez era apparso a sorpresa per un incredibile concorso di coincidenze. Era stato un colpo al cuore, Kate l'aveva confessato a lei e a Niní che da allora le avevano creato intorno un cordone di protezione. Se Derek era in giro, non veniva mai lasciata sola.

Qualche giorno dopo insieme a Kate avevano fatto visita a Mireille Baranes che non aveva partecipato alla serata perché ancora in lutto. Suo marito aveva avuto un infarto nell'hammam di Umut, un anatolico che aveva i migliori massaggiatori del Cairo, dove era andato a concludere un affare vantaggioso. Nonostante la prontezza dei soccorsi era spirato sul marmo del bagno turco.

Mireille, stesa a piedi nudi su una dormeuse piena di scialli, con un lussuoso caftano nero e oro le aveva accolte con lo slancio dell'ospitalità levantina, baci, complimenti, salviettine con olii profumati. Conosce-

167

va già i particolari della cena di Fanny, sua figlia non aveva tralasciato nessun dettaglio e comunque Mireille sapeva sempre tutto in un modo o nell'altro, nostra madre sorrideva tra sé, e le premeva alimentare questa fama, era l'unica forma di potere che le era concessa, a parte la ricchezza arrivata dalla sua famiglia senza che avesse dovuto alzare un dito.

Anche loro tre si tolsero le scarpe e si stesero sui cuscini di damasco turchese davanti a Mireille sorseggiando il karkadè freddo e mangiucchiando focacce condite con lo za'atar. Di punto in bianco Mireille con la voce piú dolce possibile aveva chiesto a Kate:

«Dimmi cara, è stato doloroso rivedere Hafez?»

Kate aveva abbassato gli occhi e guardato il pezzo di focaccia che aveva in mano.

«È stato come prima, come se non fosse passato nemmeno un minuto».

Fanny si era trattenuta dall'abbracciarla, sembrava cosí triste. Mireille era stata zitta un attimo poi, deciso di aver saputo abbastanza, aveva cambiato argomento.

Fanny si riscosse dai ricordi, qualcuno la stava chiamando e vide Sam che dalla barca dell'albergo le faceva segno di raggiungerlo. Sbracciandosi mimò il rifiuto lanciandogli un bacio. Si guardò attorno per capire se era stata troppo esagitata ma nessuno badava a lei, gli ospiti sulla terrazza sembravano incantati dal panorama dell'isola Elefantina e del tempio di Khnum. L'Old Cataract era leggendario, era il posto dove negli anni Trenta Agatha Christie aveva scritto *Death on the Nile* guardando la scogliera di granito rosa e di là dal fiume, il deserto nubiano.

Riprese il filo dei suoi pensieri. Era stato un pomeriggio singolare quello a casa Baranes. Mireille, maestra nel toccare le corde piú profonde delle persone, era altrettanto brava nel lasciarle andare d'improvviso riportando l'atmosfera a livelli piú lievi. Era riuscita anche questa volta, passando da un argomento intimo come quello di Hafez a uno pubblico come la politica nazionale, un salto funambolico e le tre giovani donne fecero fatica a adeguarsi in modo cosí rapido al raffreddamento del clima.

Per Kate fu troppo difficile, si alzò dal cuscino e si mise in piedi davanti alle porte finestre spalancate sulla terrazza davanti al fiume. Si tolse le forcine dai capelli passandosi le mani sulle tempie, Fanny pensò che le era scoppiato il mal di testa per la tensione.

«Qualcuna di voi ha sentito parlare dei Liberi Ufficiali?» domandò Mireille.

Fecero segno di no.

«Ieri sera è successo qualcosa di molto grave. Al circolo degli ufficiali il generale Sirri Amer, il candidato di Faruq, è stato bocciato e come presidente al suo posto è stato eletto il generale Mohammed Naguib».

Nessuna fu particolarmente colpita dal racconto nonostante Mireille avesse usato un tono di voce molto serio.

«Non capite, allora. È un segnale grave, uno schiaffo al re. Vuol dire che l'esercito non gli obbedisce piú ma esegue quello che decide il gruppo dei Liberi Ufficiali. Fino a poco tempo fa era un'associazione segreta formata da pochi militari con sentimenti nazionalisti e repubblicani e non era mai uscita allo scoperto. Ora si sa che anche il generale Naguib ne fa parte. Sono stati loro a boicottare Amer. Faruq è furioso e vuole annientarli».

Si interruppe per assicurarsi che le ragazze mostrassero piú interesse e andò avanti.

«Il nucleo originale era composto da quattro ufficiali di stanza a Manqabad, una sperduta postazione militare al confine del deserto meridionale del Sahara, uniti da un patto di sangue per liberare il Paese dalla corruzione e dagli inglesi. Ora il gruppo è aumentato a dismisura. La loro anima è il loro capo, un uomo ambiziosissimo che proviene dalla piccola borghesia di Alessandria, convinto fin da giovane che tutte le piaghe dell'Egitto siano da addebitare agli stranieri, in special modo agli inglesi. L'ho conosciuto una sera per caso, si chiama Gamal ʿAbd el-Nasser, è un tenente colonnello fascinoso con una dialettica ammaliante».

Kate si voltò e fissò Fanny che la guardava impietrita. Nasser, l'uomo davanti al consolato inglese che parlava animatamente con Hafez, l'ufficiale incontrato al Café Riche di fronte al quale il capo cameriere si era quasi inchinato.

Mireille che si accorgeva anche di un battito di ciglia intercettò subito qualcosa e osservò prima l'una poi l'altra.

«Lo conoscete?» chiese.

Kate visibilmente turbata scosse la testa, si infilò le scarpe e si scusò, aveva un mal di testa terribile e aveva bisogno di stendersi sul suo letto. Mireille la baciò con affetto e chiese a Niní di accompagnarla con il suo autista. Fece cenno di fermarsi a Fanny.

Abbandonò la posizione distesa e si mise seduta in modo da guardare negli occhi Fanny.

«È evidente quello che prova ancora Kate per Hafez, mi fa male vederla cosí. Sai se c'è stato un seguito dopo la tua cena? Dimmi la verità, è importante».

Ebbe il diniego che sperava di udire.

«Sono preoccupata per Hafez... e per Kate, hai saputo delle continue guerriglie contro gli inglesi. Raccomanda anche a Sam di... stare molto attento a chi incontra».

«Cosa intendi con "molto attento a chi incontra"?» chiese Fanny esasperata dal dire e non dire esitante di Mireille, era chiaro che stava pensando se rivelarle o no qualcos'altro. Era sul punto di ricevere una risposta quando Niní riapparve nel salotto e la conversazione si chiuse. Seppe poi che Mireille era partita per passare le feste a Beirut.

Era tornata a casa stordita, il racconto ascoltato a casa Baranes le era sembrato un'intrusione, lontano dal mondo e dall'ambiente che la circondava, circoli segreti, militari che si riunivano di notte nel deserto e tramavano nell'ombra contro un monarca capriccioso e ottuso, il tutto, però, mischiato a persone reali come Kate, Sam, lei, Hafez. Forse esisteva davvero quell'Egitto e i suoi genitori e suo marito cercavano di preservarla perché aveva ventidue anni e non volevano s'impressionasse. Poteva esserci un'altra possibilità, che stesse nascendo un nuovo Paese diverso da quello in cui era cresciuta e del quale anche la sua famiglia non avesse sentore.

In ogni caso nessuna delle possibilità che le erano venute in mente corrispondeva all'identità dell'Egitto che conosceva e che amava. Viveva in un Paese reale, si domandava, o immaginario?

Scelse di non fare parola con nessuno delle frasi di Mireille considerata da Bobe e Sam teatrale ed esagerata, riflettendo con nostalgia come in altri tempi sarebbe stato il genere di argomenti da sviscerare con Kate.

La mattina, quando Sam usciva per andare in ufficio si limitava a raccomandargli di stare attento. La prima volta si era stupito poi l'aveva interpretato come un saluto affettuoso. Prestava piú attenzione di prima a quello che vedeva, che ascoltava, che si veniva a sapere. Era inutile mettere in allarme suo marito e i suoi genitori.

Poi i riti e gli incontri per Hannukkah, la festa delle luci, e per il Natale – le due celebrazioni si accavallavano o si susseguivano a seconda del calendario lunisolare ebraico piú o meno nello stesso periodo – presero il sopravvento sull'ansia provocata dal colloquio con Mireille. Era una festa continua e reciproca, gli amici ebrei aspettavano fuori dalle chiese la fine delle messe natalizie per offrire auguri e regali agli amici cristiani che ricambiavano. Al tramonto passavano ad accendere anche loro le luci di Hannukkah sul candeliere a sette bracci come richiesto dal Talmud.

Era bello celebrarsi a vicenda condividendo la pace, la mamma e Bobe lo raccontavano spesso a noi bambine, avevano gli occhi lucidi, e ho sempre pensato che doveva essere confortante, a noi non è mai capitato, sentirsi uniti e partecipi a viso e a cuore scoperto.

Quella mattina sulla chaise longue dell'Old Cataract, Fanny finí per addormentarsi e venne svegliata da Sam diventato scuro come un dattero dopo le ore passate sul fiume al sole. Era il penultimo giorno dell'anno, lei aveva un abito sensazionale nell'armadio e se le cose continuavano cosí, teneva in serbo una notizia ancora piú sensazionale, era incinta, ne era sicura. Il 1952 sarebbe stato un anno grandioso. Mazel tov Fanny.

15.

Il sabato nero, Il Cairo
1952

Nessuno fu in grado di raccontare l'intensità distruttiva di quel giorno, il sabato nero del Cairo. Il fumo, le grida, il panico, gli incendi si sommavano come se una meteorite di rabbia, follia e disperazione composta da una folla assetata di giustizia e affamata di pane stesse abbattendosi sulla città.

L'incapacità di comprenderne la portata e la violenza maturata per vendicare i poliziotti egiziani uccisi a Ismailia il giorno prima dagli inglesi a causa della guerriglia per il controllo di Suez fece sí che ognuno riuscí a ricordare e a narrare solo la propria esperienza.

Il nonno era tornato a casa salvo perché uno dei manifestanti lo aveva riconosciuto e aveva spiegato ai compagni già pronti con il bastone che lui aveva curato tutta la sua famiglia. Lo avevano accompagnato come un eroe fino a casa, era una scorta cenciosa a cui vennero offerte bibite, torta viennese, soldi, sedie e l'erba del giardino per riposarsi. Tutti gli allievi delle scuole straniere furono bloccati nelle classi fino a nuovo ordine e senza nessuna spiegazione. Niní e Max Perlo stavano andando a sentire l'*Aida*, inaugurava sempre la stagione perché Giuseppe Verdi su richiesta di Ismail Pascià l'aveva scritta per il Teatro dell'Opera del Cairo, quando qualcuno in fuga li aveva avvisati del pericolo. Si rifugiarono, lei in abito da sera e stola di volpi, lui in smoking, alla pensione Roma gestita da una famiglia calabrese, lui Giovanni aveva baffi enormi e tutti sapevano che tradiva sua moglie Pina. Amedeo e Giovanna Rossano riuscirono a infilarsi per caso nei sotterranei del Banco Italo-egiziano insieme ai correntisti, loro non lo erano, e passarono la notte con il direttore dell'istituto.

Dappertutto si udiva l'affanno della furia popolare, dei fellah e degli studenti, il crepitio del fuoco, le grida di trionfo per gli edifici bruciati, abbattuti. La rappresaglia bene organizzata e con obiettivi precisi proseguiva senza intoppi, la polizia intervenne solo a tarda serata. Seduti nella loro terrazza papà e mamma scorgevano le spirali del fumo, annusavano l'odore di carne arrostita, seppero poi che era quello dei corpi bruciati degli inglesi, ascoltavano gli slogan di odio verso gli stranieri, gli inglesi, gli ebrei, gli armeni, i cristiani ma anche contro il governo e contro il re. Nessuno dei due parlava, e non chiusero occhio quella sera, la mamma incinta al terzo mese aveva nausea e paura.

La mattina dopo Fatma li informò del pericolo scampato. Salah il portiere aveva avuto la prontezza di bloccare i manifestanti muniti di taniche di cherosene per bruciare il palazzo occupato da stranieri offrendo una cospicua somma di denaro prestata dal dentista Basmajan, l'inquilino del quinto piano. Come Salah tanti portieri avevano salvato immobili, ristoranti, club.

Il 27 gennaio 1952, il giorno dopo il sabato nero, Il Cairo che i miei genitori amavano non esisteva quasi piú. Lo Shepheard's Hotel, Groppi, Cicurel, l'Opera, i cinema piú eleganti come il Metro e il Rivoli e altre centinaia di luoghi simbolo del Cairo cosmopolita erano stati duramente colpiti. L'impressione e il dolore erano tali che papà e mamma non riuscirono a commentare tra di loro quello che era successo. Insieme a Fatma, tanto spaventata da non voler rimanere a casa da sola, salirono sulla Hillman per verificare che la famiglia di Sam stesse bene. Poi passato il ponte di Zamalek, constatato che anche l'ufficio di papà in rue Ibrahim Pasha era ancora in piedi si avviarono verso Garden City dai genitori di Fanny sapendo già che il loro tasso di emotività, nostalgia e suggestione sarebbe stato arduo da annientare.

Misha e Bobe erano in giardino, lei tragica ed energica, lui piú abbattuto. Abdul portò il caffè nero per papà e il caffè bianco per gli altri, aveva un'espressione corrucciata.

«Cos'ha Abdul?» chiese la mamma sempre molto attenta all'umore delle persone.

«È addolorato per quello che è successo e lo sono anche gli altri domestici pensano sia stato uno shande, secondo loro i manifestanti dovevano rivalersi con i militari inglesi non con gli abitanti del Cairo» rispose la nonna con l'aria di chi in casa ha gente per bene.

Misha osservava con tenerezza sua figlia e il suo *aidim*, sperava con tutte le sue forze che ora non toccasse a loro imparare a riconoscere gli sguardi delle persone sapendo cosa leggervi. Fanny e Sam erano giovani e fiduciosi, ancora non sapevano. Iniziò a parlare malgrado non volesse.

«A causa della Rivoluzione russa e dell'inizio del pogrom sono stato costretto a lasciare Odessa e la bellissima casa dei miei nonni, circondata da un giardino di alberi dei sigari e castagni che ancora oggi continuo a sognare. Sono scappato a Costantinopoli, ho attraversato l'Europa fino a giungere a Parigi e infine sono arrivato in Egitto. È stato a lang lang nesye, un lungo lungo viaggio, ma ne valeva la pena per vivere al Cairo, era la città madre dai mille grembi. Come Odessa». La voce di Misha era sconsolata.

«Anche come Czernowitz, Misha» gli fece eco Bobe prendendogli la mano. Fanny avvicinò la sedia per stare accanto a lui, Sam accese una sigaretta.

«Quello che è successo ieri mi ha riportato indietro nel tempo quando con i miei genitori camminavamo lungo la Promenade e il Mar Nero domandandoci cosa fare, dove andare. Non credevo potesse succedere di nuovo dopo che io e migliaia di altri senza patria abbiamo vissuto al Cairo come in Paradiso. Fino a oggi almeno».

Mentre Misha si sfogava suonò il campanello di casa e poco dopo arrivarono tante Clara e tante Rose agitatissime, spettinate e vestite alla bell'e meglio accompagnate da Abdul. Tutti si abbracciavano, si accarezzavano come per assicurarsi reciprocamente di non essere feriti, di essere ancora interi. Fanny seduta su una poltrona accarezzava la sua pancia sperando che la grande paura non avesse raggiunto il suo bambino. Si guardò intorno alla ricerca di papà che era fermo in un angolo con l'aria assorta senza riuscire a togliersi dalla testa le parole di Hafez dette davanti alla moschea di alabastro.

«Ma quando esploderà la rabbia, secondo te, verso chi sarà diretta?» Incontrò lo sguardo di Misha che lo fissava da lontano. Aveva l'aria di avergli letto nel pensiero.

Nonostante il ricordo del sabato nero fosse difficile da dimenticare Fanny, rassicurata dal suo ginecologo francese, il professor Malatre riuscí a vivere una gravidanza serena. La città aveva ripreso il suo ritmo. I caffè erano di nuovo affollati, rumorosi, le strade caotiche, i negozi pieni, gli egiziani sorridenti e gentili come sempre. Salvator Cicurel stava ricostruendo il suo grande magazzino, Monsieur Groppi stava riaprendo e molti luoghi presi di mira dalla furia delle folle erano sul punto di ripartire.

Sembrò che la vita potesse ricominciare come prima con la consapevolezza che se era successo poteva capitare di nuovo. L'aura di rispetto che sembrava spettasse di diritto a chi era straniero era meno solida. Piccoli segni venivano registrati ogni giorno, Misha quasi costretto a cedere il passo a un egiziano nell'entrare in un portone pur essendo arrivato prima, la sensazione secondo Arlette, la sorella di Sam, che in certi negozi servissero prima gli egiziani.

Non accadeva nei posti dove erano conosciuti ma accadeva e la mamma, come Bobe e tutti gli altri, non potevano non notarlo anche se i colpevoli di questo nuovo e smaccato atteggiamento venivano liquidati come fanatici «quelli ci sono dappertutto, in ogni Paese». E anche quattro anni prima, nel '48 dopo la nascita di Israele – era un'altra riflessione consolatoria – si erano verificati attentati e manifestazioni feroci. E poi tutto si era placato.

Papà venne a sapere che per cancellare la macchia di essere stranieri molti amici italiani, francesi, greci che vivevano al Cairo o ad Alessandria da generazioni su consiglio dei rabbini e dei preti avevano presentato la domanda per diventare cittadini egiziani, alcuni avevano scelto di farlo anche per aggirare la Legge delle compagnie.

«In altri tempi la richiesta sarebbe stata considerata un onore» raccontava papà con amarezza «ora ottenere il passaporto egiziano sembra diventato impossibile e a quanto pare l'accoglienza dei funzionari dell'anagrafe è perfino beffarda».

Fu una primavera sfacciata, sembrava che un pittore avesse dilatato il colore delle jacarande, delle mimose, delle foglie delle palme e degli eucalipti e reso tutto piú carnale, una sorta di risarcimento per il nero e il grigio della violenza del 26 gennaio.

Fanny e Vicky Bivas, l'ex compagna di scuola appena tornata al Cairo dopo un giro in Europa, sorseggiavano un succo di ananas sedute in uno dei baracchini con le tende originariamente bianche lungo il Nilo commentando l'ultima lettera di Kate dall'Inghilterra. Era rimasta a Londra, Derek lavorava per il Foreign Office, non sarebbe stato per sempre, aveva scritto, ma era un momento interessante per la politica estera e valeva la pena di fare qualcosa per il proprio Paese. Nonostante il sentimento antibritannico dell'Egitto Kate fremeva per tornare al Cairo.

«Come darle torto» diceva Fanny immaginando il buio di Londra rispetto alla luce del fiume, alle sue anse rigogliose, alle rive piene di piccoli ritrovi. Chissà che nostalgia provava Kate, si divertiva tanto a osservare il popolo del Cairo, gli uomini in galabeya, i pascià con il tarbush, le donne con il velo nero e i fagotti in testa, le ragazze vestite all'occidentale con gonne larghe come voleva Christian Dior a Parigi e sandali a tacco alto. «Peccato non riesca ad arrivare» Vicky scuoteva la testa. «Il parto di Niní è previsto a giorni e Kate è disperata di non vedere nascere la sua prima bambina».

Invece fu un maschio e lo chiamarono André. Sua nonna paterna Alma De Marco, molto amica di Bobe, era un'italiana di religione ebraica sposata con il gioielliere greco-ortodosso Eleuterio Perlo, quindi secondo la regola della trasmissione matrilineare suo figlio Max era ebreo. Il sangue di Niní, la madre del bambino era metà cristiano-maronita e metà musulmano. Senza scomodare teologi che avrebbero emesso una sentenza sicuramente sgradita a qualcuna delle varie parti e dopo un'attenta riflessione l'accordo delle due famiglie produsse una soluzione bislacca ma pacificatrice: una doppia cerimonia il piú possibile intima per non scatenare probabili anatemi.

André fu battezzato come voleva la Chiesa cristiana d'Oriente e circonciso come il Talmud e l'Islam avrebbero gradito. Molti anni dopo Niní, dotata dello stesso gusto anticonformista di Mireille, scrisse a nostra madre che la circoncisione di André era molto apprezzata dalle donne americane, loro vivevano ormai a Boston, e che lui si definiva a volte di fede ebrenita, altre di fede maronirea. Il lato musulmano era stato trascurato, come spesso succede contavano di piú le madri.

A fine maggio, dopo la cerimonia del battesimo e del bris, Alma Perlo offrí una colazione italo-greca per i parenti stretti e un bellissimo anello con zaffiro alla nuora che le aveva dato il suo primo nipote. Un i'chaim fu dedicato anche a Fanny e Sam e al bambino che aspettavano, la nascita era prevista per la metà di giugno e la mamma, all'ottavo mese di gravidanza era uno splendore nel suo abito a pois bianchi e neri, il rossetto rosso e vicino alla bocca un finto neo lanciato da Marilyn Monroe che era molto in voga.

Insieme ai componenti della famiglia Baranes era stato invitato Monsieur Feisal, il saudita fedele amico di Mireille, che le faceva da accompagnatore da quando il periodo di lutto per la morte di suo marito Ahmed era stato superato. Era un uomo gentile e generoso, per la festa di fidanzamento dei nostri genitori, pur conoscendoli appena, aveva regalato un bracciale d'oro snodato coperto di brillantini che la mamma indossava sempre, anche quella sera.

Si era avvicinato a Sam e a Fanny avviando una conversazione salottiera. Le sue maniere da uomo beneducato erano più evidenti per il contrasto con la fisionomia da beduino, gli occhi scuri e brillanti, il naso aquilino, la barba e i baffi degli uomini del Golfo. Usava un leggerissimo profumo di Floris e vestiva all'occidentale ma nonostante il taglio perfetto di qualche rinomato sarto inglese era come se indossasse il kandura, la lunga tunica bianca, e avesse in testa il ghutra.

Sembrava interessato al lavoro di Sam, anche il suo Paese era un fanatico ammiratore dei marmi italiani gli disse e lo invitò a Riad per parlare d'affari. Mireille si avvicinò, diede una carezza sulla guancia di Fanny e chiese a Feisal:

«Gliene hai parlato?»

Lui fece cenno di no con la testa.

Sam e Fanny lo fissarono con aria interrogativa.

«Sarebbe meglio vederci in un ambiente più tranquillo. Forse un caffè domani?»

Feisal arrivò a Qasr El Nil insieme a Mireille con una enorme scatola di cioccolatini di Groppi.

Fatma, in tenuta da grandi occasioni e con un'espressione concentrata, entrò portando il vassoio con il caffè turco, il caffè bianco, il karkadè e un piatto di cristallo con i petit fours continentali e i baklava di pasta fillo, miele e pistacchi.

Cominciò a parlare Mireille.

«Non volevo essere io a informarvi anche se ne sono al corrente da un po' di tempo. Preferivo fosse la mia fonte a spiegarvi e a mettervi in guardia. Per questo ho pregato Feisal di incontrarvi di persona in un luogo sicuro» si appoggiò allo schienale del divano come a dire che il suo contributo era finito.

Sam e Fanny si guardarono di sfuggita ma allargando impercettibilmente gli occhi, non capivano, era un mistero.

Il saudita raddrizzò le spalle e sorrise in una maniera che voleva essere tranquillizzante.

«Tengo molto a Mireille e Mireille vi vuole molto bene. Per questo ho accettato di confidarvi quello che avevo già confidato a lei. Conto sulla vostra discrezione, le mie sono informazioni riservate».

16.

Il Cairo
1952

Quando ci ripensarono Sam e Fanny si resero conto che in fondo lo avevano sempre immaginato. Non nel modo in cui si era rivelato, sarebbe stato impossibile capire e a quale punto. L'intuizione c'era stata, aveva provato a farsi largo ma si era fermata lí in quella parte del cervello dove trovano rifugio le idee inopportune, fastidiose, pericolose, che non vogliamo mettere a fuoco e riportare a galla.

«Si tratta di Mohammed Hafez» esordí Feisal «e dei Liberi Ufficiali determinati a cacciare Faruq dal trono e a ridare dignità e futuro all'Egitto».

Ci fu una pausa e Sam ne approfittò per porre una raffica di domande.

«Cosa c'entra Hafez? Fa parte del Gruppo? Non è un militare».

«È vero, non si è mai arruolato» convenne il saudita. «Ma quel che conta è che Gamal Abd el-Nasser, il loro capo ha un antico rapporto e un debito di riconoscenza con lui per un favore fatto a suo padre».

«Hafez ha un antico rapporto con quel Nasser? Ma se hanno vite completamente diverse, noi non l'abbiamo mai incrociato, com'è possibile?» Sam era esterrefatto.

Feisal non gli rispose e continuò a raccontare che Abdallah Bey, lo zio di Hafez era proprietario di una villa ad Alessandria qualche cancello piú in là della meravigliosa tenuta reale di Montazah. D'estate vi passava lunghi periodi e ogni tanto si recava in visita ai suoi parenti che vivevano a Bacos, a pochi chilometri dal centro città. Una sera uno di loro gli chiese se poteva usare le sue influenti relazioni per aiutare un ex vicino rimasto vedovo con tre figli che aveva avuto dei problemi all'ufficio postale a Khatatba dove lavorava.

«Abdallah Bey era una brava persona, lo sapevano tutti, acconsentí e lo raccomandò con successo. L'ex vicino era Abdel Nasser Hussein, il padre di Gamal».

Feisal era un bravo narratore e fece una pausa a effetto.

«Quando il futuro leader dei Liberi Ufficiali tornò a vivere ad Alessandria a casa del suo nonno materno andò con suo padre a ringraziare Abdallah Bey e conobbe Hafez che d'estate andava a trovare lo zio di cui era anche l'erede. Gamal era piú vecchio di lui di quattro anni ma diventarono lo stesso compagni di gioco. Da allora hanno sempre mantenuto un legame».

«Mi sembra incredibile che Hafez non me ne abbia mai fatto parola» commentò papà allibito.

Nel salotto era sceso il silenzio. Ecco l'identità della fonte delle notizie di Hafcz, rifletteva Sam, era Nasser l'uomo delle informazioni confidenziali sulla situazione politica e sulle decisioni prese al ministero dell'Interno. Ora capiva la reticenza nel rispondere alle sue domande, non esistevano i fantomatici amici di Oxford a cui Hafez aveva attribuito le soffiate sul governo, era stata una maniera per non svelare il rapporto con gli ufficiali del gruppo di Nasser, quelli che si riunivano al Café Riche.

Gli tornò in mente la frase che Joe Scialom gli aveva detto al Long Bar.

«Perché ti preoccupi di Hafez? Lui è perduto per uno come te».

Joe sapeva tutto, dimostrava ancora una volta di conoscere i segreti del Cairo.

«Come avrete compreso è poco importante che Hafez non sia un militare, conta di piú essere una delle menti che lavora nell'ombra a un piano di liberazione dell'Egitto per ridare, come vuole Nasser, una giustizia sociale al Paese» concluse Feisal.

«Il maggiore Hakim! Immagino che anche lui sia uno di loro» Sam non riuscí a trattenersi.

Feisal annuí.

Fanny si schiarí la gola.

«Siamo molto colpiti, Monsieur Feisal. È davvero informato». Era una maniera gentile per sperare di conoscere la sorgente di notizie cosí approfondite ma sorprendenti da parte di un ricco uomo d'affari saudita, almeno era quello che sembrava Feisal.

Mireille la fulminò con un'occhiata che non lasciava dubbi.

Feisal sorrise, fece finta di non aver compreso, ringraziò e riprese il discorso.

«All'inizio i Liberi Ufficiali erano poco piú di una decina, ora buona parte dell'esercito e dei Fratelli Musulmani è con loro e cosí anche gli studenti».

«Ma cosa c'entra uno come Hafez con tutto questo?» disse papà. «Mai avrei immaginato che fosse un cospiratore, un rivoluzionario».

«Non ha idea, Sam, di quante persone provenienti come Hafez da famiglie della buona società abbiano scelto di seguire i progetti d'indipendenza di Nasser e condividano la sua ideologia».

Feisal, che era stato comodamente sprofondato nel divano si spostò sul bordo con un'espressione piú concentrata. Fu chiaro che era sul punto di dire quello che gli stava a cuore, quello per cui aveva deciso di incontrare Fanny e Sam.

«Non ho acconsentito a vedervi per dare queste informazioni. Quello che mi preme è avvertirvi. Faruq sta usando la polizia e i servizi segreti per avere i nomi dei militari del Gruppo, dei loro complici e le prove per poterli incriminare. Ho la certezza che Hafez sia sospettato, se non di farne parte, di essere un simpatizzante. So che lui è un vostro caro amico, quindi consiglio a Sam di essere prudente, di evitare di farsi vedere con lui e soprattutto di trovare se occorre un modo per comunicare il piú possibile discreto».

Mosse leggermente lo sguardo e il corpo verso la poltrona dove era seduta Fanny.

«C'è un'altra persona che deve stare attenta, ed è Kate. Una delle ossessioni di Nasser è la Gran Bretagna, detesta gli inglesi fin da quando era studente, li considera la causa di tutti i problemi dell'Egitto, anche di aver trasformato un giovane re in principio amato e promettente come Faruq in un fantoccio del Regno Unito».

«Non è cosí semplice cacciare gli inglesi, i tedeschi ne sanno qualcosa. Si tratta di un impero e di un esercito attrezzato e preparato, gente che sa il fatto suo» affermò Sam.

«Il Paese deve tornare al Paese, questo è il demone che divora Nasser. Non ho modo di sapere se lui sappia di Kate e Hafez, credo di sí, ma è meglio che rimanga a Londra con suo marito e se lo ama davvero dimentichi il suo bell'egiziano».

Scese il silenzio. Feisal aveva i sensi di un uomo cresciuto nel deserto abituato a intercettare ogni alito di vento, ogni cambiamento d'atmosfera, ogni movimento di sabbia. Sapeva di aver rivelato molte notizie riservate ai due giovani, capiva che dovevano assimilarle e che avrebbero dovuto fare uno sforzo per riportare la conversazione a un livello di buona educazione e probabilmente non avrebbero saputo cosa dire. Si alzò in piedi, baciò la mano della mamma, strinse quella di papà e offrí il braccio a Mireille dopo che lei aveva salutato affettuosamente i due padroni di casa.

Fanny si lasciò cadere sulla poltrona accarezzando piano il suo pancione e Sam telefonò in ufficio per avvertire che non sarebbe andato. Non ebbero il tempo di dire una parola perché si aprí la porta ed entrò Bobe con un cesto di blints, le crêpes ripiene di formaggio e cannella.

«Mayn Got, cosa vi è successo? Sembra che stiate per avere un halish... uno svenimento...» Suo genero l'abbracciò e scomparve, Fanny evitò di dire la verità, sua madre era già abbastanza eccitata dalla nascita imminente, non sarebbe servito a nulla confidarle le informazioni di Feisal e probabilmente si sarebbe arrabbiata con Mireille che osava agitare la sua adorata figlia in «stato interessante».

Dopo averle chiesto come al solito se si sentiva bene, messo la mano sulla fronte per accertarsi che non avesse la febbre «Host hitz?», domandato se aveva mangiato abbastanza, bevuto latte in abbondanza e massaggiata la pancia con l'olio di argan, Bobe chiese un caffè ziyada.

Aveva la pressione a zero, cominciava a fare caldo a fine maggio.

Poi elencò le novità, Zeynep Demir, l'ostetrica turca piú abile del Cairo, studi a Istanbul e a Parigi aveva spostato le vacanze per esserci al momento del parto di Fanny che lei stessa aveva fatto nascere. Un cliente greco di Misha aveva segnalato una ragazza egiziana di nome Fawzia che cercava un posto da tata, bisognava assolutamente visionarla. Le chiacchiere domestiche di sua madre erano il balsamo di cui aveva bisogno Fanny, il conforto che le storie rivelate da Feisal erano solo una parte del mondo che la circondava, in fondo una minima parte.

Papà rincasò tardi. Era andato a salutare i suoi genitori e i suoi fratelli, aveva condiviso un tè tardivo al quale si era unito il rabbino Mosseri per la sua abituale fumatina di sigaro. Tutto era come sempre. Anche lui, come succede quando si viene proiettati in situazioni parallele e ambigue rispetto a quelle vissute normalmente, aveva provato il bisogno di respirare l'aria di un ambiente familiare.

Dopo il racconto di Feisal si era sentito tradito dal fatto che Hafez non avesse avuto fiducia in lui ma poi si era reso conto che la scelta del silenzio era giusta, era un modo per proteggerlo. Varie volte aveva ripensato alla conversazione avuta nel giardino della moschea di alabastro realizzando che Hafez gli aveva parlato di scontro di civiltà senza toccare la questione religiosa, aveva inveito contro gli stranieri colonizzatori, gli inglesi, mai contro ebrei o cristiani e questo lo aveva confortato.

Non realizzò che forse per la prima volta si sentiva grato di non essere stato attaccato per il suo diritto di esistere, per il suo diritto di essere diverso da Hafez.

Quando il giorno dopo papà e mamma parlarono tra loro del pomeriggio con Feisal analizzarono gli elementi che avrebbero potuto chiarire subito chi era Hafez o meglio chi era diventato di anno in anno.

Cosa li aveva resi distratti, si domandavano.

Forse la loro superficialità dipendeva dall'abitudine alle storie assurde a volte quasi bibliche, alle rivelazioni impensabili che farcivano la vita della città, paradossalmente quello che a occhi meno smaliziati sarebbe apparso chiaro da loro era stato accettato con naturalezza come un altro pezzo del caleidoscopio.

Tanto che passato il momento di stupore per la doppia vita di un amico che credevano di conoscere bene non si preoccuparono come avrebbero dovuto. Kate era lontana e salva e Hafez un uomo furbo con una famiglia potente, sapeva bene come muoversi. Anche la storia del piano per spodestare il re, a pensarci bene, non era da prendere troppo sul serio, ogni tanto si sentiva parlare di una cospirazione che finiva immancabilmente con un bel po' di arresti da parte della polizia e dei servizi segreti. Il Cairo era un coacervo letterario di intrighi, una via di passaggio di spie e avventurieri e il progetto rivoluzionario rivelato da Feisal e attribuito a un'associazione di giovani ufficiali aveva buone probabilità di fallire come le altre volte.

Niente sembrava scalfire mio padre e mia madre, erano troppo giovani allora per capire con il dovuto realismo quanto la magia della loro vita stava cominciando a perdere forza.

Dopo pochi giorni e con due settimane di anticipo mia sorella Raymonde Mathilde si presentò al mondo all'Hôpital Français. Madame Zeynep non venne meno alla sua fama e tutto andò per il meglio per fortuna perché al momento di scegliere l'ospedale dove far nascere il bambino, si erano creati vari fronti. Papà aveva proposto l'ospedale Umberto I costruito con i fondi della comunità italiana e caro alla sua famiglia. Per Bobe esisteva solo quello francese. Tante Rose, chiaramente sobillata dal pope Alexis secondo l'acido parere di Bobe, sosteneva l'Ospedale Copto di via Ramses dove esercitava Naguib Pasha Mahfouz, ginecologo famoso anche a New York e honorary fellow al Royal College of Surgeon of England insieme a Winston Churchill e ad Alexander Fleming, lo scopritore della penicillina.

Tante Clara, in piena egizianizzazione notava perfida ancora Bobe, propendeva per il Kasr El Aini. Per evitare vincitori e vinti Misha suggerí l'Ospedale israelitico, il piú indicato perché vicino a casa commentò con la sua solita ironia. Alla fine si impose Fanny usando la carta vincente di Madame Zeynep, aveva fiducia solo in lei e su questo nessuno doveva discutere.

Raymonde Mathilde si dimostrò subito una bambina accomodante, camaleontica, piangeva e sorrideva quando era il caso, aveva fame quando faceva comodo, rivelò dai primi giorni dalla sua nascita un lato del suo carattere, il vivi e lascia vivere a patto però che le cose le andassero a genio e avesse quello che desiderava, non perdeva tempo in inutili capricci. Era molto graziosa e via via che passavano i giorni i suoi occhi mostravano una rassomiglianza impressionante con quelli di nostro padre, a mandorla, le palpebre superiori un po' pesanti, lo sguardo latino, misterioso.

Fanny, raggiante, mostrava già i segni dell'ansia di mamma yiddish, non avrebbe deluso le sue antenate. La gioia della nascita era accresciuta dall'arrivo di Fawzia, fresca di un tirocinio da seconda tata nella villa dei magnati della carta Lagoudakis, dove Demetra, la moglie di Eugenios, aveva avuto due gemelli. Fawzia ave-

187

va preferito cercare lavoro in un posto meno grandioso, piú borghese e sembrava molto felice della dimensione casalinga di casa nostra. Era una ragazzona alta e massiccia dai capelli ricci, la pelle olivastra, il sorriso intermittente pieno di fossette e un'affezione smodata verso la parola «mashallah» ripetuta all'infinito anche prima di muovere una mano. Veniva dal Delta del Nilo e al colloquio con Zeynep e Bobe si era presentata in compagnia di suo padre e di un cesto di magnifici datteri che Bobe aveva subito regalato ricordandosi come anni prima quei frutti avevano provocato un'epidemia di colera. Fawzia accettò tutto, il grembiule, le ferree norme igieniche di Bobe ma anche con lei la battaglia per indossare in casa le scarpe fu persa già in partenza.

Non ci fu inquilino del palazzo che non passò a fare le congratulazioni, a portare regali, a conoscere la bambina. «Mabrouk, mabrouk» si sentiva dire appena si apriva la porta da persone di ogni nazionalità, la parola araba era universale. Bobe non stava in sé dalla contentezza e aveva ricominciato il pellegrinaggio nevrotico alle sinagoghe come ringraziamento della nascita di Raymonde fin quando Misha era intervenuto sostenendo di aver sognato Abramo, Isacco e Giacobbe che non ne potevano piú di essere disturbati dalle continue preghiere di sua moglie.

Arrivò luglio con il suo caldo feroce. Per trovare un po' di refrigerio Fanny, Bobe e Fawzia uscivano con Raymonde solo dopo le cinque cercando la frescura nel giardino del Mena House. Tutte le sere Sam e Fanny si domandavano se era o no il caso di trasferirsi ad Alessandria o se per una bambina di poco piú di un mese non fosse troppo debilitante affrontare un viaggio nel deserto con un sole impietoso. Fu Niní a convincerli, anche lei era ancora al Cairo con il piccolo André per non lasciare solo Max che era pieno di lavoro, proponendo di fare una sorta di carovana e partire tutti insieme per il mare all'alba i primi giorni d'agosto.

Accadde di mercoledí, la mattina presto del 23 luglio. Fawzia stava bollendo il latte di Raymonde aiutata da Fatma che si alzava sempre alle sei e che, come in tutte le cucine egiziane, accendeva subito la radio. Qualcosa in quello che diceva il conduttore bloccò Fawzia con in mano il biberon, entrò nella camera da letto di papà e mamma come una furia.

«Yalla, yalla monsieur, madame, la radio, la radio» ansimava indicando la cucina. Papà si alzò come un burattino a molla, sua moglie lo raggiunse quando lui era già davanti all'apparecchio del piccolo salotto. Si voltò verso di lei.

«C'est le coup d'État... Feisal» e mentre Fatma arrivava con il caffè continuò ad ascoltare mano nella mano con Fanny come stava facendo tutto il Paese compreso il re.

Il comunicato a nome del generale Mohammed Naguib informava che l'Egitto era in mano ai militari e alla polizia per porre fine ad anni di corruzione, di ignoranza, di governi instabili e incapaci. A leggerlo era uno dei leader dei Liberi Ufficiali, il colonnello Anwar El Sadat futuro presidente dell'Egitto negli anni Settanta.

Suonò il telefono e non smise tutta la giornata.

Nelle strade la gente in preda alla gioia inneggiava alla rivoluzione:

«Tahya Althawra».

Fanny chiese a Sam: «Ora cosa succede?»

17.

Hotel Semiramis, Il Cairo
1954

Al contrario della discussione familiare che si era scatenata sul luogo dove partorire Raymonde, la mia venuta al mondo non aveva creato nessuna discussione. Anche perché l'ostacolo a qualunque altra opzione che non fosse l'Ospedale francese si era eliminato da solo avendo deciso di preferire l'altare alla sala parto.

Zeynep Demir l'ostetrica turca che aveva fatto nascere mia madre e mia sorella e che lavorava solo all'Hôpital Français era convolata a nozze con un produttore di cioccolato di Losanna arrivato al Cairo per incontrarsi con il grande pasticciere Groppi.

«Vos a makh fun gilk» aveva commentato Bobe sconvolta da tanta fortuna «perdipiú lei ha quarant'anni e il viso di un budino».

«Visto che lo sposo traffica in dolci sarà stata la ragione per cui si è invaghito di lei» l'aveva presa in giro Misha.

Per questo, come voleva nostro padre, sono nata all'Ospedale Umberto I costruito e sostenuto dalla ricca comunità italiana dopo un travaglio impetuoso ma veloce. «Era l'annuncio di come saresti stata» rideva la mamma. «Une peste» specificava in francese.

Il mio arrivo era stato provvidenziale per l'umore di tutta la famiglia dopo anni di perdite improvvise e di inaspettate trasformazioni politiche. Qualche mese prima della mia nascita i genitori di papà Giorgio e Mathilde avevano avuto un incidente d'auto ed erano morti subito dopo. La loro scomparsa, al di là del dolore e del trauma, aveva colpito per un'incredibile fatalità. Era successo sulla Corniche di Alessandria a pochi me-

190

tri dalla stessa curva dove all'inizio degli anni Venti la macchina di Mathilde aveva sfiorato la bicicletta del suo futuro marito facendolo cadere innamorato di lei oltre che al suolo leggermente ferito.

La coincidenza era apparsa biblica, sembrava la chiusura di un cerchio come se ne vedevano raramente. L'unica che aveva avuto il coraggio di dire ad alta voce quello che tutti pensavano era stata tante Clara evidenziando il segno esoterico dell'incidente, la precisa conclusione di un corso. Aveva aggiunto che era necessario far interpretare da uno sciamano la singolare corrispondenza. Bobe aveva sbuffato, ma Fanny era rimasta impressionata.

Per i fratelli e le sorelle di papà che erano giovani, vivevano ancora con i genitori nella casa di famiglia a Zamalek e non si erano sposati fu un balzo improvviso nell'età della ragione.

Come aveva sempre fatto, il rabbino Mosseri continuava a presentarsi dopo il tramonto cercando di consolare i figli del suo defunto amico fumando i prediletti sigari toscani che il signor Begliazzi, in memoria di Giorgio, non aveva smesso di mandare. Una sera era capitato anche Hafez per parlare con i fratelli di Sam e capire come poterli aiutare a costruire il loro futuro. Rav Mosseri e lui erano una coppia bizzarra ma da quella volta divennero amici.

Al Cairo tutti sapevano ormai che Hafez era uno dei consiglieri piú vicini a Nasser, non aveva un ruolo preciso ma esercitava quello che papà chiamava «the darkness power» grazie alle sue relazioni internazionali e al notevole patrimonio personale.

«Sembra un'altra persona, ha finalmente trovato la sua strada» aveva commentato la mamma rivedendolo qualche mese dopo la Rivoluzione del 1952, dopo l'esilio in Italia del re Faruq e dopo che l'Egitto era diventato una Repubblica e il generale Naguib il suo primo presidente.

Hafez non trasmetteva piú l'inquietudine che sembrava divorarlo prima, era come se avesse fatto pace con sé stesso non dovendo piú celare la causa alla quale si era votato. Non nascondeva nemmeno l'avversione verso Naguib, comandante supremo delle forze armate e primo ministro oltre che presidente, scelto al posto di Nasser perché era un eroe di guerra e una garanzia per il partito Wafd, per i Fratelli Musulmani e per l'élite moderata del Paese. Secondo Hafez il generale doveva lasciare al piú presto le cariche a Nasser, il leader nato per ridare all'Egitto un ruolo chiave nel Medio Oriente, l'unico riconosciuto dai Liberi Ufficiali.

La Rivoluzione del 23 luglio aveva provocato la fuga di molti europei e Israele aspettava a braccia aperte gli ebrei da tutto il mondo. Tantissimi amici di Sam e Fanny avevano deciso di lasciare un Paese inquieto in mano ai militari dove sentivano di non essere bene accolti come prima. Non tutti erano stati previdenti nel mettere da parte i capitali in una banca estera. Ma anche quelli che sarebbero partiti con poco, i gioielli, l'argenteria preziosa, i mobili, i quadri venivano venduti a poche piastre, erano convinti che la loro permanenza fosse giunta al capolinea, avevano parenti e punti di riferimento in altri Paesi e provavano solo il desiderio di sentirsi al sicuro.

Secondo papà il panico era un'esagerazione. Perfino Misha, che era stato il primo dei pessimisti, gli dava ragione raccontando che parecchi italiani e francesi scappati di gran carriera appena Faruq aveva abdicato stavano tornando rapidamente in Egitto.

Quello che Hafez non apprezzava di Naguib rincuorava invece la «colonie».

«Si è fatto vedere in sinagoga per la festa di Yom Kippur. Ha detto piú volte che tutti i cittadini sono uguali e hanno gli stessi diritti. Uno dei suoi consiglieri è Ibrahim Farhi, il figlio del pascià sapete, uno degli esponenti della grande borghesia ebrea del Cairo». Misha teneva banco sulla terrazza, c'erano tutti i fratelli e le sorelle di Sam. In un angolo Arlette parlottava insieme a Bobe e alla mamma seduta con me in braccio. Aveva conosciuto René Curiel, apparteneva a una famiglia sefardita di comunisti, intellettuali e spie, sembrava avere intenzioni serie e a lei piaceva molto. «Zol zayn mit mazl» le disse Bobe carezzandole la guancia. La mamma tradusse, le sorelle di papà non capivano lo yiddish: «Ti sta augurando buona fortuna».

«Fate harim?» scherzò Nina pronunciando la parola harem in arabo e sedendosi con loro. «Non ho piú visto Kate Lambert o meglio... non ricordo il suo nome da sposata. Come sta? È al Cairo?»

Kate era a Londra a fare i conti con il suo fallimento, Derek non era riuscito a farsi amare come avrebbe voluto, troppo simile a lei, troppo lineare e prevedibile per poter combattere con un rivale temibile come Hafez ancora piú temibile perché lui nella sua cieca rettitudine non l'aveva mai messo a fuoco.

«Sta divorziando» rispose Fanny con la voce addolorata. «Peccato perché Derek era davvero un brav'uomo».

«Allora è vero che è l'amante di Hafez?» chiese Nina mentre Bobe sobbalzando faceva gli occhiacci a Fanny e sibilava «Ton nit zogn epes» inutilmente perché sua figlia continuava imperterrita: «Si amano da sempre, mamouscka, lo sanno tutti, è stata una storia complicata».

Quando Derek era tornato in Gran Bretagna, Kate e Hafez non si erano piú nascosti. All'inizio solo qualche incontro e qualche cena con papà e mamma, poi a poco a poco avevano cominciato a farsi vedere in pubblico. Un giorno Kate era arrivata all'improvviso a Qasr El Nil, eccitatissima, non vedeva l'ora di raccontare a Fanny che Nasser era stato messo al corrente della loro relazione, anche se era chiaro che lo sapeva da un pezzo, e non aveva posto nessun veto. Era l'immagine della felicità e a suo modo anche Hafez lo era. Per festeggiare la notizia, Kate, invitò Fanny, Niní e Mireille al ristorante del Semiramis, il grande albergo sulla Nile Corniche nella zona di Qasr Al Dubara costruito da un ingegnere italiano e da una società di Padova. Arredato alla moda del Cairo, volenterosa imitazione dell'oro di Versailles, nella sua hall si potevano incontrare Jean-Paul Sartre con Simone de Beauvoir, il maharaja di Jaipur, lo scrittore Mika Waltari e l'Aga Khan.

Sembrava che il méli-mélo del Cairo, nonostante i militari, il colpo di Stato, gli stranieri non piú intoccabili come un tempo potesse continuare all'infinito. «Sophie e Boutros sono fidanzati ufficialmente» informava Arlette. Bobe specificava: «Lui è copto e lei musulmana ma sua nonna materna era copta». «Diceva di essere nata in Polonia» affermava Nina. «Ma se era di Costantinopoli» la contraddiceva Bobe, esperta nell'intricatissima e spesso fantasiosa mappa degli incroci familiari. La mamma consegnandomi a Fawzia e prendendo sulle ginocchia Raymonde aggiungeva: «Avete saputo che Justine, la figlia di Ara Masuryan di religione armeno-cattolica sta sposandosi con il figlio di Miriam Levy?»

Seduta a un tavolo del giardino pensile del Semiramis, ispirato secondo il mito a quelli di Babilonia, dal quale si scorgevano le piramidi di Giza Fanny guardava le sue amiche e si sentiva serena, appagata. In fondo tutte avevano trovato quello che cercavano, Kate perfino la pace. Ripensò allo spavento provato dopo l'abdicazione del re, non si sapeva cosa sarebbe successo, ci si domandava se fare addirittura i bagagli, invece, nonostante i molti dubbi, in Egitto ora si respirava un'aria di speranza, i militari erano ammirati dal popolo, sembravano incorruttibili.

Osservò gli altri tavoli, c'era qualcosa di diverso anche se non riusciva a metterlo a fuoco. Tutto era curatissimo come sempre, il risotto al pomodoro e la «sole meunière» perfetti, i camerieri nubiani scelti perché fossero alti nello stesso modo incedevano eleganti come principi. Ma ecco, si rese conto Fanny, la differenza stava nel pubblico, era meno internazionale del solito, molti clienti erano egiziani, dov'era finita la «colonie» che ogni giorno riempiva la sala?

Mireille sventolando il suo antico scacciamosche di ambra la distolse dalle sue riflessioni. Annunciò un po' a disagio, sentimento che nessuno avrebbe supposto potesse far parte del suo bagaglio di emozioni, di avere una confessione da fare. Lei e Monsieur Feisal stavano molto bene insieme e, insomma, avevano una relazione. Le tre giovani donne tra cui sua figlia finsero di cadere dalle nuvole, e le augurarono ogni bene facendo del loro meglio per nascondere di essersene accorte da tempo. Feisal piaceva a tutti, per questo nessuno aveva detto una parola. Per una volta, rise tra sé la mamma, erano state loro a battere Mireille in astuzia femminile.

Poche settimane prima Feisal aveva organizzato un complicato viaggio a Riad, ci volevano due giorni per arrivare in Arabia Saudita, con l'obiettivo, poi centrato, di presentare papà al suo amico, lo sheik wahhabita Aziz, per coinvolgerlo nell'ambizioso progetto di costruzione di nuove moschee da ricoprire con marmo italiano pregiato. Era un uomo di potere che possedeva una grande fortuna, nascondeva bene le asperità e l'arroganza tipica di una persona della sua condizione e della sua nazionalità ma era sempre pronto, raccontava la mamma, ad aiutarci, a stare al nostro fianco, a farci sentire protetti quando serviva.

Era la stessa sensazione che Hafez cercò di comunicare a mio padre a febbraio quando esplosero le divergenze tra Nasser e Naguib, cosí moderato da volere un governo formato da civili. Il generale fu costretto a dimettersi, venne messo agli arresti domiciliari e Nasser prese il suo posto.

Un altro nuovo passaggio che aveva spaventato tutti. Per l'instabilità politica, per il carattere autoritario di Nasser, per l'incognita verso gli stranieri, spiegava papà, ma Hafez, che gli era sempre piú affezionato e grato per il sostegno dato alla sua storia con Kate lo pregava di stare calmo. Non era il caso di prendere decisioni affrettate, le acque si sarebbero calmate ed esprimendosi nel modo poetico della conversazione egiziana lo assicurava che il fragore delle onde si sarebbe trasformato in un dolce suono.

La casa di Qasr El Nil era diventata l'epicentro delle famiglie di mamma e papà. Tutte le mattine Bobe, a volte con Misha, arrivava presto per essere al fianco di Fawzia, scortare le due nipotine sul lungo Nilo o ai giardini dell'Ezekeya, controllare che fossero tenute lontane dal sole, dalla sabbia e dalla polvere e dare un po' di respiro a sua figlia. La mamma restava a casa indossando fino a tardi le amate vestaglie di seta rosa, uno dei suoi colori preferiti e ricordo che, fino all'ultimo dei suoi giorni, quando ci avvicinavamo per abbracciarla emanava un delicato profumo di fiori anche se si era appena svegliata.

A casa i pasti erano diventati dei buffet, non si sapeva mai quante sorelle e fratelli di papà sarebbero arrivati affamati prima di pranzo o di cena. Fatma aveva scoperto di avere talento nella cucina, mischiava piatti italiani, francesi, persino yiddish con quelli della sua cultura gastronomica egiziana. Non aveva piú i denti cariati e sporchi come quando era arrivata da Fanny, dopo una lunga serie di sedute dal dottor Basmajan offerte da papà adesso poteva sorridere senza vergognarsi. Aveva la dolcezza negli occhi, nella voce e nel corpo, c'erano stati vari pretendenti ma lei diceva che ormai era sposata con noi.

A causa delle continue manifestazioni e degli scioperi da parte di centinaia di migliaia di persone organizzate dai Fratelli Musulmani e dai lavoratori inneggianti al ritorno di Naguib al potere e all'arresto di Nasser il traffico della città già caotico si trasformava in un unico ingorgo, e spesso le piazze e le strade venivano chiuse di colpo dalla polizia. Capitava che Bobe o Misha o Nina venuti in visita restassero non solo a pranzo ma dovessero fermarsi anche a dormire.

Un pomeriggio d'ottobre Arlette arrivò a Qasr El Nil con il suo fidanzato René Curiel per annunciare che avevano deciso di celebrare al piú presto le loro nozze e subito dopo di trasferirsi a Tel Aviv. Nina era affranta. «Senza Arlette come farò? Fanny potrò stare da voi?» chiedeva in lacrime consolata da Bobe. Mentre tutti gli altri esprimevano le felicitazioni e i mabrouk mischiati alle esclamazioni di dispiacere per l'allontanamento dalla famiglia e dal Cairo, Kate entrò nel salotto pallidissima.

«Stai male?» chiese affrettandosi verso di lei la mamma. «Cosa è successo?» Kate scosse la testa. «Hafez» mormorava, «Hafez ha detto che hanno tentato di uccidere Nasser».

Uno dopo l'altro i Rossano, Madame e Monsieur Graves, gli inquilini del quinto piano, i Mosseri, René e Alma Di Marco, e Chou Chou Maktoum diventata molto amica della mamma, suonarono il campanello. Al Cairo c'era la consuetudine di condividere con i vicini di casa gli avvenimenti importanti della vita quotidiana, ci si scambiava le visite, ci si ricordava di compleanni e feste religiose, era raro che qualcosa sfuggisse agli occhi e alle orecchie vigili immancabili in tutti i piani.

Papà arrivò trafelato dall'ufficio, si era già sparsa la voce, nelle piazze principali gli altoparlanti davano la notizia che c'era stato un attentato, la gente cominciava a radunarsi, i muezzin pregavano da una moschea all'altra. Non si sapeva ancora se Nasser fosse vivo o no.

Dopo l'esilio di Faruq la presidenza, prima di Naguib poi di Nasser, sembrava aver assicurato un assetto stabile all'Egitto, mentre l'assassinio del rais poteva scatenare una guerra tra l'esercito e i sostenitori di elezioni democratiche e di un governo di civili. Nel salotto di Qasr El Nil nessuno fiatava. Finalmente la radio annunciava che durante il comizio ad Alessandria un membro dei Fratelli Musulmani aveva sparato otto colpi di pistola contro il presidente. Nasser era rimasto miracolosamente illeso. Il fatto di essere sfuggito a una tale raffica di colpi gli regalò oltre alla sopravvivenza anche l'aura di prescelto dal Destino.

La rappresaglia da parte dell'esercito nei confronti della Fratellanza fu implacabile. Durante una di quelle giornate di arresti e devastazioni Misha si ritrovò nel mezzo di uno scontro tra militari e manifestanti che protestavano per le migliaia di carcerazioni frutto della vendetta di Nasser.

Era andato a trovare i suoi vecchi amici della farmacia dove aveva lavorato appena arrivato da Parigi, un'abitudine che teneva a mantenere, un modo di ricordare le ragioni che prima lo avevano portato a scegliere l'Egitto e poi lo avevano convinto a rimanere.

Fu sballottato e spinto dalla folla che correva urlando inseguita dalla polizia.

Il suo cuore non resse di fronte allo spettacolo della violenza e all'odore dell'odio che aveva già conosciuto altre volte nella sua vita.

Cadde riverso a terra guardando il cielo del Cairo che aveva amato cosí tanto, a due passi dallo Shepheard's dove aveva incontrato sua moglie. Morí sul colpo.

18.

Qasr El Nil
1955-1956

Bobe non versò una lacrima, non parlò, restò immobile per tre giorni dopo aver avuto la notizia. Di notte piangeva, tutti la sentivano, di giorno l'unica esternazione di sofferenza che si concedeva era quella di tormentarsi le mani. Avrebbe continuato a farlo tutta la vita anche quando le mani sarebbero diventate rugose come lei e io l'avrei accarezzata per tranquillizzarla quando cadeva preda della nebbia della vecchiaia.

Il giorno della morte di suo marito i suoi occhi grigi, piccoli ma sempre brillanti, apparirono di colpo opachi, la staticità era la protezione per un dolore bruciante come la ferita di una lama.

Misha aveva detto di voler essere seppellito all'ombra delle palme del cimitero ebraico di Alessandria perché il vento del Mediterraneo che passava tra le tombe arrivava dalla Grecia, dalla Turchia e in un'ideale linea retta dalla sua Odessa e dal Mar Nero della sua infanzia.

Con lui Bobe non perdeva soltanto un compagno amato teneramente, un uomo profondo, buono e non noioso, anzi ironico e divertente, ma veniva d'un tratto privata della loro viscerale condivisione delle origini, un'eredità che non poteva spartire con nessun altro allo stesso modo.

Czernowitz la sua città natale e Odessa, quella di Misha erano città simili composte da un misto armonioso di frammenti di radici, un amalgama quasi fiabesco per quanto era ricco e inaspettato. Era l'identità di chi non ce l'aveva o almeno di chi non l'aveva cosí netta, proprio come l'yiddish, la loro lingua fatta di tante lingue. Per questo Il Cairo era un meraviglioso sup-

199

plente di quel retaggio reso ancora piú seducente dalla sua atmosfera mediorientale.

Dopo la sepoltura, per le quattro settimane di lutto rimanemmo ad Alessandria all'Hotel Cecil a Zaad Zagloul davanti alla Corniche. La mamma era convinta che l'energia dell'aria e dell'odore del mare avrebbe risvegliato i sensi e nutrito la linfa vitale anche di un dybbuk, un fantasma, e sperava potesse scuotere sua madre irriconoscibile nella sua apatia, ostinata nel non cambiare il vestito stracciato come voleva la Torah.

Il dolore di Bobe in qualche modo alleviava il suo, era come se le avesse demandato il peso principale della perdita lasciando per sé solo un pezzo, quello che le permetteva di poter consolare sua madre e occuparsi di lei.

Passato il tempo del lutto Bobe sembrava essersi ripresa. La mattina passeggiavamo lungo la Corniche, a volte ci spingevamo verso Stanley Beach o verso Agami, intorno alle sei prendevamo il tè da Pastroudis o al Trianon, un antico caffè aperto a inizio Novecento da due facoltose famiglie greche. Al tramonto quando un pianista cominciava a suonare, lei si alzava e si avviava verso Nabi Daniel Street per pregare alla Eliyahu Hanavi Synagogue, costruita nel Trecento e ritenuta la piú grande di tutto il Medio Oriente.

Bobe amava moltissimo Delices a pochi passi dall'Hotel Cecil. Era una pasticceria greca famosa per aver confezionato la torta di nozze di re Faruq e ora serviva la famiglia Nasser. I loro dolci erano squisiti soprattutto il gâteau Vassilopita, il preferito della mamma: dentro la farcitura nascondeva una moneta che portava fortuna a chi riusciva a trovarla. Appena era stato informato della nostra presenza, Monsieur Houstakas, il proprietario, era uscito dal suo ufficio per salutare e fare le condoglianze alla vedova di Misha. Erano amici e lui gli voleva bene. Non si è mai capito se fosse stato lui a infilare la moneta nella fetta di torta destinata alla nonna, ma il fatto che avesse controllato dalla soglia di Delices il ritrovamento e gongolato vedendo il sorriso di Bobe, secondo la mamma era piú di un sospetto.

Ricacciando la commozione provocata dalle affettuose parole di Houstakas Bobe, tornando verso il Cecil, si fermò di botto sul marciapiede facendo barcollare il gruppetto di donne, la mamma, Arlette, Fawzia e noi due bambine che teneva per mano. Annunciò che era ora di tornare al Cairo, e ci fu un sospiro di sollievo collettivo. Poi con lo sguardo di un tempo e la vecchia voce da combattente aggiunse che non voleva per nulla al mondo vivere da sola e che se per Fanny e Sam andava bene lei avrebbe voluto trasferirsi da loro accollandosi tutte le spese. La mamma sorrise, le prese la mano e non le rispose. Poi ricominciammo a camminare.

In realtà Bobe avrebbe avuto un'altra soluzione, poteva unire la sua solitudine alla compagnia di tante Clara e tante Rose che ne sarebbero state allo stesso tempo felici e terrorizzate. L'avrebbero accolta con calore pur prevedendo un futuro di prediche, non ci poteva essere altra formula per una convivenza con lei, ma le battaglie erano vita e loro ne erano avide.

Fanny aveva preso tempo ma aveva immediatamente iniziato a pensare al modo di dirlo a suo marito. Aspettò la domenica dopo la prima colazione, la prima sigaretta e il secondo caffè.

Sam era un uomo concreto e in fondo voleva bene alla sua suocera di ferro e fuoco. Aveva capito che opponendosi il viavai tra Garden City e Qasr El Nil per ogni piccolo problema sarebbe diventato frenetico e alla fine avrebbe portato alla soluzione proposta da Bobe.

In quel caso il suo via libera sarebbe diventato una sorta di resa mentre accoglierla subito a braccia aperte gli avrebbe garantito la gratitudine di sua moglie e di sua suocera.

«Deyn man iz a gut mentsh mayn libe» Bobe disse a sua figlia «punkt vi deyn fater».

Fanny riferí a Sam il complimento piú grande che

potesse concepire sua madre: «Non solo ha detto che sei un brav'uomo, ha detto che sei... proprio come Misha».

Fu Bobe a prendere la decisione piú difficile e lo fece in fretta. Stabilí di vendere al piú presto la casa che era stata il suo rifugio e la sua pace quando si sentiva piena di tutto e con la forza e il potere di avere tutto, ora desiderava diventasse vuota proprio come si percepiva lei.

Non voleva cederla al primo venuto e passarono mesi prima che i compratori le sembrassero all'altezza. Erano stati scartati una coppia di turchi, una famiglia libanese, uno scapolo armeno, un diplomatico italiano, adducendo ragioni improbabili: non le piaceva chi aveva le scarpe a punta, chi un leggero strabismo, chi emanava dai pori l'odore di pastourma, la carne essiccata con aglio e tsimeni della cucina ottomana.

Scelse l'austero Mister August Summerill nonostante avesse chiesto lo sconto piú alto di tutti. Era sposato a una siriana di nobili origini e a Bobe ormai piacevano i matrimoni misti, in piú la signora si chiamava Aida e lei conosceva a memoria le opere di Giuseppe Verdi.

Molti mobili della casa di Garden City vennero smistati nel kervansaray delle zie a Khan El Khalili, quelli della camera matrimoniale massicci e con riccioli dorati come si usava allora si stiparono nell'ampia stanza di Qasr El Nil. Fanny scelse la scrivania di suo padre che donò a Sam e il cassettone della sua stanza da letto da bambina. Bobe portò con sé anche le posate d'argento per trentasei persone cesellate in Austria, i servizi in porcellana di Praga da pesce e da Seder di Pesach, la cena di Pasqua, e la biancheria di lino.

Tutto il resto venne donato a Fatma, a Fawzia e alla sua cuoca.

Non ci fu bisogno di specificare che accogliere Bobe volesse dire accogliere anche Abdul, sarebbe stato considerato straordinario il contrario.

Qasr El Nil era sempre piú affollata di parenti, amici, rabbini, vicini, domestici conviventi e domestici saltuari; lo stiratore sudanese e la lavandaia di Aswan venivano una volta a settimana. Ogni tanto papà si rifugiava in cerca di pace da Groppi con l'avvocato Farid Maktoum, l'inquilino del terzo piano, sua moglie Chou Chou era assidua da noi, ma era contento di poter uscire con tranquillità la sera insieme alla mamma sapendo che Bobe era sempre a casa perché aveva deciso di non condurre piú una vita sociale. Fece una sola eccezione quando acconsentí a partecipare al ricevimento per le nozze della secondogenita del primario dell'Ospedale italiano. Aveva sempre avuto fiuto nello scegliere gli inviti piú interessanti ed ebbe ragione anche questa volta.

Ci fu un attimo di silenzio quando sulla soglia del salone si stagliò l'alta figura di Nasser. Scortato dal padrone di casa salutò con ostentata cortesia uno per uno gli invitati. Il potere lo aveva maturato, ma nasone a parte, dichiarò la mamma, era un uomo piacente.

Dopo aver fatto fuori i suoi nemici, in predicato per diventare il secondo presidente del Paese, che governava con pugno di ferro, Nasser era un faro di popolarità al di là dei confini dell'Egitto e «vederlo insieme ai nostri amici» raccontò papà ai suoi fratelli «rese la serata surreale, mi comunicò una fastidiosa sensazione di falsità».

Il rais adorava stare in mezzo alla gente, soprattutto con quella piú povera; lo fece fino alla sua morte ed era amatissimo per questo. Ma cercava anche di tranquillizzare la «colonie» straniera sul suo conto.

«Era vestito all'occidentale e parlava francese» commentò Bobe che scambiò qualche parola con lui dopo che l'ospite gli aveva sussurrato che era la vedova del dottor Barzel. «Non so perché lo fece, forse gli spiegò che Misha aveva curato tanti egiziani». La nonna era piccola di statura e Nasser si era dovuto chinare quasi completamente per conversare con lei da vicino. «Sorrideva con gentilezza ed emanava un buon profumo, ma i suoi denti bianchissimi e lo sguardo erano quelli di un lupo».

L'indomani mattina la mamma andò a una matinée cinematografica al Rialto in compagnia di Kate e le raccontò l'apparizione inaspettata di Nasser. Dovette urlare perché il rumore del traffico del Cairo era più cacofonico del solito a causa degli slogan che dagli altoparlanti sulle macchine inneggiavano alla nuova Costituzione voluta dal rais per rendere l'Egitto uno Stato socialista con un sistema politico monopartitico, il NU, e una sola religione ufficiale l'Islam.

Era il solstizio d'estate, la vigilia delle elezioni presidenziali. «Prenderà i voti di tutti i cinque milioni di elettori» gridava Kate approfittando delle interruzioni degli slogan sostituiti dai brani meno stentorei di Umm Kulthum, la cantante preferita del colonnello, idolatrata nell'intero mondo arabo.

Kate sprizzava gioia, lei e Hafez erano diventati una coppia ufficiale, il potere di lui – come sempre il potere – aveva reso tutto accettabile. «"Loro" sono molto eccitati perché i finanziamenti per la costruzione della grande diga di Aswan stanno aumentando. Si sentono finalmente sulla strada giusta per trasformare l'Egitto nel più grande Paese moderno del Medio Oriente». «Loro» nel linguaggio di Kate erano Nasser e la sua cerchia più intima.

Qualcosa nella sua voce fece trasalire la mamma che si voltò per osservarla meglio in viso. Aveva parlato con orgoglio e poteva essere comprensibile vista la passione che Hafez aveva messo nelle scelte politiche e personali. Ma si avvertiva qualcosa di più, l'accento di una partecipazione profonda per una causa che sembrava essere diventata la sua. C'era qualcosa di sbagliato in questo, pensò la mamma, perché per «loro» lei sarebbe rimasta sempre una straniera, peggio un'inglese. Le strinse con affetto la mano.

Neanche un mese dopo crollò tutto. Non solo Suez.

Bobe e la mamma erano sedute al Petit Groppi a bere il loro tè pomeridiano con la petite pâtisserie quando Abdul arrivò correndo «Mesdames... Mrs Kate à la maison, très agitée...»

Era in tutti gli stati emotivi: piangeva ma non sembrava infelice. Si lanciò tra le braccia di Fanny.

«Aspetto un bambino da Hafez» annunciò.

Senza dirselo ma all'unisono sia la mamma che Bobe non si chiesero se Hafez lo sapesse ma se Nasser era stato già informato che uno dei suoi amici e consiglieri piú cari e piú fedeli avrebbe avuto un figlio da un'inglese purosangue come Kate.

Aveva chiuso gli occhi sul fatto che avesse un'amante nata a Londra, altro era consentirgli e accettare che si costruisse una famiglia con una discendente dei predatori imperialisti dell'Egitto, i nemici del suo Paese oggetto in ogni suo comizio di minacce e intimidazioni.

Hafez era stato felice in modo esagerato, quasi infantile, stava raccontando Kate seduta in terrazza in mezzo alle due donne che le davano da bere la limonata a piccoli sorsi e le accarezzavano la mano, no, non aveva ancora comunicato la notizia né a Nasser, né a Hakim né a tutti gli altri.

Bobe la esaminò, era sempre stata molto snella, e lo era ancora, la sua gonna a ruota non mostrava nessun segno di una gravidanza, e senza volere scosse la testa. Kate intercettò la sua preoccupazione. Si rendeva conto che sarebbe stato uno scandalo al Cairo come a Londra, suo padre poi era cosí rigido, e si sentiva male al pensiero di doverlo dire a Derek, che teneva ancora a lei nonostante fossero ormai divorziati. Se tutto non fosse andato per il verso giusto dove si sarebbe rifugiata? Cosa avrebbe fatto? Cosa le avrebbero fatto?

Per la prima volta nella sua vita Kate aveva paura.

Quando se ne andò, dopo essere stata consolata e sommersa dalle raccomandazioni di Bobe, tradotte dalla mamma, di riposo e cibo sano «Ru lib kind aun esn gezunt» scese il silenzio nella terrazza di Qasr El Nil.

Improvvisamente la mamma si chiese dove vivesse Kate. Nel villino paterno da sola, a casa di Hafez, o in uno degli indirizzi segreti dove Nasser voleva stessero i suoi uomini piú vicini? Si rese conto di non saperlo.

Prima di alzarsi dalla poltroncina della terrazza per andare in cucina a sorvegliare la preparazione del tabouleh Bobe fece un gran sospiro. Guardò con intensità lo scintillio del Nilo, aspirò con forza il profumo del yasmin che si arrampicava sul muro come se avesse bisogno del conforto della bellezza per annullare l'ombra della situazione di Kate. A voce alta le augurò buona fortuna.

E la mamma per un attimo ebbe nostalgia della «vecchia» Kate.

19.

Suez
1956

Erano passate piú di due settimane dal giorno in cui Kate gli aveva rivelato di aspettare un bambino ma Hafez non aveva ancora affrontato la questione né con Nasser, appena eletto presidente, né con i suoi amici intimi. Malgrado le sollecitazioni delle persone care Kate non aveva intenzione di insistere, qualcosa d'importante, disse a Mireille, stava bollendo in pentola, non ne sapeva le ragioni, Hafez si era chiuso in un mutismo impenetrabile prima di sparire dal loro letto. Nonostante la situazione ambigua e irrisolta in cui viveva, con il procedere dei giorni si era scoperta serena e appagata senza piú la paura a serrarle la gola.

«Non è leggerezza, non è coraggio» dissacrava Mireille «è il salvataggio degli ormoni».

In compenso ogni mattina la mamma si svegliava chiedendosi se Nasser aveva saputo.

Verso la fine di luglio Bobe decise di accompagnarla da Michel Malatre, il primario ginecologo dell'Ospedale francese, il caldo era soffocante e Kate era capacissima di volerci andare a piedi. Qualche giorno prima si era spinta d'impulso fino a Imbaba sulla riva sinistra del Nilo di fronte a Bulac, il porto del Cairo dove da secoli arrivavano i cammelli dal Sudan e dal Corno d'Africa per essere venduti, solo perché era là che Hafez aveva finalmente accettato di amarla. «Lo sapevi che il porto era stato disegnato da Gustave Eiffel? Quello della Torre di Parigi?» Il romantico racconto aveva orripilato Bobe.

«Kate, hai piú di trent'anni» l'aveva rimproverata «sei una alt dame, una vecchia signora alla sua prima gravidanza. Non fare imprudenze».

Bobe era una premonitrice di sconsideratezze. Stava aspettando la fine della visita di Kate quando qualcuno alzò il volume della radio. «Qui Il Cairo» cominciò come sempre il conduttore ma con il tono solenne delle grandi occasioni, stava annunciando qualcosa di speciale. Kate uscí dallo studio del medico contenta che la gravidanza stesse procedendo bene, Bobe non le disse nulla e come d'accordo andarono a casa Baranes dove le aspettava anche la mamma. A Mireille bastò il cenno negativo del capo di Bobe per capire che Kate era ancora ignara, la prese sottobraccio e le offrí la dormeuse migliore, quella sotto uno dei ventilatori da soffitto Ercole Marelli. Dopo che tutte e tre ebbero sorseggiato il succo di limone e melograno Mireille, con la voce dolce e il miglior tatto possibile, le spiegò cos'era appena accaduto.

«Gli americani e gli inglesi hanno scoperto i traffici segreti di Nasser con l'Unione Sovietica per comprare armi e hanno annullato il finanziamento promesso per la diga di Aswan. Nasser, dopo averci pensato un giorno, un solo giorno, oggi ha annunciato di aver nazionalizzato Suez. D'ora in poi i profitti e i pedaggi del Canale andranno all'Egitto.

L'ha proclamato al comizio ad Alessandria in piazza Mohammed Alí... ah già, il governo sta cambiando ovunque l'odonomastica, ora si chiama piazza Manshia... ha inveito contro l'imperialismo britannico infiammando la folla. In questo momento in tutto l'Egitto migliaia di fellah stanno invadendo le strade glorificando il suo nome».

E come se le parole di Mireille avessero dato il via, dalle finestre aperte cominciò a entrare l'eco delle grida alle manifestazioni.

Kate non disse nulla e chiuse gli occhi. La mamma le prese la mano tra le sue.

Mireille non voleva infierire ma non riuscí a trattenersi.

«Sai bene cosa può voler dire...»

Da quel giorno la radio rimase sempre accesa, la trasmissione Voice of the Arabs era il principale strumento di propaganda di Nasser, tutti gli egiziani non perdevano un'edizione, l'Egitto, diceva papà, si fermava per ascoltarla. Era impossibile sfuggirle, si sentiva ovunque. Tutti capivano che era solo l'inizio di qualcosa che non volevano nemmeno prendere in considerazione ma era insieme a loro ogni minuto della giornata, si alzava con loro, mangiava con loro, riempiva i sogni e i pensieri come in un doppiofondo di premonizioni.

Nemmeno il soggiorno estivo ad Alessandria, ancora integra della sua gaiezza stregata, essenza dell'Egitto cosmopolita, grande madre levantina per armeni, greci, maltesi, maghrebini, francesi, greci, italiani, ebrei, libanesi, riuscí a picconare o almeno a scalfire il muro dell'inquietudine sempre piú profonda dopo aver saputo che Nasser aveva chiuso il Canale alle navi israeliane.

Papà arrivava per lunghi fine settimana tutti i giovedí a bordo della sua Hillman dopo aver percorso al tramonto l'Alexandria Desert Road. Era piú lunga della strada agricola ma piú tranquilla, non si rischiava il linciaggio se con la macchina si schiacciava un pollo, era meno grave se succedeva con un bambino.

Kate, che era con noi nella grande casa affittata da Bobe, gli correva incontro appena intravedeva i suoi fari appannati di sabbia e non c'era bisogno di chiedergli se era riuscito a parlare con Hafez, lui scuoteva invariabilmente la testa. Nonostante il caldo di agosto molte persone erano rimaste al Cairo per captare cosa stava per accadere, la politica estera di Nasser teneva con il fiato sospeso non solo gli stranieri, ma anche gli egiziani. Non filtrava nessuna notizia.

La vita era diventata solo un lungo passare di giorni. Le passeggiate piú silenziose.

«Nasser ha messo in conto le rappresaglie da parte

degli inglesi e dei francesi e sta preparando la difesa. Ma come e con quali alleati?» Papà stava bevendo un whisky in giardino con Caralambo Egyptiadis anche lui arrivato per qualche giorno ad Alessandria. Possedeva un'incantevole casa ad Agami circondata da palme e alberi di fico poco prima delle dune bianche davanti al mare.

«Nessuno parla, il Mukhabarat, la polizia segreta sta affinando tecniche e reclute, non è piú approssimativa come un tempo quando era la protagonista di barzellette feroci». Con la scusa di posare il bicchiere sul tavolo, Caralambo si avvicinò a papà per parlare a bassa voce: «Nonostante il fallimento dell'affaire Lavon pare che il Mossad si stia dando ancora molto da fare». Si riferiva al recente arresto di Marcelle Ninio e di altre due spie ebree di nazionalità egiziana agli ordini del ministro della Difesa d'Israele, Pinhas Lavon. Fece una pausa e poi arrivò la domanda che tutti ponevano a nostro padre.

«Hai piú parlato con Mohammed?»

Sia pure sussurrato il nome di Hafez gelò il calore della sera, Kate si accarezzò la pancia. La mamma smise di far finta di leggere, non perdeva una parola di quello che si dicevano i due uomini, ogni tanto scambiava uno sguardo con Bobe che muoveva o bloccava il suo ventaglio d'avorio e pizzo a seconda delle parole che sentiva. I suoi occhi attentissimi brillavano nel buio del giardino delimitato dagli alberi di eucalipto e jacarande.

In mancanza di Hafez la speranza di ricevere indicazioni sul futuro erano affidate a Mireille che passava le vacanze nella casa della sua infanzia a Byblos e soprattutto a Feisal, sempre bene introdotto e informato, che faceva la spola tra il Libano, Il Cairo e Riad. Ma anche per lui molte porte si erano chiuse.

Un pomeriggio Niní, di nuovo incinta con il piccolo André al seguito, arrivò direttamente da Byblos senza nemmeno passare dal Cairo per portare un messaggio da parte di Feisal appena tornato dall'Arabia Saudita.

«Ha detto di informarvi che gli inglesi stanno organizzando la risposta alla provocazione di Nasser. Teme sarà un attacco, non una trattativa diplomatica».

Tutti guardarono Kate ma lei non sembrava turbata. Confidava che Hafez avrebbe saputo cosa fare per lei.

Pochi giorni prima della crisi di Suez Hafez aveva trovato il momento giusto per parlare con Nasser. «Cosa ti ha detto?» aveva voluto sapere Kate allarmata.

Prima Nasser aveva avuto un gesto di stizza, aveva raccontato Hafez, poi aveva alzato la mano come a dire che non voleva sentire una parola di piú. A lui era parso un buon segno, sperava che il suo patrimonio, la sua lealtà e il debito di riconoscenza verso la sua famiglia contassero ancora qualcosa per il nuovo idolo del Medio Oriente.

Quando a fine ottobre Israele con il capo di Stato maggiore Moshe Dayan invase il Sinai e Inghilterra e Francia bombardarono Port Said il sollievo della consapevolezza, nonostante la gravità della situazione, annullò almeno la sofferenza dell'incertezza vissuta per settimane.

Qualche giorno dopo l'attacco papà tornò a casa molto preoccupato. Piero Margiotta, un suo amico rappresentante di una società di costruzione italiana era stato bloccato in una baracca nel deserto dagli uomini del Mukhabarat. Alcuni operai l'avevano segnalato ai servizi segreti solo perché indossava un cappellino con una scritta in inglese, temevano fosse una spia israeliana entrata nel Paese dalla Libia.

Tornata da un giro di visite Bobe raccontò che a Jean Alhadeff, latifondista franco-egiziano intimo di suo marito Misha, erano stati confiscati tutti i beni, dalle terre ai palazzi, solo perché gli era stato sentito dire che la riforma agraria di Nasser non sarebbe servita a nulla. Quello che faceva impazzire di rabbia sua moglie e anche Bobe era che la figlia Juliette continuava a dichiarare ferma come un sarcofago: «Lo so, lo so. Ci ha privato di tutto ma io adoro Nasser».

Qualcuno consigliò a nostro padre di cambiare la sua automobile, la Hillman che adorava. «Guidare al Cairo una macchina inglese è una provocazione di questi tempi, meglio andare in giro al volante di una Fiat, sei italiano no?»

Via via che la guerra andava avanti Kate, priva di un posto in cui sentirsi al sicuro, divideva le sue giornate tra casa nostra e quelle di Mireille e di Niní che vivevano in grandi ville a Zamalek da cui poteva andare e venire senza nessun imbarazzo. Da noi era diverso, abitavamo in un condominio e di volta in volta, nonostante le mance generose di papà lei notava che l'atteggiamento di Salah il portiere diventava sempre meno servizievole e sempre piú severo verso la pancia che cresceva, verso i suoi capelli biondi e i suoi occhi azzurri. La pancia di un'inglese che conteneva un altro inglese, sembrava dire lo sguardo del sudanese, che da buon egiziano del popolo pretendeva decoro e deferenza dalle donne. Sua moglie non aveva il permesso di camminargli fianco a fianco, doveva stare almeno tre passi dietro tenendo la testa bassa.

Nei negozi, nei caffè, nei ristoranti l'atmosfera generale non sembrava assimilare i francesi e gli inglesi che vivevano abitualmente al Cairo ai nemici dell'Egitto in guerra per Suez. Il nazionalismo di Nasser non aveva ancora intaccato il carattere affettuoso e pacifico degli egiziani che si infiammavano soprattutto quando venivano manovrati politicamente.

«Abbiamo vissuto altre crisi e altre guerre negli ultimi dieci anni» era la mistica della consolazione occidentale «poi tutto è tornato come prima».

Non tutto, pensava Bobe con tristezza ma non lo diceva. «Non tutto» sosteneva Caralambo Skiatos cercando di rendere piú leggera l'atmosfera quando arrivava in visita al tramonto dopo l'ufficio. «Non possiamo nemmeno rifugiarci al Long Bar dello Shepheard's e tirarci su il morale con uno dei cocktail di Joe e con le sue straordinarie storielle». L'hotel bruciato durante la Rivoluzione del 1952 non era stato mai ricostruito e Scialom, diventato ormai uno dei barman piú famosi al mondo, dopo essere stato imprigionato per volere di Nasser, aveva abbandonato l'Egitto. Conrad Hilton non se l'era lasciato scappare e Joe preparava i suoi Suffering Bastard all'Avana, a Puerto Rico, a New York.

«Bisogna leggere il libro del Ketuvim della Bibbia e ispirarsi a Giobbe» esortava il rabbino Mosseri fumando il mezzo sigaro toscano in terrazza all'ora in cui dai minareti del Cairo i muezzin chiamavano i fedeli alla preghiera notturna. Non tutti erano serafici. James Forsyth, lo scapolo inglese nato in Sudafrica, ex ufficiale della Royal Army britannica, che abitava al settimo piano e aveva l'abitudine di bere dopo cena un bicchiere di whisky con papà, era rintanato a casa dall'inizio della crisi di Suez e non rispondeva nemmeno al telefono.

Vicky Servan-Tonnerre, l'inquilina del quarto piano, suonava il nostro campanello a tutte le ore del giorno quasi in lacrime, terrorizzata di essere arrestata per la sua nascita parigina. Si spaventava per qualsiasi cosa, o perché Alí il venditore di hashish all'angolo del Qasr El Nil Bridge in ottimi rapporti con tutti gli abitanti della strada non l'aveva salutata, o perché il portiere, secondo lei, le aveva lanciato uno sguardo di disprezzo.

Una sera di novembre Salah con l'espressione eccitata e il tono rispettoso che aveva prima della guerra, quello riservato a personaggi e bakshish di gran rango, suonò alla porta introducendo un militare dall'aria corrucciata che chiese di papà. Dopo aver confabulato con lui, cominciò a ispezionare la casa. La mamma e Bobe erano impietrite anche se papà aveva fatto capire che non c'era nulla da temere, Raymonde era riuscita a scappare dalla stanza dei bambini seguita da Fawzia che mi teneva in braccio. Dalla porta socchiusa della cucina Abdul e Fatma seguivano la scena.

Non appena il militare aveva terminato il suo giro

ed era uscito di casa papà chiese caffè mazbout, vermouth, gin, scorza di limone, tanto ghiaccio e due bicchieri da Martini dry. Pochi minuti dopo si materializzò Hafez. Papà chiuse la doppia porta del salotto.

Venne fuori che nel pomeriggio papà aveva ricevuto in ufficio un biglietto in cui Hafez lo avvertiva di una sua visita. La mamma quando lo seppe si infuriò, e lei si infuriava raramente, suo marito non le aveva detto nulla.

All'inizio Hafez era parso tranquillo. Si era seduto in poltrona, aveva bevuto due Martini preparati con cura da papà, finito olive e pistacchi conversando del ritiro quasi certo «dei nemici».

«È stata una follia attaccarci e una follia che Francia e Israele abbiano seguito la Gran Bretagna. Il carisma di Nasser è inattaccabile e con lui l'Egitto. Abbiamo perso centinaia di uomini in battaglia a Port Said e nel Sinai ma gli invasori torneranno a casa sconfitti e umiliati. Su questo America e Urss sono d'accordo. Gli inglesi non hanno capito nulla, è la fine del colonialismo». Allungò il bicchiere vuoto verso papà che glielo riempí di nuovo.

«Nasser ha la gente dalla sua parte e lui ne è parte. Grazie alla sua leadership finalmente il Canale andrà a chi ne ha diritto, al popolo egiziano» aveva aggiunto alzando il tono della voce, passando dal francese all'arabo, non a quello colto con cui aveva sempre parlato ma usando il baladi, la lingua della povera gente, quella scelta non a caso da Nasser nei suoi discorsi.

Papà aveva finito con calma il suo Martini ascoltandolo con attenzione senza interloquire. Poi Hafez si era alzato di colpo e si era messo a camminare avanti e indietro nel salotto, lo sguardo basso, le mani affondate nelle tasche del suo completo grigio. Era vestito come Nasser, la camicia bianca, la cravatta Regimental, il fazzoletto immacolato nel taschino.

«Dovrei essere felice Sam, sai da quanti anni perseguo il sogno di libertà del mio Paese, gli ho dedicato la mia vita rischiandola anche parecchie volte al tempo di Faruq. Ho avuto fede in Nasser fin dall'inizio quando non era nessuno, e sono orgoglioso di quello che sta facendo per noi, l'Egitto non ha mai avuto tanto potere e tanta considerazione nel mondo arabo e non solo. Mi sembra di aver portato a compimento la missione che mi ero prefissato e sulla quale ho investito tutto. Stiamo lavorando per migliorare l'economia del Paese, per ridare salute e dignità ai derelitti, per colmare diseguaglianze e annullare privilegi. E ora proprio ora mi sento guardato a vista dai miei amici come se non fossi piú io». Era diventato pallido, il viso era sudato, si passò la mano tra i capelli.

«Nessuno mostra di dubitare di me ma so bene che secondo i miei compagni di lotta io ho dirazzato. Aspetto un bambino da una donna che amo e che non sono riuscito a strapparmi dal cuore. Kate per noi è una nemica, attraverso il suo ex marito ha avuto legami con il Foreign Office, un suo cugino andava avanti e indietro da Suez per controllarci. È difficile fidarsi di lei».

«Non dirmi che non hai fiducia in Kate» sbottò papà stupito.

«Dovevo innamorarmi di una donna egiziana... Maledetto colonialismo, è colpa della maledetta coabitazione di questo Paese se ho incontrato Kate» continuò Hafez senza nemmeno rispondergli. «Io non sono piú l'uomo che ha conosciuto la sera del tuo fidanzamento, di' la verità Sam, quello che sono oggi cosa c'entra con Kate?»

«Non sono un esperto di queste faccende» aveva risposto papà visibilmente a disagio «ma adesso mi sembra sia un po' troppo tardi per dannarti per questo».

Hafez smise di camminare e si voltò a guardarlo. «Scusami Sam, posso confidarmi solo con un amico come te. Amo Kate e credo di essere felice di avere un bambino da lei, ma allo stesso tempo vorrei fosse mille miglia lontano da qua, da me, da Nasser, dall'Egitto.

Desidero essere sincero fino in fondo con te: vorrei non aspettare un figlio da un'inglese. La guerra ha cambiato tutto e oltretutto sono preoccupato per la sua incolumità, non dovrebbe stare al Cairo».

«Che pensi di fare, Mohammed?» Hafez aveva bisogno di aiuto. «Temi che Nasser diffidi di te?»

Lui sorrise. «In questo tipo di vicende Nasser è molto piú laico di quello che si possa immaginare. Sono gli altri, Hakim, Sadat e tutta la banda, a guardarmi come se non fossi piú uno di loro. Avrò un figlio da una donna che rappresenta la gente che ha sfruttato e saccheggiato il nostro Paese e le nostre risorse. In fin dei conti cosa vuoi che pensino? Non riesco nemmeno a biasimarli». Le ultime parole di Hafez avevano infastidito papà che suonò il campanello per chiedere altro caffè. Anche Hafez mostrò di gradirne una tazza.

«Caro amico mi sembri eccessivo, fai del maccartismo nei confronti degli inglesi senza almeno riconoscere che insieme ai francesi, ti ricordo per volere di Mohammed Alí, hanno cambiato e fatto prosperare l'Egitto. Non è la prima volta che affrontiamo questo discorso, ma adesso la tua è propaganda e mi costringi a ricordarti ancora una volta che noi stranieri, o almeno una parte di noi, abbiamo dato forse piú di quello che abbiamo ricevuto...»

Hafez sembrò riscuotersi e alzò la mano per bloccare il discorso di papà.

«Hai ragione Sam, temo di essermi lasciato trascinare dai miei problemi».

Papà lo guardò e quello che vide gli fece quasi pena, stava per dirgli qualcosa di consolatorio poi abbandonò l'idea. Pensò che nessuno poteva aiutare Hafez. Era scisso da forze controverse, proprio lui cosí controllato e forte di una lucidità di giudizio e di spietatezza nei confronti di sé stesso non era riuscito a risolvere un conflitto centrale della sua vita nonostante la volontà e l'urgenza del problema. Suonarono alla porta. Hafez si alzò e con un tono di scuse avvertí papà di aver chiesto a Kate di passare a Qasr El Nil.

«Non ci vediamo da settimane, Sam. Abbiamo bisogno di parlare e non sapevo in quale altro posto farlo se non nella casa dei miei grandi amici». Papà gli batté la spalla con affetto.

La porta si spalancò e apparve Kate. Prima di chiudere la porta nostro padre si voltò a guardarli. Allacciato a Kate c'era Hafez l'amico che aveva avuto prima della Rivoluzione, non l'altro, quello di oggi.

Venti giorni dopo Kate partí con Mireille per Beirut.

20.

Dall'equinozio di primavera
1957

A marzo finí la guerra di Suez e arrivò il khamsin. La tempesta di sabbia lunga cinquanta giorni coprí all'improvviso e in anticipo il cielo del Cairo velando la città e il fiume in un paesaggio appannato e fluido.

Tutti tossivano, gli occhi lacrimavano, la sabbia si infilava nel cibo, negli armadi, nelle tasche, si nascondeva nelle cuciture dei vestiti. Anche mesi dopo, quando il khamsin era rientrato nelle viscere del deserto da qualche recondito angolo di un abito cadeva di colpo una fontanella di sabbia, continuava a succedere persino nei nostri primi anni a Roma e vedendo quei granelli di passato gli occhi bruciavano per la nostalgia del tempo in cui il khamsin faceva parte della nostra vita.

Sembrò che la tempesta fosse stata mandata dalla Provvidenza, era arrivata prima dell'equinozio di primavera e non dopo come sempre.

«Az s vos es genumen, è quello che ci voleva, la sabbia pulisce tutto» sentenziava Bobe che con la mamma e Abdul affrontava la lotta contro il vento del Sahara cercando di tappare le soglie delle porte e delle finestre da cui il pulviscolo bollente si infiltrava in una danza furibonda.

Le folate erano cosí violente da piegare palme e persone, pochi si arrischiavano a uscire, guardavamo dalle finestre la vita ridotta del Cairo, non si andava né a scuola né ai giardini, non si prendeva il tè da Groppi, papà e mamma non cenavano fuori, non frequentavano i dancing, Bobe non si recava con Abdul a fare la spesa al Khan El Khalili, nessun amico e parente tentava l'avventura di fare una visita. Il khamsin faceva paura, aveva soffocato i soldati di Napoleone nella campagna d'Egitto e tormentato le truppe tedesche nella Seconda guerra mondiale.

Invece per noi la pausa forzata era salutare, la natura si era schierata dalla nostra parte lasciandoci il tempo di metabolizzare le conseguenze della guerra e di farci riflettere. La sera ci mettevano a letto presto, io e Raymonde dormivamo nella stessa stanza dai quadretti bianchi e rossi e dalle quattro finestre ma dopo aver aspettato un calcolato lasso di tempo scivolavamo a quattro zampe nel corridoio solcato di lato dalla polvere bianca del Ddt, scudo contro gli scarafaggi rossi, per origliare quello che veniva detto in salotto. Non era divertente come prima, non si sentivano risate e tintinnio dei bicchieri, la radio non trasmetteva musica americana, captavamo solo la parola Nasser ripetuta piú volte e quando iniziavo a protestare perché era noioso e non valeva la pena di stare sedute scomode sul parquet, Raymonde mi tappava la bocca con la mano che sapeva di Ddt.

Papà riassumeva ad alta voce l'editoriale su *Al-Ahram* di Mohammed Haykal, il quale non era solo direttore del quotidiano ma scriveva i discorsi di Nasser ed era uno dei consiglieri piú ascoltati: «In sostanza Haykal sostiene che la ritirata anglo-francese e il conquistato dominio dell'Egitto sul Canale hanno reso il presidente un idolo per il mondo arabo e sovietico. È diventato l'onnipotente profeta del panarabismo». Papà commentava le foto sul giornale di Nasser con Tito e Jawaharlal Nehru in compagnia dei vicini, gli unici in grado di sconfiggere il khamsin, a loro bastava salire o scendere le scale di Qasr El Nil. «Il rapporto con gli americani è gelido, gli occidentali sono considerati degli usurpatori, Israele è il nemico numero uno, questo è il nuovo assetto dopo Suez».

«Che vorrà dire per noi?» domandavano all'unisono l'inquilino del secondo piano Amedeo Rossano, quelli del quinto piano Yusuf Haji e Antoine Basmajan che dopo aver lasciato, con grande soddisfazione di

Giovanna Rossano, la sua amante turco-libanese si era sposato con Angela Schmitzel, una bella ragazza di Salonicco mezza tedesca e mezza greca. La domanda fu accantonata, era troppo presto per creare nuovi fantasmi, dovevamo ancora fare i conti con quelli appena passati. Intanto fu Angela a battere sul tempo la centrale delle informazioni condominiali, ovvero la signora Rossano, dando la notizia che le aveva sussurrato il portiere Salah quale segno di gratitudine per un sostanzioso bakshish. Madame Servan-Tonnerre e il suo «nipotino» Nino dopo l'umiliante ritirata dei loro connazionali stavano preparando il trasloco per tornare in patria e avevano messo in vendita l'appartamento. Nel palazzo era iniziato un viavai di egiziani che andavano a visionarlo, molti erano i nuovi ricchi del regime di Nasser, sfidavano il khamsin protetti dagli ombrelli e dagli scialli portati dalle guardie del corpo e dagli autisti. «Li trattano e li insultano come schiavi» deplorava Bobe con il tono di una principessa.

Mentre il khamsin cominciava a perdere la sua potenza le riunioni a casa nostra diventavano sempre piú frequenti, tutti avevano bisogno di non sentirsi soli. Era una solitudine che doveva combattere la sensazione di abbandono, la segregazione, la paura di essere messi al bando, e soprattutto, nessuno aveva il coraggio di dirlo, di essere respinti in un sottosuolo, in un sottomondo. E questo aveva poco a che fare con il khamsin.

Via via le riunioni si erano trasformate in picnic, ognuno portava qualcosa, la lasagna con la feta di Giovanna Rossano, la molokhia e la halawa di Chou Chou, i mamul allo sciroppo di rose di Haji, la moussaka e le Bratkartoffeln di Angela. Il dentista Antoine Basmajan ci riforniva di basturma. Tutti ne temevano l'arrivo perché era farcita d'aglio, bastava assaggiarne un pezzetto per risentirne il sapore per due giorni almeno, in casa se ne percepiva l'odore anche nei cassetti. In genere veniva consegnato con un largo sorriso da Napoleon, un gigantesco nubiano che era il tecnico-assistente del dentista. In presenza di Basmajan non era possibile nascondere la basturma nell'angolo piú lontano del terrazzino di servizio, sull'argomento era molto suscettibile e nessuno osava offendere l'uomo che prima o poi avrebbe avuto in suo potere la nostra dentatura.

«Quali saranno le prossime mosse di Nasser?» Una sera papà scelse di affrontare la questione, tra il piccolo e il grande salotto era seduta metà del palazzo e per tutti fu un sollievo parlarne apertamente, voleva dire che eravamo guariti, che Suez era alle spalle, l'avevamo assimilato. Nello stesso momento Abdul aprí la porta ed entrarono Farid e Chou Chou. Calò il silenzio, erano entrambi egiziani purosangue, Farid lavorava anche per il governo, Chou Chou passava quasi tutti i giorni a salutare mamma e Bobe, erano considerati degli amici e nessuno voleva metterli in imbarazzo criticando Nasser e il suo operato.

Farid capí al volo. Si sedette con calma sbottonò la giacca – era vestito all'occidentale, registrò meccanicamente papà, in grigio come Nasser e come Hafez – chiese un caffè mazbout e senza mezzi termini disse che la scelta di prendersela con i residenti stranieri e di montare il popolo contro di loro si sarebbe rivelata una follia, da vincitore Nasser avrebbe potuto invece sfruttare il denaro e il lavoro degli europei, ridimensionati dalla sconfitta di Suez, sottomettendoli al servizio dell'Egitto. Farid cercava di comunicarci che era dalla nostra parte, si capiva, fece piacere a tutti ma nessuno si sentí davvero a proprio agio. Papà si rese conto che inconsapevolmente Farid gli stava dando un'indicazione precisa del disegno di Nasser.

La fine del khamsin riportò Kate al Cairo con le foto della sua bambina – lasciata a Beirut a Mireille – bionda e con i grandi occhi neri e luccicanti di Hafez. Era stato lui a dare la notizia della nascita di Layla Anne, i nomi erano quelli delle due nonne, prima con una telefonata e poi al suo ritorno dal Libano invitando papà nel suo ufficio al Governatorato. Per lui era stato un sollievo che fosse nata una bambina, un maschio, per di piú primogenito, sarebbe stato una «complicazione su dove e come educarlo» aveva detto, avrebbe rappresentato la fonte di ogni genere di conflitti, nella mentalità egiziana una bambina aveva molto, molto meno valore.

Dopo i primi momenti della gioia e degli abbracci in cui si è disarmati di fronte a possibili cattive notizie, Kate annunciò con profonda tristezza che sarebbe stata la sua ultima volta, era il suo addio al Cairo. Quello che disse sembrò cosí enorme che nessuno trovò qualcosa da commentare. Con il passare dei giorni vedendola davanti a sé ogni mattina in sala da pranzo con la sua tazza di tè la mamma aveva quasi perso il senso del significato dell'annuncio di Kate, il vuoto che avrebbe lasciato sarebbe stato tale da non permetterle ora di capirne la portata.

Non poteva credere che non avrebbero piú vissuto nella stessa città, non si sarebbero piú viste tutti i giorni, decidendolo da un minuto all'altro, per delle confidenze che nessuna delle due, nel resto della loro vita, avrebbe mai piú potuto raccontare a qualcun altro con la stessa incondizionata fiducia.

Bobe insistette perché dormisse da noi nonostante Mireille e Niní le avessero messo a disposizione le loro ville di Zamalek. Un pomeriggio Kate incappò in una delle riunioni settimanali di Bobe con le sue amiche egiziane Maryam e Muna. La salutarono con la chiassosa affettuosità egiziana ma non appena Kate chiuse la porta dietro di sé, chiesero a Bobe: «C'est la maîtresse de Mohammed Hafez, n'est pas? Elle a eu une petite bâtarde». Sapevano tutto, i nomi della bambina, il fatto che Hafez l'avesse riconosciuta, la vita di Kate a Beirut. Bobe fu colpita dalla violenza delle parole delle sue amiche, le aveva sempre considerate donne dalla mentalità aperta. Tutte e tre si scambiavano i pettegolezzi piú gustosi o gli indirizzi dell'estetista piú brava nell'arte dell'halawa, l'oro di Cleopatra, la ceretta araba fatta di zucchero, miele e limone, senza bisticci né teologici né sociali.

Era rimasta male per la crudeltà del loro commento ma si ricordò quante altre volte l'avevano esercitata su storie simili e capí le ragioni di Kate, il perché della decisione di lasciare l'Egitto, scelta che lei non aveva condiviso anzi aveva combattuto. Al Cairo Kate sarebbe stata per sempre «la maîtresse de Hafez» e Layla Anne la sua «petite bâtarde». Non le chiese piú di ripensarci.

Prima della partenza Hafez venne a cena a Qasr El Nil, avrebbe accompagnato lui Kate a Beirut. Fanny li guardava seduti vicini, sorridenti e visibilmente presi l'uno dall'altra ma destinati a vivere lontani e a lottare per qualche incontro dai minuti contati. La mamma adorava Kate e tutto sommato non riusciva nemmeno a condannare Hafez, papà le aveva spiegato molte volte con quale sofferenza avesse affrontato la dannazione del suo amore per lei. Pensando a quella piccola bambina a Beirut sperava che prima o poi trovassero un po' di pace.

Quando Kate se ne andò non si rassegnò, confessò a Bobe di essere sicura che prima o poi sarebbe tornata, non sarebbe riuscita a stare lontana dal Cairo, l'aveva troppo amato e Hafez con tutte le contraddizioni della sua anima ne era l'interprete piú profondo.

Dalla finestra della lussuosa stanza nella villa di Mireille a Sursock Street Kate guardava senza vederle le luci di Beirut, al loro posto scorgeva il letto del delta del Nilo, Gezira, Zamalek, Qasr El Nil, la Pyramids Road che portava a Giza, le lame di sole dell'appartamento di Hafez a rue Cherif Pasha, dove avevano passato la loro prima notte d'amore insieme.

Sapeva che non avrebbe piú rivisto Il Cairo ma in fondo non ne aveva bisogno, era come se fosse appena andata via e come se stesse per andarci di nuovo, quella vita era nel suo cuore e nessun'altra città gliel'avrebbe portata via. La mamma non ebbe tempo di rimuginare e immaginare la sorte di Kate come faceva sempre con Bobe quando succedeva qualcosa di importante. Nella nostra famiglia tutto si discuteva, si analizzava, si sviscerava – chi ci ascoltava si preoccupava «Perché state litigando?» e noi stupite «Ma no stiamo parlando». Pochissimo era intimo, in noi si affiancavano tante identità e ogni volta bisognava prima metterle a confronto e poi d'accordo.

Il giorno dopo la partenza di Kate tante Rose e tante Clara suonarono furiosamente il campanello, quasi scansarono Abdul che le introduceva e altrettanto furiosamente s'installarono nel grande salotto. «Come hai potuto? Shanda, bushh, Berthe, Misha ci avrebbe pensato subito. Povere noi, nessuno si preoccupa del nostro destino. Ditelo subito se non ci volete» si lamentò Clara cosí agitata da indossare, lei vestita di solito in modo perfetto, un guanto diverso dall'altro.

«Prima di dirmi bushh» frenò Bobe «vorrei sapere di cosa siamo accusate».

«Quella francese pazza vende la sua casa e voi non avete pensato di informarci, volete lasciarci sole come cani a Khan El Khalili?» Rose, previdente, prese la parola anche lei sapendo che se non l'avesse fatto Clara l'avrebbe rimproverata all'infinito.

«Lasciarvi come cani a Khan El Khalili? Rose! Voi adorate il vostro kervansaray, Misha fece di tutto per convincervi a non comprarlo e io ero piú che d'accordo con lui».

Le zie con aria da martiri dissero di voler parlare solo con papà, forse era l'unico sul quale poter contare, mandando su tutte le furie Bobe che uscí dal salotto lasciando la mamma a cavarsela da sola.

Madame Servan-Tonnerre vendette con piacere la sua casa alle zie, pur naturalizzate erano francesi come lei, a patto che le cifre d'acquisto fossero due. Una ufficiale e modesta come voleva la politica antioccidentale di Nasser, molto meno del costo di un giovane cammello, l'altra ben piú sostanziosa da depositare in un conto in Svizzera. Le zie non ebbero problemi a farlo, utilizzarono i soldi della vendita della casa di rue de Lille lasciati in una banca di Parigi come aveva suggerito la lungimiranza di Misha. I mobili preziosi che non riuscirono a stipare a Qasr El Nil, ben piú piccolo di Khan El Khalili, li prese un antiquario dopo un estenuante mercanteggiare.

Il trasloco delle zie aveva spaventato Bobe.

«Ci tormenteranno, sono viziate, hanno l'attitudine a schiavizzare gli altri».

Invece con il passare del tempo abitare tutti nello stesso palazzo, raccontava la mamma, aveva spesso aiutato a cacciare la malinconia e la paura. Le zie non spiegarono a Bobe e a mamma le ragioni dell'arrivo a Qasr El Nil, le sussurrarono solo a papà. Da mesi quasi tutte le notti venivano svegliate da telefonate anonime a volte mute a volte piene di insulti e di avvertimenti minacciosi formulati da piú persone con voci rabbiose.

Quando, dopo una notte insonne a causa di una raffica di telefonate, avevano trovato un uomo davanti alla porta di casa che augurava loro la morte avevano preso la decisione di lasciare un quartiere scelto proprio per il desiderio di amalgamarsi il piú possibile con un popolo amato dal primo momento in cui erano sbarcate dalla nave.

Il racconto delle zie non aveva colpito piú di tanto papà. Secondo lui l'isteria che si stava diffondendo era esagerata, bisognava lasciare che Nasser mostrasse i muscoli e provocasse a muso duro gli occidentali, sosteneva, ma era soprattutto strategia politica, conosceva gli egiziani, volevano vivere in pace e poter garantire il pane ai loro figli. La sua sicurezza era il frutto di una chiacchierata con Hafez. Era andato a trovarlo dopo che gli avevano annullato una grossa commessa di marmo per la costruzione di una caserma a Maadi. Era stata assegnata a un'azienda di Port Said. Hafez gli aveva consigliato di passare le sue azioni della società a un egiziano come voleva la nuova legge e di concentrare affari e importazione di marmo in Arabia Saudita dove Feisal lo aveva presentato garantendo la sua affidabilità.

Il viaggio per raggiungere Riad era lungo e faticoso, e nella nostra famiglia qualunque spostamento era vissuto come un dramma, qualcosa di incontrollabile pieno di insidie e pericoli, e lo sarebbe sempre stato anche se si trattava di andare da Roma a Milano. Ogni volta che papà annunciava una partenza Bobe e la mamma tentavano in tutti i modi di dissuaderlo, all'inizio si metteva a ridere poi perdeva la pazienza, si irritava e per giorni Bobe girava per casa con l'aria di una donna oltraggiata.

Nonostante l'ottimismo di papà i racconti che si sentivano in giro fomentavano l'agitazione, conoscenti che dormivano con la valigia fatta vicino al letto, amici che si addormentavano in una poltrona piazzata davanti alla porta di casa con una busta piena di contanti in tasca, amici di amici fuggiti usando ogni tipo di travestimento. Anche i fratelli di papà cominciarono a mostrare segni d'apprensione, i pranzi iniziavano con l'allegria di sempre ma dopo il caffè turco per gli uomini e l'infuso di karkadè rosso per le signore si finiva per cedere a considerazioni pessimiste, a elencare le partenze, le attese per i visti, le esortazioni degli amici a preparare le valigie.

Il khamsin era tornato nel Sahara ma aveva portato via con sé lo splendore della nostra vita.

21.

Auberge des Pyramides, Pyramids Road, Il Cairo
1958

Quando papà non era in viaggio ci accompagnava
con la Hillman, l'automobile inglese che non aveva voluto cambiare, a scuola al Lycée Français della Mission
Laïque Française in rue Mohammed Mahmoud dietro
piazza Tahrir. Era una costruzione quadrata color ocra
come i castelli nel deserto immersa in un fitto palme-
to, con piccoli sentieri delimitati da cespugli di pitosfo-
ro dove ogni classe aveva il suo lato per la ricreazione.

Fino al 1958 le pagelle erano state firmate dalla direttrice Madame de la Rochefoucauld, che apparteneva a
una delle famiglie piú aristocratiche di Francia. Poi da
un giorno all'altro non se ne era saputo piú nulla, forse
era partita o fuggita, nessuno riuscí ad avere una spiegazione attendibile, probabilmente era stata costretta a
lasciare a causa dell'ennesimo editto di Nasser per cui
le scuole dovevano essere dirette solo da persone di nazionalità egiziana.

La regola della Mission era «liberalisme et désinté-
ressement», la tolleranza veniva addirittura considerata una parola negativa. Non era permesso tollerare,
si doveva solo e sempre rispettare. Eppure dall'oggi al
domani sulla pagella era apparsa un'indecifrabile sigla
in arabo al posto della nobile firma di Madame.

Era complicato da spiegare ma di giorno in giorno
con un ritmo costante, inesorabile e infinitesimale, il pe-
rimetro della nostra vita diventava piú stretto, come se
una mano invisibile ne restringesse i confini, alzasse le
barriere, misurasse nuovi limiti.

«Sapete cosa ho scoperto? Chi richiede un visto per
l'estero non solo è costretto a firmare una lettera di non

ritorno ma anche a lasciare tutti i suoi beni al Paese» annunciò una sera Caralambo Skiatos, che aveva passato un'intera settimana al ministero dell'Interno a districarsi tra le decine di nuove norme che il governo promulgava a ritmo serrato e, sconvolto, era venuto a sfogarsi con papà.

«Un tempo eravamo cittadini di serie A, oggi siamo nemici predatori dei quali vendicarsi. Ma c'è chi versa in situazioni peggiori delle nostre, i sionisti sono il diavolo alla pari dei comunisti, i campi di reclusione ne sono pieni. Vi ricordate quando pochi mesi fa per Nasser la sinistra marxista e i sindacati erano i suoi migliori alleati?»

Papà offrí whisky and soda anche a Caralambo Egyptiadis, che era appena arrivato e diventato da poco il proprietario, ma solo sulla carta e sulla fiducia, della società di famiglia. Secondo la legge solo gli egiziani potevano essere azionisti di aziende e ora papà e i suoi fratelli risultavano semplici dipendenti.

Nostro padre poggiò la bottiglia sul tavolo, incrociò le braccia e rimase in piedi ad ascoltare anche se conosceva a memoria gli argomenti che si sarebbero affrontati, la conversazione era la stessa da giorni ovunque si andasse.

Skiatos bevve un sorso, si complimentò per l'ottima qualità del whisky e domandò agli altri:

«Avete saputo cosa è successo a Daniel Feldstein e Yvette Gattegno, la sua fidanzata? Sono stati arrestati, qualcuno li ha denunciati e ora sono accusati di sionismo. Ne imprigionano di continuo, spesso solo per vaghi sospetti e nessuna prova. Franco e Rosa, i genitori di Yvette affranti, sono venuti a chiedermi aiuto. Sapete chi di noi potrebbe aiutarli?»

Era una domanda retorica, tutti guardavano papà pensando a Hafez.

Quando alle undici di sera se ne andarono papà assaporò la solitudine e si accese una Simon Arzt. Si sentiva stanco e con un gran mal di testa, gli sembrava di avvertire sulle spalle il peso dei problemi che si materializzavano ogni giorno rendendo la vita sempre piú complicata. «C'è stato un momento in cui la vita era facile?» Non se lo ricordava quasi piú, non aveva il tempo di guardarsi indietro ma non sapeva nemmeno come e cosa guardare avanti. Doveva trovare il modo di aiutare quei poveri Gattegno e Feldstein, colpevoli solo di aver tenuto una corrispondenza con il cugino Giuseppe diventato uno dei capi del kibbutz di Nahal Oz nel deserto del Negev. Non aveva voglia di contattare Hafez, sempre meno raggiungibile, che gli aveva fatto capire di voler promuovere lui gli incontri. Il suo potere crescente l'aveva reso molto occupato e come spesso succede alle persone arrivate in vetta, distratto verso chi non era alla sua altezza.

Dalla porta finestra uscí la mamma con il viso assonnato, sembrava un quadro sotto la luce della luna con i ricci biondi e la vestaglia rosa sul fondo argentato.

«Vieni a letto chéri. Che succede? Hai avuto qualche brutta notizia? Ancora?» gli chiese.

«No Fanny, al contrario» rispose papà con un sorriso e infilandosi in tasca la scatola di latta delle sigarette acconsentí a coricarsi anche se negli ultimi tempi il sonno era diventato un compagno sporadico. Si girò e si rigirò nel letto e solo a notte fonda si rilassò. Aveva trovato la soluzione per i Gattegno, avrebbe chiesto aiuto a Feisal.

A scuola ci insegnavano a leggere e a scrivere l'arabo pur essendo un istituto internazionale e nonostante la crescente ostilità del governo verso gli stranieri, la nazionalità degli allievi era ancora una sorta di giro del mondo. La mia amica preferita era Olivia, nata ad Atene, figlia di un pasticciere rinomato, magrissima con la pelle olivastra e i capelli neri corti lucidi mi teneva sempre per mano, possessiva nel modo tragico e passionale degli dei greci. Una volta ottenni dai miei genitori il permesso di assistere insieme a lei a una Pasqua ortodossa nella chiesa copta di San Mercurio nel Cairo antico vicino alle rovine della fortezza di Babilonia. Per anni ho continuato a sognare quel rito memorabile, a ricordare i canti, le candele, l'oro delle icone e le lunghe barbe dei pope simili alle immagini di Mosè e di Babbo Natale. All'ora di ricreazione Olivia estraeva dal suo cestino i dolci di pasta fillo con i pistacchi e il miele molto piú buoni dei miei sandwich al formaggio. È stata la mia prima amica e mi ha segnato per sempre perché da allora ho interpretato l'amicizia come condivisione profonda, una sensazione che nel corso della vita ho vissuto poche volte. Ancora oggi quando per qualche ragione le mie mani diventano appiccicose ripenso con nostalgia a lei e ai baklava della sua merenda e mi domando quale sia stata la sua sorte.

Oltre a Olivia volevo bene anche ad Ayda che girava nelle case a lavare la biancheria, sorrideva sempre mostrando una capsula d'oro al posto di un canino di cui andava molto fiera.

Bobe non capiva perché ero cosí felice in sua compagnia.

«Cosa ci trova? È analfabeta e superstiziosa» sbuffava con la mamma che non diceva nulla e sorrideva, io sapevo che a lei piaceva.

Ayda era arrivata al Cairo con la sua famiglia da un paesino del Basso Egitto, per me era bella come una fata, la sua massa di capelli ricci brillava di riflessi rossi, gli occhi scuri erano circondati da una polvere nera. Certe volte i riflessi erano piú rossi perché, mi raccontava, aveva appena usato l'hennè, una magica polvere verde che con l'acqua diventava color fiamma. Per rendere il suo sguardo brillante usava il kohl, un bastoncino di una pasta grassa e nera che secondo gli egiziani allontanava anche il malocchio.

È coraggiosa, pensavo mentre lo schiacciava dentro agli occhi e cominciava a piangere.

«Non è dolore» mi tranquillizzava allegra. Ayda mischiava i sentimenti. Piangendo noi non sorridevamo mai.

Al Cairo le aquile volavano basse e quando salivo sul tetto di Qasr El Nil per assistere al bucato le loro urla mi facevano paura ma il fascino di Ayda era piú forte di tutto.

«Ti prenderai un'insolazione» vaticinava la nonna sempre melodrammatica ma al decimo piano il caldo era cosí forte da diventare piacevole e le aquile riuscivano per qualche secondo ad attutirlo quando l'ombra del loro passaggio copriva il sole.

Bobe aveva ragione, tra me e Ayda si alzava un muro altissimo, ma il suo analfabetismo e la mia innocenza riuscivano a superarlo, io ero come lei, senza superbia e senza odio.

Dopo Ayda nel mio cuore c'era Abdul anche se era palese quanto contassi poco per lui. Aveva la pelle scurissima, gli occhi vivi e lucidi come olive nere, i baffi curati e tagliati a spazzoletta e vestiva sempre con una galabeya bianchissima. Era molto affascinante e sussiegoso.

Anche lui come il portiere Salah veniva dal Sudan dove aveva lasciato la famiglia, due o tre mogli e un numero imprecisato di figli.

Dopo la morte di Misha si era trasformato nell'ombra di Bobe come se si sentisse in dovere di proteggerla e assisterla come aveva fatto suo marito. Abdul adorava Bobe e lei adorava lui. Spesso la nonna aggiungeva al suo nome il vezzeggiativo francese chéri. Cosí un po' per l'umorismo e il buonumore che hanno gli egiziani, andò a finire che per tutti divenne Abdushri in una fusione primitiva seguita da una risatina. Un giorno Maryam, saputa la ragione dello strano nome del domestico, commentò che si trattava di una confidenza poco decorosa. Bobe la guardò storto in modo sfacciato e il consiglio di Maryam cadde nel vuoto.

Nella gerarchia della casa era posizionato al piú alto grado, piú di un supervisore, quasi un assistente, a volte persino un amico. Quando camminavano si teneva rispettosamente due passi indietro a Bobe nonostante le sgridate di lei che lo voleva al fianco. Una volta alla settimana uscivano molto presto per andare al mercato, Bobe ispezionava quel che c'era e poi stilava il menu lasciando andare Fawzia addetta alla cucina.

Il lunedí era il gran giorno di Abdul. Ridiventava un maschio, non piú un'ombra, perché era lui, non Bobe, a trattare in prima persona – «yalla, yalla» – per accaparrarsi i manghi piú belli, le verdure piú fresche.

La aspettava per ore quando lei andava in visita a Maryam o a Muna. Diventava immobile come un lampione dei ponti del Nilo in attesa davanti alla sinagoga dove lei si recava a pregare al tramonto. Abdul sovrintendeva al Seder, alla cena della Pasqua ebrea, che era diventata una festa anche per lui.

«Shalom» diceva.

Bobe lo salutava spesso con «Inshallah».

Era il custode del telefono di casa e rispondeva con un tono grave da palazzo reale. Quando Mireille tornò da Beirut telefonò e parlò ad Abdul con naturalezza come a uno della famiglia lasciandogli detto che ci sarebbe stata anche lei all'Auberge des Pyramides, dove Alain e Perla Jarach avevano riservato un tavolo nella salle dorée e invitato dodici amici.

«Madame Mireille non vede l'ora di rivedervi» riferí alla mamma. «Ha aggiunto che ci sarà anche Monsieur Feisal».

Avevamo dato un soprannome a Perla Jarach, la chiamavamo «quatre bosses» perché pur essendo maltese andava in giro vestita e truccata come una giapponese, viso bianchissimo, rossetto rosso, pettinatura nera corvina con quattro bernoccoli, voleva sembrare una geisha. Nessuno se ne stupiva, ci spiegava la mamma, al Cairo si poteva essere quello che si desiderava, le prime ad approfittare di questa possibilità erano le egiziane che facevano di tutto per sembrare europee. Era una Babele gioiosa, diceva e poi tagliava corto... «finché è durata».

Mentre papà ballava con Madame Mosseri, Mireille si sedette vicino alla mamma, erano felici di stare di nuovo insieme e commentavano come gli occidentali fossero una minoranza rispetto alla folla di egiziani, siriani, libanesi e turchi che per modi e abbigliamento, gli abiti da sera e i gioielli delle signore, gli smoking bianchi degli uomini, sarebbero potuti essere italiani o inglesi.

«Saranno pure fanatici del panarabismo di Nasser ma i profumi nell'aria non sono patriottici, Floris e Penhaligon's i maschili, Arpège di Lavin e Joy di Patou i femminili». Mireille non aveva perduto il suo spirito.

La mamma chiese di Kate e della bambina.

«È depressa, ha nostalgia della nostra vita, eppure faccio tutto il possibile per lei, le ho presentato le persone piú interessanti di Beirut e l'ho portata in giro ovunque, case, rovine, musei, hammam, tu non la conosci ma la mia città è affascinante, sensuale, irresistibile, Beirut c'est moi, chérie». Era in gran forma, Feisal l'aveva fatta rifiorire. «Le manca Il Cairo e soprattutto... noi, persino tua madre».

Perle Mosseri si stava avvicinando e Mireille chiese precipitosa: «Perché non vieni a trovarci? Le farebbe cosí bene».

Fanny non ebbe il tempo di rispondere perché Alain Mosseri l'aveva invitata a ballare la rumba. Papà approfittò del momento e si avvicinò a Feisal che era in piedi davanti alla pista, guardando la mamma.

«Tua moglie è sempre piú bella, sei un uomo fortunato. Se il principe Faisal la vedesse ne sarebbe folgorato». Si riferiva al potente fratellastro del re Saud d'Arabia, era un suo buon amico. Papà gli riferí in fretta il dramma dei Gattegno e Feisal promise di provare ad aiutarli. Si diedero appuntamento il sabato dopo per parlare con tranquillità al Gezira Sporting Club.

Feisal riuscí con facilità a trovare un autista del campo di reclusione pronto, dietro altissimo compenso, a portare lettere, cibo e indumenti a Yvette, che fu liberata un anno dopo. Papà non lo venne a sapere in tempo reale perché non arrivò all'appuntamento a causa di un colpo di scena che non avrebbe mai desiderato di vivere.

Due giorni prima dell'incontro con Feisal, era arrivata la telefonata di sua sorella Nina.

«Tesoro ça va? Ci inviti a cena? Lo chiedo a Fanny?» Nina non faceva mai solo una domanda per volta.

«Chérie, con piacere, venite domani sera. È successo qualcosa, brutte notizie, cos'altro?» Papà non si sentiva fiducioso come un tempo.

Nina fece una risata, lo rincuorò e attaccò il telefono.

La mamma e Bobe furono contente di organizzare una cena in famiglia, era da tempo che non succedeva e decisero con il beneplacito di papà di coinvolgere anche tante Rose e tante Clara. A marzo di sera faceva ancora freddo quindi la mamma decise di fare il suo soufflé au fromage, Bobe preparò personalmente l'impanatura per la Wiener Schnitzel da accompagnare con il baba-ganoush, l'insalata di melanzane e quella di pomodori, prezzemolo e menta, Abdul fu mandato a ritirare da Groppi i marrons glacés e il millefoglie appena sfornato. Non era una cena kosher ma da noi non lo era mai.

Nel tempo papà ripensò spesso alla serata, al senso di pace che aveva provato nello stare tutti insieme senza parlare di politica e di esilio, ma, come negli anni della spensieratezza, solo di notizie di vecchi amici, di libri e film, di pettegolezzi divertenti: la cena serena di una famiglia molto unita.

Fu dopo il caffè che Nina esordí e tutto successe in fretta.

«Dobbiamo dirvi qualcosa...» E guardò Alberto.

Lui posò la tazza e si schiarí la gola.

«Noi andiamo via».

Papà credette di aver capito male.

La mamma e Bobe erano a bocca aperta, Clara e Rose guardavano imbarazzate per terra.

«Andate via? Dove?»

«Sam, lasciamo Il Cairo, partiamo per sempre». Nina scandí per bene le parole.

Mentre papà diventava di colpo immobile come un tronco di legno venne fuori che ognuno dei suoi fratelli aveva già scelto e deciso la sua strada. Nina avrebbe raggiunto Arlette e suo marito René a Tel Aviv, Alberto aveva trovato lavoro in una banca a New York, un impiego non di grande prestigio ma era un inizio, aveva spiegato. Vittorio avrebbe seguito la sua fidanzata Vicky Amuddin, la libanese maronita considerata una delle piú belle ragazze del Cairo, a Parigi dove si era stabilita. Avevano deciso di sposarsi al piú presto.

Sam era incredulo. Non era possibile, era il racconto di qualche sconosciuto. Poteva succedere agli altri ma non a lui, non alla sua famiglia.

«Avete deciso tutto senza dirmi una parola? Come avete potuto fare questo a un fratello?»

Alberto gli si avvicinò e gli mise una mano sulla spalla, la mamma si alzò per lasciare a Nina la poltrona accanto a lui.

«Te l'abbiamo detto tante volte che la vita stava diventando difficile, che sentivamo il sospetto, l'inimicizia intorno a noi. Guarda in faccia la realtà, Sam, ormai in questo Paese quelli come noi hanno diritto solo a qualche scampolo di libertà e non sempre». Vittorio parlò per la prima volta, era a disagio.

«Cerca di capirci. Noi tre dobbiamo crearci una vita, Sam, tu ce l'hai già, hai moglie e figli, e ti sei sempre rifiutato di partecipare ai discorsi di una possibile partenza, di un'alternativa all'Egitto, non volevi prenderla in considerazione nemmeno in astratto».

Avevano ragione, pensò papà, ma non trovava l'energia per dirlo.

«Venite con noi, in America, in Francia, in Israele... dove preferite».

La mamma e Bobe parlavano a voce bassa: «Oy gevalt! Nebekh Sam». Si erano avvicinate alle zie in un istintivo bisogno di protezione affettiva nei confronti di una notizia inaudita, troppo lo stupore e il dolore per il sotterfugio della decisione.

«Perché non in Italia allora? È il nostro Paese, là abbiamo le nostre radici».

Avevano provato ma nessuno di loro, spiegò Alberto, possedeva ragioni e relazioni promettenti al contrario di Sam che dopo sei mesi passati all'età di diciott'anni nelle cave di marmo a Carrara a farsi le ossa aveva stretto un rapporto speciale con Mario Begliazzi.

Papà si alzò e annunciò che andava a dormire, aveva sentito abbastanza, la mamma accompagnò i cognati e le zie alla porta con un sorriso mesto.

Prima di far finta di addormentarsi né lei né suo marito riuscirono a scambiarsi qualche parola.

«Cosa avrebbero detto i nostri genitori di fronte a una separazione cosí lacerante e contronatura? Si sarebbero disperati, per loro l'unione della famiglia era alla base della vita». Papà non si dava pace e continuava a manifestare ai suoi fratelli il dispiacere e anche la vergogna per il loro comportamento. Era stato inutile.

Allora era corso alla sinagoga Ben Ezra dal rabbino Mosseri che si era preso il compito di parlare con ognuno dei «ragazzi» come li chiamava da sempre, alla fine era stato lui a esortare papà a lasciarli andare senza rancore e a perdonare la segretezza dei loro progetti.

Con il passare dei giorni scoprí che alle sue spalle senza un suo minimo sospetto avevano già pensato a tutto. Sia Alberto che Vittorio gli spiegarono come avevano pensato di farsi liquidare la loro parte di azienda. Erano già d'accordo con Caralambo che si rivelò un vero amico e una persona per bene. Versò dai suoi conti esteri il denaro che spettava a ognuno dei fratelli nelle banche dei vari Paesi che avevano scelto.

Molto tempo dopo papà si domandò se fosse stata la decisione fraterna cosí inaspettata ed emotiva ad avergli impedito di giudicare con freddezza la situazione del Paese. Alla fine si rassegnò, riuscí anche a comprendere il punto di vista dei suoi fratelli, era il loro avvenire a essere in ballo, il suo lo stava già vivendo.

Nei giorni precedenti alle loro partenze li aveva osservati con curiosità come fossero persone che non conosceva bene. Ma gli lasciarono un'abitudine alla diffidenza che lo accompagnò tutta la vita. Si salutarono per l'ultima volta sulla terrazza della casa di Zamalek, dove erano nati e che avevano venduto, guardando il panorama del Nilo, di là dalle palme le cupole delle moschee, di cui il loro padre Giorgio era stato cosí orgoglioso.

Non l'avrebbe mai immaginato ma alla fine a rivoltarglisi contro, a non aver retto era stato il suo mondo non quello degli altri, quello di Nasser.

In poche settimane conobbe una condizione nuova, essere diventato dentro al suo cuore figlio unico.

22.

I tre Capodanni

La mamma scelse la sera di Tu BiShvat, il Capodanno degli alberi per affrontare papà. Dopo che Bobe e noi bambine avevamo augurato loro la buonanotte, si erano seduti in terrazza portando un vassoio di datteri, fichi, melagrane, noci, pistacchi, albicocche, i frutti da assaggiare, secondo tradizione, in onore della generosità della natura come buon auspicio per il nuovo raccolto. Il Capodanno degli alberi è la festa dell'inizio e la mamma pensò che era il momento di cominciare a parlare.

«Chéri, scusami» esordí passandogli per addolcirgli la domanda gli spicchi del fico viola che erano la sua passione «adesso devo chiedertelo. Cosa pensi di fare?»

Dopo l'annuncio della partenza di Nina, Vittorio e Alberto, lei e Bobe avevano deciso di dare tempo al tempo. Con papà erano piú affettuose e prodighe del solito, lo studiavano di nascosto, seguivano il suo percorso d'assimilazione del dolore. Lui si mostrava grato della delicatezza e se parlò per primo della questione lo fece solo per spiegare che non voleva, almeno per il momento, fare dello strappo fraterno un argomento di conversazione.

«State tranquille, sopravviverò, poi ragioneremo tutti insieme».

La mamma e Bobe invece non discorrevano che di questo, dalla mattina alla sera. Per la nonna il comportamento dei fratelli era un «durkhfal», nient'altro che una storia scandalosa. La vita l'aveva messa troppe volte davanti alla prospettiva di dover adattarsi a cambiare tutto e voltare pagina, ora non aveva piú né pazienza né misericordia.

I giudizi di sua madre indispettivano Fanny che di notte si tormentava chiedendosi se per caso una decisione cosí improvvisa da parte dei suoi cognati non fosse dovuta alla conoscenza di leggi e vessazioni future di cui papà era rimasto all'oscuro o che non volesse considerare.

Non era un problema di scorrettezza o di ipocrisia, bisognava ragionare sulla convenienza della loro scelta, diceva a Bobe seduta al Pavillon du thé dei giardini di Ezbekiyya, dietro al Teatro dell'Opera, controllando me e Raymonde che giocavamo con Ayda e Olivia. Un po' piú in là montavano il palco dello spettacolo mensile di Umm Kulthum. Nasser con la sua furbizia politica iniziava o concludeva i comizi alla radio con i concerti di Umm capaci di ipnotizzare milioni di egiziani. Era diventata l'interprete del Nasserismo, le sue canzoni si sentivano dappertutto, Bobe in genere spegneva la radio.

«Non riesco a togliermi dalla testa una domanda. È arrivato anche per noi il momento di prendere in considerazione la partenza? Tanti amici se ne stanno andando abbandonando posizioni e fortune invidiabili» insisteva la mamma nel mezzo della passeggiata al tramonto lungo la Corniche orientale del Nilo ignorando le smorfie di Bobe. «Ieri Niní mi ha confidato che persino Max sta pensando di trasferire lei e tutta la famiglia a Boston».

«Anche tu vuoi partire, Poupi? Vuoi lasciare tutto questo?» Bobe allargava le braccia indicando il fiume e l'isola di Zamalek. «Per andare dove? In Italia dove non siamo niente? Narishkeyt!»

La mamma si fermava e guardava la città illuminata dal sole che calava, se mai fosse partita, rifletteva, non era il paesaggio che le sarebbe mancato ma qualcosa di ben piú prezioso.

Si appoggiò alla balaustra art déco del lungo Nilo dando le spalle all'acqua.

«Sam ha sempre fatto le scelte giuste. Ma questa volta c'è qualcosa... un'ostinazione a prescindere che non capisco».

Appena tornato al Cairo, Feisal fu messo al corrente da Mireille. Nonostante fosse arrivato stanco morto dopo che a Riad il re Saud anche per colpa del tentativo fallito di uccidere Nasser era stato spodestato dal fratello Faisal aveva telefonato a Sam. E gli aveva proposto un aperitivo allo Sporting Club di Gezira a Zamalek. Un tempo era stato il circolo piú elitario del Cairo e il piú bello, sessanta acri di parco, campi da tennis, da polo e da golf, due piscine. Lo avevano fondato gli inglesi e negli anni della monarchia erano pochissimi gli egiziani ammessi, soprattutto principi e pascià.

Attraversando la veranda sotto i flamboyant papà salutava molte persone, soci con la racchetta da squash, giocatori di polo e di cricket e faceva la stessa riflessione che sua moglie e Mireille avevano formulato sul pubblico dell'Auberge des Pyramides. Nonostante Nasser e nonostante il fatto che il club fosse stato nazionalizzato dal governo nessuno dei soci indossava la galabeya né aveva l'aria di essere un povero abitante di Imbaba o Shubra, erano tutti bene in carne, vestiti come a Bond Street.

«Strano che Nasser non abbia ancora nazionalizzato il guardaroba degli egiziani» scherzò papà salutando Feisal, la sua stessa battuta lo fece sorridere e questo era un buon segno.

Feisal fu solidale con papà pur non condannando la scelta dei fratelli e lo tranquillizzò sui suoi rapporti con la nuova corte di Riad.

«Potrai importare i tuoi marmi da noi ancora a lungo, sono cresciuto insieme al nuovo re». Diede due-tre boccate al suo sigaro cubano e si guardò in giro esortando papà a fare altrettanto.

«Com'è diverso dal pubblico di un tempo, vero? Gli stranieri si contano sulla punta delle dita». Davanti a loro stavano chiacchierando dei soci con la racchetta da squash.

Feisal aveva l'approccio scaltro e lo sguardo di un rapace. Fissò papà per qualche secondo e si sporse verso di lui come faceva sempre quando doveva dire qualcosa di importante, il tono diventato basso era leggero.

«Fossi in te, Sam, metterei piú soldi possibile lontano dall'Egitto». Non diede a papà lo spazio di replicare, al Cairo c'erano troppe orecchie lunghe, si raddrizzò e cambiò discorso annunciando con lo stesso tono che lui e Mireille avevano deciso di sposarsi.

Papà fece sí con la testa per dire che aveva capito e alzò il bicchiere di Singapore Sling in segno di augurio.

«Mabrouk, Feisal».

Non raccontò a nessuno dell'incontro con Feisal ma cominciò ad arrovellarsi sul modo di costruirsi un paracadute economico all'estero, bisognava essere guardinghi e parlare solo con persone di totale fiducia, la polizia segreta era molto attiva e arruolava delatori tra gente insospettabile.

Feisal era uomo accorto e il suo messaggio inequivocabile ma prima di prendere una posizione papà voleva ancora una volta sentire il parere di Hafez per capire quale potesse essere nella testa di Nasser il futuro degli stranieri in Egitto. Li avrebbe lasciati finalmente in pace considerando che li aveva tormentati abbastanza o li avrebbe sbattuti fuori dal Paese come mendicanti rognosi? Doveva solo aspettare, prima o poi Hafez si faceva sempre vivo.

La mamma fece bene ad affrontare il problema la sera del Capodanno degli alberi perché papà avrebbe rimandato all'infinito il colloquio con lei non avendo una soluzione da proporre.

«Fanny, sto vagliando la situazione. Non è cosí semplice cambiare vita per noi come lo è stato per i fratelli che non avevano una famiglia e tra l'altro non ne vedo ancora i presupposti. Non preoccupatevi tu e Berthe, faremo la cosa giusta e nel caso al momento giusto».

Non aveva una strada già tracciata da intraprendere come aveva sperato la mamma, poteva succedere tutto, nel bene e nel male, pensò lei.

Gli prese la mano e gli fece l'unica domanda che avrebbe potuto segnare una svolta.

«Parlerai con Hafez?»

Qualche sera dopo tornando a casa dall'ufficio trovò Mourad, l'ombra di Hafez, ad aspettarlo vicino alla fontana del cortile di Qasr El Nil. Gli porse un biglietto con lo stemma del Governatorato del Cairo avvisandolo che Sua Eccellenza sarebbe passato dopo cena a casa sua.

«Prepara i Martini. H» c'era scritto sul biglietto.

Come sempre entrarono prima le guardie del corpo accompagnate da Salah in uno stato di totale deferenza a ispezionare la casa e i documenti delle persone, poi entrò Hafez. Papà che non lo vedeva da mesi notò subito che il suo portamento era cambiato, era piú dritto, ora non camminava, incedeva.

Dopo due Martini si rilassò e ridivenne lui perché cominciò a parlare di Kate.

«Non riesco a togliermela dalla testa. Ti dico la verità non mi importa granché della bambina, c'est une jolie poupée, nient'altro. Ma Kate. Sai quanto tempo sono riuscito a starle lontano? Un mese e ho sofferto le pene dell'inferno».

Papà gli disse che aveva saputo di un suo flirt.

«Era vero. Sono andato a letto con le donne piú belle del Cairo, ho anche sedotto molte straniere, francesi, inglesi, ti assicuro Sam ragazze stupende, per capire se era il loro modo di fare l'amore diverso da quello delle egiziane a creare la differenza. È stato orribile, la maggior parte delle volte non sono riuscito ad arrivare all'orgasmo».

Papà era allibito. Non era il genere di discorsi che si aspettava. Da Hafez poi.

«Alla fine ho ceduto e ho supplicato Kate di tornare a vivere al Cairo, posso darle un altro nome, cambiarle qualcosa nel viso, lo facciamo con i nostri agenti, posso farla diventare un'altra. Non ha voluto. È cocciuta e indipendente, non capisce che da noi è l'uomo a decidere la sorte di una donna».

Nostro padre era sempre piú incredulo, eppure Hafez aveva studiato in Gran Bretagna, aveva sempre avuto una mentalità aperta.

«Strano che proprio tu non lo capisca Hafez, ti dimentichi che grazie a Hoda Sha'rawi, la pioniera dei diritti femminili il tuo Paese, l'Egitto, ha il movimento femminista piú potente del Medio Oriente».

Hafez stette per dire qualcosa poi cambiò idea.

«Mi dispiace che tu soffra in questo modo, caro amico. Se possiamo fare qualcosa per aiutarvi puoi contare su me e su Fanny, lo sai».

Hafez inchinò la testa in segno di ringraziamento.

«Anche io sono tormentato, Mohammed. I miei fratelli sono partiti perché non hanno creduto di avere un futuro in questo Paese, Mireille e Niní le migliori amiche di Fanny insieme a Kate lasceranno presto Il Cairo. Sono legato all'Egitto quanto tu sei legato a Kate, non riesco a pensare di andare via per trasferirci in Italia e ricominciare tutto da capo».

«Non ne vedo il motivo Sam, perché dovresti farlo?»

«Mohammed, vivi in un altro mondo o cosa? Non ti rendi conto di quello che sta succedendo alla gente come noi, ci confiscano i beni, ci guardano con sospetto, stiamo diventando dei paria».

«Succede a chi si comporta come non dovrebbe. Ma sappi che finché sarò al mio posto e non credo che mi verrà mai tolto siete al sicuro. Il portiere sa di dovervi proteggere e chi chiamare in caso di pericolo perché Mourad gli ha spiegato molto bene cosa siete per me. Riempilo di mance e fagli capire che conoscete il compito che gli ho affidato».

Dopo tanto tempo papà cominciò a respirare meglio, evidentemente Nasser stava per allentare il tiro, e pensò subito che i fratelli erano stati troppo precipitosi.

«Sam, sono qua per chiederti un grande favore».

«Dimmi».

«Vorrei che Fanny andasse a trovare Kate a Beirut. È molto triste e la sua compagnia la solleverebbe moltissimo, la farei scortare, non correrà nessun pericolo».

Papà pensò che un cambiamento d'aria avrebbe fatto bene a sua moglie.

Nostra madre elettrizzata dette la notizia all'ora del petit déjeuner. Bobe fece cadere le zwieback, chiamavamo cosí le fette biscottate tedesche, che stava spennellando di marmellata e noi bambine deliziate smettemmo di centellinare i Quaker oats – purtroppo eravamo obbligate a mangiarli perché la mamma era cresciuta con il porridge della scuola inglese – e ci preparammo allo spettacolo.

Come sempre l'annuncio di un viaggio gettava nello sconforto Bobe. «Aoy Got, da sola? A Beirut? E Sam ti lascia andare?» Parlando si prendeva la testa tra le mani, dietro di lei Abdul guardava la mamma con aria di rimprovero.

La trattativa andò avanti per giorni, solo quando le fu proposto di accompagnare sua figlia trovò pace e divenne collaborativa. Noi bambine insieme ad Ayda fummo affidate a tante Rose e tante Clara che si erano cosí affezionate a Fanny da considerarla come una figlia. Quasi tutti i pomeriggi la mamma andava a salutarle insieme a noi e spesso si tratteneva per un tè russo fatto con la zavarka, un tè nero molto concentrato che si doveva diluire. Era preparato dal domestico Alouf con il samovar d'argento che le aveva seguite da Odessa a Parigi e poi al Cairo e che dicevano provenisse dai tesori della famiglia Ephrussi.

Bobe, che non era mai salita su un aereo e ne era impaurita, aveva fatto il giro delle sinagoghe perché pur non confessandolo era superstiziosa, se starnutivamo ripeteva tre volte una formula yiddish, augurio di buona salute, se dovevamo cucirci addosso qualcosa per fare in fretta voleva che masticassimo a vuoto per evitare che un incantesimo ci imprigionasse. Si lamentò cosí tanto dei possibili pericoli di un viaggio di due donne senza accompagnatori – «Potrebbero ucciderci» aleggiava sempre questo retropensiero ogni volta che si usciva di casa – che Mireille ci fece scortare da un suo uomo di fiducia. Hafez aveva assicurato una scorta e papà non volle che Bobe lo sapesse ma era cosí discreta che nessuna di loro due se ne accorse.

Kate le aspettava nella sua casa in cima alla collina con Layla Anne in braccio e Mireille al suo fianco e non sapeva come manifestare la sua felicità nel rivederle. Beirut era una città radiosa ed eccitante, aveva ragione Mireille, la mamma pensò che avrebbe perfino potuto viverci.

La gravidanza aveva lasciato in Kate una dolcezza capace di appannare la sua aria briosa e spavalda. Voleva sapere tutto sui vecchi amici, sui nuovi locali, sui vicini di Qasr El Nil, sulla partenza dei fratelli di Sam, guardava la mamma con occhi spalancati assimilando ogni sua parola.

A notte fonda dopo ore di reciproci racconti con le lacrime agli occhi confidò alla sua vecchia amica la decisione di lasciare il Medio Oriente e tornare per sempre in Gran Bretagna, ne aveva abbastanza di sentirsi a disagio per quello che era, Hafez le aveva persino proposto di cambiarle i connotati.

Lo amava come la prima volta quando l'aveva trovato ad aspettarla sotto casa, ma era stanca, alla passione insensata ora preferiva la tranquillità della rassegnazione. La mamma sentí una morsa di angoscia stringerle la gola, ora capiva, Hafez voleva che lei convincesse Kate a rimanere. Ma a questo punto non c'era niente da fare, Kate se ne andava per davvero.

Cosa stava succedendo, si domandò, era come se la sua vita fosse stata finora illuminata da tante luci e adesso alcune delle piú importanti, le piú vicine al suo cuore si stessero spegnendo di colpo, da un giorno all'altro.

Quale altra luce si sarebbe spenta, quale sarebbe stata la prossima? Non replicò, non c'era bisogno, lei e Kate si guardarono con tristezza e Kate fece sí con la testa, sapeva quello che stava provando la mamma.

La telefonata arrivò settantadue ore dopo la partenza per Beirut quando io e Raymonde eravamo sedute nel salotto di tante Rose e tante Clara.

Ci avevano affidate al rabbino Mosseri mentre le zie facevano lezioni d'arabo con Alí Uthman che era diventato un poeta noto in Egitto. Adorava le due signore e non dimenticava che lo avevano mantenuto quando era solo e squattrinato.

Il rabbino stava istruendoci alla cultura e alla religione ebraica e si era addentrato nel racconto dei tre Capodanni, una moltiplicazione di feste che le nostre compagne cattoliche e musulmane ci invidiavano non poco.

«Rosh Hashanah è il Capodanno religioso in cui ci si purifica dei propri peccati, è in un certo senso il giorno del giudizio, poi c'è il Tu BiShvat, il Capodanno degli alberi, mentre Shavuot è la festa delle primizie... ma che succede?» aveva smesso di parlare dopo aver sentito arrivare dall'altra parte della casa un urlo accompagnato dall'abbaiare furioso della cagnolina delle zie chiamata anch'essa Odette in memoria dell'amato e deceduto perroquet.

Tante Clara stava gridando:

«Mayn Got vos a bushh! Aun yetst?»

Rose la stava tirando per la giacca, il rabbino aveva avvicinato l'orecchio all'apparecchio telefonico e noi due eravamo a bocca aperta.

«Attention, es zenen di gerlz».

Raymonde che comprendeva l'yiddish ma si era ben guardata dal farlo sapere in famiglia mi traduceva parlando pianissimo.

«È successa una disgrazia ma non vuole parlare davanti a noi».

Fu il rabbino a prendere in mano la situazione e a correre a casa nostra. Abdul che era sotto choc riuscí a raccontare balbettando che due uomini avevano suonato alla porta, mostrato il distintivo della polizia e chiesto a papà sul punto di tornare in ufficio dopo la siesta pomeridiana, di seguirli. Salah non era in portineria quando era successo e non sapeva nulla ma scaltro com'era chiamò immediatamente il numero che gli aveva lasciato Mourad, l'ombra di Hafez, per avvertire Sua Eccellenza.

Tante Rose e tante Clara erano affrante, Alí Uthman si era buttato sul tappeto anatolico a pregare non si sa se per papà o perché il muezzin aveva chiamato a raccolta i fedeli. Ayda aveva provato a portarci via ma ci eravamo messe a urlare cosí forte che alla fine avevamo vinto ma eravamo spaventate.

«Dovete avvertire Fanny, Mademoiselle Clara, Mademoiselle Rose» le esortava il rabbino ma le zie continuavano a domandarsi reciprocamente con aria impaurita:

«Vos ton mi ton? Vos ton mi ton? Cosa facciamo?» Passavano da una lingua all'altra, yiddish, francese persino il russo della loro infanzia: «Chto moy delayem?»

Papà tornò a casa a sera inoltrata e si stupí di trovare svegli tante Rose e tante Clara, il rabbino Mosseri, Abdul, Malouf, Fawzia e Ayda, tutti con facce da funerale ma che nel vederlo entrare lanciarono le grida di gioia riservate a un resuscitato.

Non lo volevano arrestare, spiegò loro tentando di calmarli, era stata una formalità da adempiere – perché pensare sempre al peggio? – poi era andato a cena con Caralambo Egyptiadis a cui aveva telefonato e chiesto di passare a prenderlo. Nell'appartamento in un palazzo anonimo alla periferia di Heliopolis, era rimasto poco meno di mezz'ora. Nel frattempo doveva essere arrivata una qualche segnalazione su di lui perché da un momento all'altro l'atmosfera era cambiata, aveva ricevuto persino le scuse dell'uomo che lo stava interrogando e uscendo gli era parso di veder passare Mourad, l'ombra di Hafez, in una macchina.

Papà aveva fatto fatica a tranquillizzare Caralambo che sembrava sull'orlo di una crisi di cuore per l'agitazione. Dopo aver ordinato omelette, patate fritte, birre e pêche Melba come dessert all'Americain in Talaat Harb Street, scossi e preoccupati avevano analizzato l'impennata di controlli del Mukhabarat dopo il periodo di calma seguito all'affaire Lavon.

«Il Mossad è tornato attivo e molto persuasivo» diceva Caralambo che sapeva sempre tutto quello che succedeva al Cairo «pare che la settimana scorsa la polizia abbia smascherato per miracolo un agente dei servizi israeliani a un passo dal diventare il massaggiatore di Nasser».

Dopo quest'episodio la tensione si era alzata, continuava Caralambo, chiunque avesse un rapporto con Israele veniva tenuto d'occhio, seguito, interrogato.

«Credo di aver capito di essere stato vittima di una soffiata, qualcuno ha avvertito la polizia che tengo una corrispondenza con mia sorella Arlette» rifletteva papà cercando di mettere ordine nei pensieri che gli affollavano la mente «come sai è sposata a un sionista-comunista e questo ha attirato i sospetti di una mia possibile attività di spionaggio. Mi domando chi possa essere stato».

Caralambo accese una delle sue sigarette Matossian, ordinò il caffè e scosse la testa.

«Ti consiglio di ringraziare la tua buona stella di oggi, Sam, e di rimandare a tempi migliori i tuoi scambi di affetto fraterno».

A Beirut anche Bobe e la mamma in compagnia di Kate e Mireille avevano passato la notte in bianco, nonostante la bella notizia del ritorno a casa di papà e l'essere riuscite a parlare con lui in un mare di lacrime di gioia e di sollievo.

«Non posso rimanere ancora qualche giorno, ormai non sono piú tranquilla lontano dal Cairo» aveva risposto la mamma a Kate che l'aveva supplicata di restare pur capendo bene le sue ragioni, anche lei non si sentiva piú al sicuro in Libano dove i rapporti tra i cristiano-maroniti e i musulmani sunniti e sciiti davano la sensazione di essere sempre sull'orlo di una guerra civile.

L'indomani Bobe e la mamma accompagnate da Kate arrivarono all'aeroporto Khaldè a Choueifat per prendere il primo aereo dell'Egypt Air in partenza per Il Cairo. Le tre donne si abbracciarono con la consapevolezza che poteva essere il loro ultimo incontro.

«Chissà se ci rivedremo» disse Kate non riuscendo a trattenersi e sperando di essere rincuorata e contraddetta.

«Speriamo cara» rispose la nonna, «Efsher».

«Efsher» con le lacrime agli occhi le fece eco Kate usando una delle espressioni piú significative dell'yiddish e piú difficilmente traducibili. Efsher non implica solo la possibilità, contiene anche il sospiro e la speranza.

23.

Chopin sur le Nile
1959

Ebbe la prima avvisaglia mentre suonava il *Ron-dò alla turca* di Mozart. Papà le aveva regalato uno Steinway simile a quello della casa di Garden City sul quale aveva studiato pianoforte e sul quale Bobe quando era in vena eseguiva, con grande sentimento a detta di tutti, il *Notturno n. 2* di Chopin o il *Liebestraum* di Franz Liszt.

Papà aveva pensato che riprendere a suonare avrebbe potuto sollevare sua moglie dalla sensazione di vuoto provata dopo la partenza di Kate e l'addio a Nina. E soprattutto distrarla dalla paura patita a Beirut quando non si sapeva dove fosse finito lui.

Ogni volta che suonava tante Rose e tante Clara entravano piano piano nel salotto, si sedevano ad ascoltare, spesso con le lacrime agli occhi ripensando ai pomeriggi di Odessa passati a imparare il solfeggio con il maestro Nikolaj, un melanconico russo bianco di cui erano perdutamente innamorate.

Fanny non riusciva a sgominare i fantasmi che si erano presentati la notte in Libano, non ne parlava con suo marito ma si confidava come sempre con sua madre.

«Non essere narish Poupi, se accogli la paura non se ne andrà mai piú via» la esortava Bobe nella sua maniera brusca non confessando che i fantasmi di Beirut si erano affiancati ai suoi, quelli che custodiva da tutta la vita, quelli dei pogrom, dei ghetti, dei campi di concentramento, dell'antisemitismo, ormai non sapeva nemmeno piú quanti fossero, erano una folla, almeno.

Papà pochissimo incline al tormento e al vezzeggiare il tormento decifrava la tensione ma preferiva non alimentare con parole avventate i timori e i ricordi e sceglieva di agire, di far fronte con l'azione.

La sera portava spesso la mamma a cena al Greek Club con Farid e Chou Chou. Quando Niní arrivò da Beirut con Max organizzò una serata araba da Abou Shakra per mangiare la carne grigliata negli immensi bracieri di ottone. Un'altra volta accettò l'invito di Feisal e Mireille al Grillon. Insieme a loro c'erano un diplomatico spagnolo con la moglie e una coppia di turchi che a fine serata avevano invitato tutti nella loro grande yali, la tipica casa di legno sul Bosforo, a una festa per l'equinozio d'estate.

Le Grillon era pieno di attori e attrici egiziani, divi idolatrati nel mondo arabo, ed era stato molto divertente, raccontò la mamma il giorno dopo a Bobe, omettendo che era vero il contrario, l'angoscia era piú tenace di tutto.

Una mattina in una delle sue passeggiate aveva deciso di evitare la rue Fouad che in genere le metteva allegria con le urla degli acquaioli e dei venditori di galline, il fumo del foul caldo che usciva dai carretti, i suonatori di fisarmonica con le scimmiette sulle spalle, era come un mercato a cielo aperto. Aveva preferito svoltare in una traversa di Qasr El Nil, la rue Champollion dove, attratta dal suono di una scala di pianoforte in La minore che arrivava da una finestra aperta, si era fermata davanti alla targa lucida del numero 5. Era passata da lí centinaia di volte e non aveva mai realizzato che il palazzo dell'Ottocento con un gigantesco albero di jacaranda fosse la sede di un conservatorio.

Dopo cena bevendo il suo karkadè in terrazza aveva raccontato a papà la sua scoperta. Bobe che in salotto faceva il piccolo punto e origliava quello che si dicevano, non era una persona discreta ma in verità nessuno lo è mai stato in casa nostra, s'intromise nella conversazione alla velocità di un razzo. Uscí sulla terrazza per sottolineare l'importanza di quello che stava per dire.

Con tono grave informò Fanny che rue Champollion non era un conservatorio qualsiasi ma uno dei piú famosi al mondo grazie al suo direttore Monsieur Ignaz Tiegerman, un pianista di fama internazionale, temuto persino da Vladimir Horowitz, che aveva preferito il conservatorio del Cairo nonostante un'offerta analoga avuta a New York.

La mamma era diventata piú suggestionabile alle coincidenze e pensò che l'improvvisa messa a fuoco del Conservatoire Tiegerman, nonostante vi passasse davanti da anni, fosse un segno.

«Vorrei riprendere a suonare il piano» disse a papà dopo le parole di Bobe.

Dopo poco arrivò lo Steinway.

La musica diventò la nuova amica e riuscí a contenere l'assenza lasciata da Kate, da Nina e dal viavai di Niní. La musica c'era quando aveva bisogno, l'assecondava nei momenti di felicità e quando veniva aggredita dalla solitudine. Poteva contare su di lei, era a disposizione come accade con i veri amici, come succedeva con Kate quando si vedevano per una confidenza urgente.

Noi bambine ci mettevamo in un angolo del piccolo salotto ad ascoltarla suonare e mimavamo con le dita i movimenti della sua mano sulla tastiera compiaciute di avere una madre cosí dotata. A volte anche Fawzia e Abdul uscivano dalla cucina per sentire meglio, alla mamma piaceva vederli arrivare e li accoglieva con un gran sorriso.

Bobe pregava in sinagoga e vegliava, vedeva che i sentimenti e la percezione della vita di sua figlia riprendevano colore, mentre in lei Schubert e Beethoven interpretati da Fanny riversavano l'energia dei bei ricordi, il fulgore della Czernowitz Philarmonie e dei concerti che si commentavano a casa in tedesco, in russo e in yiddish.

Non era soltanto la nostalgia delle persone o dei tempi felici a far soffrire ambedue. Era l'impossibilità di capire quando quello che doveva succedere sarebbe successo. Sapevano, anche senza dirselo, di condividere gli stessi pensieri ma non c'era nulla che potessero fare, parlarne avrebbe dato linfa al problema, al momento il distacco era l'unica azione dettata dalla saggezza.

Quando si sentí piú sicura della sua tecnica la mamma andò a rue Champollion per prenotare delle lezioni di musica. Stava spiegando in segreteria il livello della sua preparazione, quando un piccolo uomo elegante dalla struttura gracile con mani sproporzionate e nodose che sorreggevano una tazza di porcellana di Meissen entrò nella stanza e come spesso succedeva a nostra madre fu colpito dal suo bel viso e dalla sua voce dolce. Era Tiegerman. La invitò per un tè nel suo studio e si fece raccontare le origini della mamma, godendo della musicalità della sua conversazione.

Era nato a Drohobycz in Polonia, le disse, e conosceva bene le città natali di Misha e Bobe, Odessa e Czernowitz, che era «una sorta di piccola Vienna» dichiarò con un sorriso, anche lui veniva da quel mondo fantasmagorico di «déraciné» capaci però di mettere nuove radici ovunque.

La mamma assaporò ogni istante di quella mattina, tornò a casa piú spensierata, si tolse la giacca e si sedette davanti al piano presa dalla voglia di suonare il *Rondò alla turca* forse perché aveva parlato a lungo di Mozart con lo «Chopin du Nile», questo era il soprannome internazionale di Tiegerman. Un attimo dopo era a terra per un capogiro terribile e una nausea insopportabile. Era la prima avvisaglia, ne ebbe un'altra l'indomani, e un'altra ancora, si pensò al caldo, al dispiacere e alle emozioni, le ordinarono di riposarsi sotto le pale di legno che muovevano l'aria sul soffitto. Finché due giorni dopo Bobe fece irruzione in cucina attirata da uno scroscio di risatine. Al centro della stanza c'era Fawzia che come sempre stava leggendo i fondi di caffè dopo averne bevuto un'abbondante tazza. Ayda ridacchiava e mimava il segno del pancione, Bobe capí e lo annunciò davanti a tutti noi, Fanny era incinta.

Era una sorpresa cosí bella che rimise a posto il subbuglio emotivo della mamma, tranquillizzò Bobe e inondò di felicità papà che adorava le sue figlie. Sembrò che un velo luminoso avesse coperto il grigiore dei giorni e dei pensieri passati.

Fu la gravidanza piú felice della mamma, fu un sospiro di sollievo, una ricreazione, trasportò tutti in una zona franca dove le paure e l'eventualità mai neppure accennata della parola partenza, non potevano essere prese in considerazione.

«Geloybt gat» si sorprendeva a ringraziare tra sé e sé Bobe e dopo che il professor Malatre aveva constatato che tutto andava bene, il palazzo venne messo al corrente, bastò una parolina al portiere Salah e un'altra a Helena, la cuoca greca della signora Rossano.

Kate, avvertita da un telegramma da Mireille, ne mandò uno da Londra dove si era stabilita, cosí pieno di frasi affettuose da far piangere la mamma. Cominciò il viavai delle visite, chiassose, dei vicini entusiasti, ogni giorno arrivavano le guaiave mature al punto giusto e i piccoli manghi gialli, i frutti preferiti della mamma insieme ai datteri piú dolci perché Fanny e il bebè fossero nutriti il meglio possibile.

In salotto si ammonticchiavano le scatole bianche e oro di Groppi piene di cioccolatini, anche Monsieur Groppi in persona, un ticinese con un gran nasone e una moglie bellissima, ne aveva inviata una traboccante di pasta di mandorle e pistacchi che la mamma divorava.

Non era piú solo la gravidanza di Fanny, era quella degli amici, dei domestici, dei vicini, dei commercianti intorno a Qasr El Nil che ci conoscevano.

«Mashallah, tahanina, mabrouk, mazel tov, syncharitria, félicitations» salutavano la mamma a seconda della loro nazionalità e concludevano con lo stesso vaticinio:

«Sarà un maschio, vedrete» non sapendo che papà preferiva essere circondato da donne. Aveva amato e viziato le sue sorelle e adesso non si rammaricava affatto di essere l'unico maschio della famiglia, uno contro sei di sesso femminile comprese le zie, otto considerando e si consideravano sempre, Ayda e Fawzia.

«Sarei felice di avere un'altra bambina» spiegava papà a Feisal. Il saudita era diventato un amico intimo e grazie alle sue relazioni a Riad papà lavorava piú con i sauditi che con gli egiziani, e per questo era sempre stanco, doveva affrontare un lungo viaggio con temperature altissime per raggiungere Jedda dove stavano costruendo un nuovo palazzo.

«Inshallah» gli augurava Feisal. Ma i fondi di caffè di Fawzia e la «sage femme» libanese dell'Ospedale francese che aveva preso il posto di Zeynep Demir, la storica ostetrica di famiglia, dopo aver osservato la forma della pancia della mamma e averla auscultata, avevano escluso l'arrivo di un maschio. Questi autorevoli giudizi vennero via via comunicati, misero fine alla questione e nessuno ne parlò piú.

Che popolo delizioso è quello egiziano, rifletteva la mamma arrivata con Bobe sul lungo Nilo dopo aver superato in una sorta di marcia trionfale un percorso a ostacoli segnato a ogni passo da congratulazioni e domande gentili sul suo stato di salute.

Si sorprese a pensare con affetto a Moh e al dispiacere di non averlo piú avuto vicino, si rese conto che era la prima volta in tanti anni che se ne ricordava, e questo le diede il senso della sua nuova fragilità.

«Sono persone affettuose, anche quando Abdul o Fawzia mentono è quasi sempre per non farci dispiacere. A volte è irritante, ma sono spinti dal desiderio di attutire un problema. Guarda come abbiamo vissuto con loro, italiani, greci, turchi, francesi, stranieri di ogni genere sono stati accolti in armonia e con amicizia».

Bobe capiva che sua figlia aveva bisogno di rassicurarsi. E in parte quello che sosteneva nel suo momento di estasi da gravidanza era vero ma lei non poteva impedirsi di ricordare la folla inferocita che aveva travolto Misha uccidendolo e le grida contro gli stranieri, contro i copti e contro gli ebrei che si sentivano durante le manifestazioni. Erano diventate sempre piú frequenti da quando Nasser aveva firmato l'accordo per la nascita della Rau, la Repubblica araba unita, sigla dell'unione di Siria ed Egitto, galvanizzando gli egiziani. Proprio qualche pomeriggio prima al Cairo e ad Alessandria erano stati arrestati un centinaio di comunisti e quasi tutti i giorni Radio Cairo annunciava nuove rappresaglie contro gli israeliani.

Dopo i ripetuti svenimenti la mamma aveva ricevuto l'ordine di riposarsi, per noi era un regalo inaspettato voleva dire stare piú del solito in sua compagnia. Nel nostro mondo di bambine la mamma era dolcezza e buon profumo, scherzava, ci baciava, ci coccolava e piú tardi sarebbe diventata una vera, indimenticabile e instancabile madre, ma allora sembrava vivere in un altro pianeta e la vedevamo di rado in prima persona separata da Bobe, il suo alter ego.

Il rapporto con lei era stato sempre mediato dalla nonna, la nostra madre operativa, un ruolo conquistato in virtú del suo carattere interventista ma anche del mandato della mamma determinata a non farla sentire un peso visto com'era sensibile e permalosa. Grazie a Bobe i nostri genitori si erano potuti permettere una lunga luna di miele.

Quando la pancia diventò troppo ingombrante per poter suonare il pianoforte la mamma presentò Raymonde a Monsieur Tiegerman e la iscrisse al conservatorio accontentandosi di assisterla negli esercizi, nelle scale e nelle sonatine di Clementi. Tiegerman era diventato un amico e dopo aver ascoltato di nascosto una lezione di Raymonde, lo faceva con alcuni allievi, aveva decretato che la bambina sembrava possedere «les doigts magiques».

Mentre la gravidanza della mamma procedeva, in contemporanea procedeva anche la preparazione del matrimonio di Feisal con Mireille che ora esibiva sull'anulare della sua piccola mano un diamante taglio smeraldo. «Mi piace perché è eccessivo e un po' volgare» diceva, sapeva bene quanto fosse meglio ridere di sé stessa che permetterlo agli altri. Quasi tutti i giorni insieme a Niní invitava la mamma e Bobe a mangiare il cheeseburger con il milk shake, l'ice cream soda sulla terrazza al Nile Hilton, l'hotel inaugurato da poco e diventato di grande moda per discutere i particolari della festa che avrebbe organizzato dopo le nozze.

Ogni giorno Mireille aveva una nuova idea, un baritono greco, una danzatrice ucraina, un'orchestra italiana e stava facendo fuoco e fiamme perché il maestro Caio Bascerano, ex studente al Conservatorio russo del Cairo, per anni direttore d'orchestra dell'Auberge des Pyramides, tornasse dall'Italia dove si era trasferito, al Cairo per il suo matrimonio. Era cosí eccitata e divertita dall'organizzazione delle sue seconde nozze che tutti gli ospiti della terrazza dell'Hilton finivano per partecipare ai suoi formidabili progetti.

«Non avrei mai pensato che Nasser avrebbe avallato l'apertura di un albergo come l'Hilton, uno dei simboli dell'America nel mondo» aveva considerato papà dopo i racconti dei «menu da cowboy», era cosí che li chiamava la mamma.

«È un ottimo segnale di distensione» aveva aggiunto Bobe da fervida sostenitrice degli Alleati che avevano sconfitto Hitler. La mamma era silente, assorta in *The Long Goodbye,* il libro di Raymond Chandler che tutta la comunità internazionale del Cairo stava leggendo. Niní l'aveva divorato.

«Per fortuna la cerimonia sarà civile» commentò la nonna a cena, estenuata dall'esuberanza creativa di Mireille, immaginando cosa sarebbe stata la preparazione di una cerimonia religiosa.

«Mireille non deve temere di avere un matrimonio banale» dichiarò papà ridendo. «La sposa è cristiana, lo sposo musulmano e il testimone, cioè io, ebreo. Visti i tempi e il livello sociale di tutti e due il nostro trio è sufficiente a renderlo interessante».

Mentre lo diceva fu gelato da un pensiero improvviso.

Sempre che la cerimonia non venga rovinata da una manifestazione di integralisti. Devo ricordarmi di avvertire Feisal, pensò tra sé e sé. Farid gli aveva raccontato di una rudimentale bomba trovata all'uscita dalla funzione della chiesa copta di San Giorgio, solo un miracolo aveva impedito che scoppiasse. La tensione tra copti e musulmani era alle stelle.

Passando per caso vicino al Tempio Ismailia in Adly Street aveva assistito all'aggressione di un manipolo di giovani egiziani armati di bastone nei confronti di una coppia di sposi ebrei. Aveva saputo che metà degli invitati erano finiti all'ospedale ma si era ben guardato dal raccontarlo in casa. Per giorni aveva letto ogni riga del quotidiano *Al-Ahram* senza trovare traccia di queste notizie, d'altra parte il direttore era Hassaneyn Haykal, grande amico e consigliere di Nasser.

La mia sorellina nacque in una giornata di sole, tirava una brezza leggera, era una mattinata perfetta.

Eravamo corse nella camera da letto della mamma per salutarla come al solito ma il letto era vuoto. A casa né Bobe né papà. Fummo rincuorate da Fawzia ma sentivamo che c'era qualcosa di oscuro che non ci avevano detto, avevamo il cuore che batteva forte.

Il pomeriggio andammo all'Ospedale mano nella mano con papà per conoscere la nuova venuta, era rossa come una melagrana, il viso buono e tanti capelli castano chiari, non mi sembrò granché, poi di giorno in giorno divenne sempre piú bella. La mamma la teneva in braccio sorridente e Bobe si asciugava gli occhi pensando a Misha.

Papà prese la mano di sua moglie e la baciò con calore salutandola perché l'indomani mattina sarebbe partito presto per Riad.

«Non andare, è appena nata» lo supplicò la mamma.

«Chérie, devo. Lo sai che in Egitto non mi fanno piú lavorare, abbiamo bisogno di quei soldi, la famiglia sta aumentando, tornerò molto presto».

Poco prima del suo matrimonio Feisal invitò i suoi amici a Giza, dove aveva comprato una delle vecchie cabane nel deserto, tappeti persiani sulla sabbia, vassoi con arak, gin fizz e meze. Era un invito per vedere il tramonto e il sorgere della luna piena davanti alle Piramidi. La mamma, tornata snella dopo la nascita della sua terza bambina, usciva per la prima volta di sera ed era allegrissima al fianco di suo marito.

Poi vide Hafez venire verso di loro.

Papà gli diede la mano, salutandolo calorosamente ma guardandolo con evidente freddezza. Convenne che era proprio una bella festa, peccato che mancassero un bel po' di vecchi amici occidentali.

«Ci state facendo tutti fuori vero Hafez?» e buttò giú un sorso di arak sotto lo sguardo stupito della mamma.

Hafez ebbe un lampo di sorpresa negli occhi, istintivamente fece un passo indietro poi si riprese e sorrise.

«Tu e Fanny siete in grande forma però» alzò il suo bicchiere, fece un mezzo inchino alla mamma e si diresse verso un altro gruppo.

«Che succede Sam? Perché gli hai detto questo?»

Sam non rispose e Fanny pensò che aveva ragione. Nell'elenco degli invitati di Mireille c'erano tantissime righe nere che cancellavano i nomi di invitati, di tante persone care, molti avevano lasciato l'Egitto o stavano per farlo, qualcuno non poteva piú permettersi di spendere soldi per un bel vestito, altri erano in pena per i parenti nei campi di prigionia.

Le tornò il nodo alla gola che aveva prima della gravidanza di Jocelyne.

Quando, una settimana dopo, Mireille e Feisal si

sposarono al consolato libanese il nodo non le era ancora passato. Guardò verso Hafez, al suo fianco c'era una bella donna bruna invece di Kate, lui le fece un cenno con la testa come se le avesse letto nel pensiero. La mamma chiuse gli occhi e s'immaginò la sala riempita di quelli che non c'erano e che in altri tempi ci sarebbero stati tutti.

Una sposa cristiana-maronita, uno sposo musulmano e un testimone ebreo. Quanto sarebbe durata ancora questa magica alchimia?

24.

Il piano
1960

La mamma l'aveva previsto ed ebbe ragione.

Una settimana dopo il matrimonio di Mireille, Hafez telefonò per organizzare un incontro. Aveva lasciato passare sette giorni, osservò lei, sicuro che sarebbe stato papà a farsi vivo.

«Hafez è piú potente ma tu sei piú forte» gli disse e aggiunse che non comprendeva la sua amarezza e il suo astio, non poteva addebitare a Hafez le colpe del rais, cosa pretendeva suo marito?

In quella settimana papà non ci aveva affatto pensato, era stato preso da tutt'altro pensiero. Prima di salire sulla Rolls Royce nera e crema decappottabile che aveva regalato alla sua novella sposa Feisal l'aveva abbracciato sussurrandogli qualcosa nell'orecchio:

«Ci vediamo al mio ritorno, Sam. Intanto parla con Caralambo».

L'aveva fatto subito. Il giorno dopo aveva invitato il suo socio prestanome a bere qualcosa. Nonostante tre birre, un paio di gin tonic al bar L'Americain e quasi un intero pacchetto di Simon Arzt non aveva saputo nulla di importante. Caralambo non sembrava piú agitato del solito e nemmeno preoccupato, lo era papà dopo lo strano avvertimento di Feisal.

Entrò di pessimo umore nel palazzo del Governatorato e varcò di malavoglia la porta del sontuoso ufficio di Hafez. Per un attimo pensò a come potevano mutare le situazioni e i sentimenti, era sempre stato desideroso d'incontrare il suo vecchio amico che nel nebuloso nuovo mondo aveva rappresentato molte volte un battistrada prezioso. Hafez lo aspettava seduto in una poltrona dorata, vestito all'occidentale come sempre e con in testa un tarbush, era la prima volta che lo portava.

Dopo il tradizionale augurio di «una mattina di bene», avuta la dovuta risposta di «una mattina di luce», formule di cortesia del lessico arabo che non erano mai state usate tra loro, Hafez affrontò l'argomento che gli stava a cuore.

«Amico mio, al matrimonio di Feisal non mi hai salutato con il solito calore. Cosa c'è che non va?» alzò la testa e lo guardò con fierezza per sottolineare la sua buona fede ma anche la sua importante posizione sociale.

Papà sollevò e abbassò una mano come a dire che era stanco, ma rispose.

«Sei proprio sicuro che possiamo essere ancora amici?»

Hafez sembrò stupito.

«Ne abbiamo parlato spesso» continuò papà «ho sempre ritenuto, lo sai, che sulla carta la politica socialista di Nasser fosse giusta ma continuo a non capire le ragioni dell'accanimento verso gli stranieri che hanno contribuito a trasformare l'Egitto in un Paese ricco. Perché cacciarci, torturarci e rubarci quello che abbiamo?»

Hafez parlò a papà come a un bambino.

«Le rivoluzioni non si fanno con le buone maniere».

«Sarebbe stato sufficiente ridimensionarci usando il buono che abbiamo fatto. Siete sicuri che senza di noi il Paese prospererà?»

Non voleva accalorarsi, non serviva a nulla ma era piú forte di lui.

«Sai Mohammed che non posso piú lavorare in Egitto? Sai che vivo costantemente nel terrore che possa succedere qualcosa alla mia famiglia o che uno di noi si imbatta in una manifestazione contro stranieri ed ebrei e muoia come è successo a mio suocero? Tutte le sere spero di arrivare a casa sano e salvo ma non ne sono mai cosí sicuro. Questa è la sorte per gente come me. Al matrimonio di Feisal ti ho detto la verità, ci state facendo fuori e non rimane che un'opzione, andarsene. Allora dimmi, in che modo possiamo guardarci negli occhi da veri amici? Vorrei tanto ma non riesco a scindere la tua persona dalle scelte di Nasser».

Hafez abbassò lo sguardo e girò nelle mani il misbaha, la collana di grani da preghiera musulmana. Papà ne fu colpito, non l'aveva mai vista nelle mani del suo amico.

«Te l'ho già promesso una volta. Se e quando le circostanze diventeranno pericolose per te sarò il primo a preoccuparmi, ti chiamerò e ti avvertirò subito. Puoi stare tranquillo, Sam».

Suo malgrado papà sentí che stava cominciando a rilassarsi. Hafez lo pregò di parlare d'altro come facevano «aux bon vieux temps», abbandonò l'arabo e pronunciò apposta la frase in francese. Nostro padre sorrise. Sapeva cosa volesse dire, parlare di Kate.

Un'ora dopo Hafez, salutandolo, gli strinse la mano con le sue due mani. Erano piú che mai su sponde opposte ma nonostante tutto non avrebbero mai fatto saltare in aria il ponte che univa le loro rive.

Promise che sarebbe venuto a passare una serata in famiglia a Qasr El Nil e accompagnando nostro padre all'ascensore s'imbatterono in un uomo elegante dal viso simpatico. Era Hassaneyn Haykal, il direttore di *Al-Ahram* uno degli ideologi del panarabismo, l'uomo che scriveva i discorsi di Nasser.

Si fermò a scambiare due parole con loro e papà fu tentato di dirgli qualcosa a proposito della libertà d'informazione poi la percezione dell'infruttuosità del discorso lo fece desistere. Da allora, lesse in modo diverso gli editoriali di *Al-Ahram*.

Quella sera dopo essersi assicurato che tutti dormissero, anche Bobe, raccontò alla mamma la conversazione avuta con Hafez. Guardò con attenzione il suo viso quando ripeté che non c'erano alternative alla partenza dall'Egitto. Si trattava solo di una questione di tempo, disse. Sua moglie riuscí a non replicare, a non piangere, a non fare domande, gli strinse forte le mani e lo esortò a riposarsi, aveva il viso teso e rattristato.

Lei rimase ancora un po' in terrazza a godersi l'aria fresca della notte e il profumo del gelsomino notturno, era strano non sentiva nulla come se i pensieri fossero stati congelati. Si addormentò all'alba e ogni volta che chiudeva gli occhi vedeva una sola immagine, il deserto. Nella sua testa era quello il loro futuro.

Cominciarono a parlarne in modo normale allo stesso modo in cui discutevano della scuola di Raymonde o di una serata con Farid e Chou Chou, evitando di essere sinceri e di confessare la preoccupazione. Dovevano abituarsi all'eventualità, far diventare la parola partenza qualcosa di accettabile, scolorire la sua connotazione di strappo viscerale prima di poter esprimere la paura e la sofferenza. Il percorso inverso, pensavano, forse avrebbe fatto meno male.

Ma era un'ossessione per entrambi, ogni gesto veniva messo in relazione a un dopo, bianco, vuoto, senza niente e nessuno. La mamma passava ore a osservarci giocare e a cullare Jocelyne sempre piú bella e cosí buona da sembrare una bambola. Quando ci mettevano a letto, prima di spegnere la luce rimaneva a guardare la nostra stanza dalle quattro porte finestre con le tende a quadretti bianchi e rossi e i copriletti di piqué come se la sua mente fosse diventata una macchina fotografica e dovesse fissare per sempre quello che vedeva e che pensava di non vedere piú.

E cosí ogni cosa, anche le meno importanti, la teiera di Groppi, la toilette del Mena House, l'ingresso del Conservatoire, il corvo che ogni pomeriggio alle cinque in punto atterrava sul nostro terrazzo, la portineria di Salah, assumeva un altro significato, diventava improvvisamente preziosa, amata, insostituibile.

Venne il momento di dirlo a Bobe che la tormentava di domande, la maschera di sua figlia poteva ingannare gli altri ma non lei.

«Mayn Got, vuoi dirmi cosa succede?»

Scelse Groppi per confessarglielo, Bobe aveva uno spiccato senso delle convenienze, non si sarebbe mai lasciata andare in pubblico a manifestazioni di furia o di disperazione come le succedeva a casa quando si avviliva e si prendeva a schiaffi o almeno faceva finta. Ma questa volta stupí sua figlia.

Il peso della notizia si abbatté letteralmente su di lei, annientando la reazione che la mamma aveva temuto, sembrò di colpo piú piccola e lo era già abbastanza. La guardò con gli occhi pieni di lacrime e nel suo sguardo ripassarono i ricordi delle perdite, delle umiliazioni, delle fughe.

«Nakhamal, nakhamal, vider» ripeteva, ancora una volta, ancora una volta.

La mamma provò ad abbracciarla ma lei la fulminò con gli occhi, erano in mezzo alla gente, non si facevano effusioni in un caffè.

Mustafà il vecchio capocameriere che le conosceva da sempre si fermò davanti al loro tavolo scortando un nuovo garçon con il tè bianco che avevano ordinato.

«Bon après-midi Madame Barzel, bon après-midi Madame Fanny, comment allez vous?»

La mamma si soffermò sull'espressione gentile di Mustafà che da bambina le regalava di nascosto il cioccolatino proibito e sentí la stretta al cuore, era la sua abituale compagna adesso. Com'era possibile dover andarsene perché persone come Mustafà con cui era cresciuta, alle quali aveva voluto bene e che parevano ricambiarla, almeno cosí le era sempre sembrato, ora la consideravano una nemica da espellere e da derubare?

Bobe prese il fazzoletto ricamato bianco che aveva sempre nella borsa, tamponò gli occhi come per un'irritazione, poi fece la domanda che l'aveva terrorizzata, l'unica che contasse davvero, il resto l'avrebbe saputo affrontare, era pur sempre una sopravvissuta.

«Poupi mi porterete con voi?» chiese.

Sua figlia fece finta di offendersi, un po' lo era ma conosceva sua madre. Bobe annuí con la testa, si mise una mano sul cuore.

«Dove?»

Almeno con Niní la mamma poteva spartire il dispiacere, non tutto, solo in parte perché al contrario di lei la figlia di Mireille era eccitata al pensiero di lasciare l'Egitto per trasferirsi a Boston dove Max aveva dei parenti che potevano aiutarlo a stabilirsi in America.

Si erano date appuntamento al Mena House e parlavano sedute sulle chaise longue di midollino davanti al prato verde in direzione della Sfinge e della piramide di Cheope. Bobe era installata in una poltrona piú in là parlando con Ketty Mardikian e Mary Adamantides, le armene piú ricche e piú pettegole del Cairo e con Helene Vallianatos e Gioia Souria, appena tornate da Atene. Noi bambine giocavamo con le bambole, Jocelyne dormiva cullata da Fawzia. In lontananza passavano i cammelli di ritorno dalle gite nel deserto.

«Fanny dovresti saltare dalla gioia, andrete in Italia, il Paese di tuo marito, vivrete a Roma, la città piú bella del mondo, io ci sono stata in luna di miele, non hai idea...» batteva le mani entusiasta parlando a voce bassissima e guardandosi intorno.

«Non ti fa male lasciare questa città meravigliosa e tutta la nostra vita?»

«Quale vita, Fanny? Quella di sentirsi un'intrusa, una sfruttatrice, una parassita? Non lo vedi come ci guardano? Non hai voglia di sentirti accolta e accettata per quello che sei, al di là della religione e del passaporto com'era un tempo?»

«Sarà cosí in Italia?» rispondeva la mamma. Sentiva che Niní aveva ragione ma non si rendeva conto di rimpiangere un passato sempre piú lontano dal presente, un tempo in cui aveva assaporato la bellezza della normalità nell'essere dei diversi che si arricchivano vicendevolmente. Eravamo piccole quando abitavamo al Cairo ma anche noi, comprendemmo piú tardi, avevamo percepito cosa volesse dire vivere in quell'età dell'oro.

Una sera papà prenotò un tavolo sulla terrazza dell'Hilton, chiese a nostra madre di essere sensazionale e ordinò dello champagne. Voleva voltare pagina e lasciarsi alle spalle sentimenti che in quel momento né lui né lei potevano permettersi. Era venuto il momento di abbandonare l'idea di quel periodo e di quel modello di vita usando lucidità e molta molta attenzione. Non ci si poteva permettere nessuno sbaglio.

Durante il colloquio con Hafez aveva avuto un'illuminazione. Appena uscito dal Governatorato aveva comprato un pacchetto di Simon Arzt e dato un nuovo appuntamento a Caralambo all'Americain. Questa volta dopo tre Martini dry e dopo aver pronunciato il nome di Feisal Caralambo aveva parlato. Se papà voleva vendere la sua quota di società lui non avrebbe potuto pagargliela all'estero come aveva fatto con i suoi fratelli. Non era piú in grado di toccare i soldi che aveva in Svizzera, erano pochi e servivano a lui.

Papà non se l'aspettava. Da mesi aveva chiesto a Begliazzi di non depositare piú le sue commissioni sul conto egiziano ma di aprirne uno alla Banca Commerciale di Carrara. Stava mettendo da parte un buon capitale ma contava molto sulla vendita delle azioni della società visto che, grazie a lui, il lavoro in Arabia Saudita rendeva piú che bene.

Credeva che Caralambo fosse un amico e un socio onesto ma l'accenno alla possibilità di rilevare la sua quota per poche centinaia di piastre, secondo la legge le proprietà degli stranieri valevano quasi zero, lo aveva amareggiato oltre che insospettito.

Non aveva piú nessuno su cui contare e con cui consigliarsi senza remore, questa era la realtà, i suoi fratelli erano andati via, Hafez era diventato un'altra persona, gli Skiatos vivevano tra Atene e Londra. Anche Alexandre partendo lo aveva consigliato di portare piú soldi possibile fuori dall'Egitto. Come Feisal. Ecco, Feisal era rimasto l'unico, forse.

Tante Clara e tante Rose furono avvertite dalla mamma, aveva dovuto farlo lei, Bobe non se l'era sentita. Per un attimo erano rimaste in silenzio, poi Clara aveva confessato di aspettarselo. Spiegò a occhi bassi che avrebbero assistito alla partenza di Fanny e della sua famiglia con grande dolore ma dopo Odessa il loro cuore aveva scelto Il Cairo. Sarebbero rimaste a Qasr El Nil, non avevano la forza e la voglia di ricostruirsi una vita per la quarta volta.

Lo spiegarono anche a Bobe che capiva le loro ragioni, ogni sera prima di addormentarsi si domandava se sarebbe stata capace di ricominciare in un Paese sconosciuto che parlava una lingua ignota di cui conosceva le poche parole imparate con il *Rigoletto* o l'*Aida*. Si girava e si rigirava nel letto, si diceva che a Roma non avrebbe contato piú nulla, sarebbe stata in balia del buon cuore di sua figlia e di suo genero. Nemmeno il rabbino Mosseri che passava a casa ogni sera riusciva a rasserenarla.

Era stato impossibile farle riavere il passaporto. Dopo aver bussato alla porta delle ambasciate di tutti i Paesi che nel corso degli anni avevano annesso la terra di Czernowitz, papà si era arreso, nessun consolato era disposto a rilasciare a Bobe un documento d'identità valido per l'espatrio. Era diventata un'apolide e questo la rendeva ancora piú insicura, piú impaurita.

Ogni giorno a partire dall'alba davanti alle rappresentanze diplomatiche si formavano file lunghissime. Chi riusciva a ottenere il lasciapassare per partire doveva dichiarare che non sarebbe mai piú tornato e spesso i fogli erano segnati dalle lacrime, le firme storte, esitanti.

Noi bambine eravamo diventate piú irrequiete. Sentivamo che c'era qualcosa di strano e di triste. Con Raymonde ci appiattivamo sul parquet per sentire cosa dicevano in yiddish in modo veloce e a voce bassa la mamma e Bobe chiuse nella stanza matrimoniale. Una volta aprimmo di colpo la porta domandando cosa stesse succedendo ma la reazione ci fece desistere dal riprovarci ancora.

Con Raymonde ci vendicammo. Un giorno gettammo dalla finestra l'inchiostro blu usato per i nostri compiti giú nel cortile macchiando le lenzuola di Madame Gravè, una nuova inquilina che non era simpatica a nessuno.

Un pomeriggio uscimmo in terrazza con la nostra merenda, era proibitissimo, e come ci avevano sempre spiegato i corvi planarono in un attimo a strapparci dalle mani quello che stavamo mangiando.

Io ero agitata e preoccupata, quando uscivamo sfuggivo alla mano di Fawzia o di Bobe, mi mettevo a correre, mi nascondevo dietro alle macchine finché la mamma esasperata comprò una sorta di guinzaglio da chiudermi intorno alla pancia. Ero sempre stata una bambina vivace ma Bobe diceva che ora mi ero trasformata in un «shvarts harts» un cuore nero, io mi pavoneggiavo, sapevo bene che tutti lo avevano rosso, averlo scuro era qualcosa di molto piú affascinante.

Mi calmavo solo durante le passeggiate pomeridiane con papà che culminavano con un succo di mango seduti a un tavolino di Groppi. Amavo sentire la mia mano nella sua calda e rassicurante, aveva delle mani splendide, ancora adesso il ricordo mi tocca, mi commuove.

Riversavamo la sensazione di nervosismo alla quale non eravamo in grado di dare un nome anche tra di noi. Quando giocavamo con Nicole, l'amica di Raymonde, al Pronto Soccorso, gioco nel quale a turno eravamo paziente, dottore e infermiera temperavamo le punte delle matite che avevano la funzione di siringhe il piú possibile acuminate e le affondavamo nei nostri sederi reciprocamente senza pietà perché volevamo avere e fare male in tributo alla nostra inquietudine.

Tornò Mireille con un turbine di bauli, di regali, di aneddoti dalla sua luna di miele europea. Organizzò una seduta di massaggi e mentre Niní e la mamma venivano cosparse di olio e strigliate con la loofah chiedeva cosa era successo in sua assenza, era sempre golosa di tutto e sprizzava energia, pensava Fanny, non era cambiata affatto mentre lei si sentiva cosí lontana e stanca.

Quando si stesero sui lettini profumati all'essenza di rosa Mireille chiese a bruciapelo:

«E a te Fanny come va la vita?»

La mamma raccontò tutto, sembrava non doversi mai fermare. Passarono dalle sedie duchesse brisée francesi al tavolo da pranzo imbandito con i piatti italiani cucinati dalla cuoca friulana di Mireille al salottino dei caffè e dei sospiri, cosí lo chiamava Mireille per i sensi di colpa che esplodevano dopo aver mangiato, ascoltandola parlare dei problemi economici di papà, dell'ambiguità di Caralambo, del buio del futuro, della vendita, quando sarebbe stato il momento, della casa, dei mobili perché era sempre piú chiaro che quelli che partivano dovevano farlo con poco o nulla.

Mireille l'abbracciò e cercò di consolarla insieme a Niní, in realtà peggiorarono le cose, quando sarebbe successo, pensò la mamma, non le avrebbe mai piú avute vicino. Mentre cullava Fanny come un bambino Mireille si riprometteva di avvertire Feisal che i loro amici avevano un gran bisogno di aiuto.

Era iniziata una carovana di addii. Ogni giorno arrivavano una telefonata di saluto, una lettera di commiato, una visita che sarebbe stata l'ultima. Le case diventavano sempre piú vuote, bisognava essere pronti a partire quando arrivavano visti e lasciapassare, nascevano antiquari improvvisati pieni di mobili e porcellane, i meno fortunati vendevano ai venditori ambulanti.

Nafisah, l'estetista che da anni due volte al mese veniva a casa a curare mani e piedi e a fare la halawa, aveva cominciato a saltare gli appuntamenti. Finché Bobe esasperata dall'ennesima cancellazione sapendo quale fosse l'appuntamento fisso dopo il nostro mandò Abdul da Madame Nadine Sawiri per controllare se avesse annullato anche il suo. Nafisah pregò Abdul di non dire di essere stata scoperta, aveva paura, gli spiegò, non era visto di buon occhio dai suoi clienti egiziani il fatto di andare a casa di stranieri. Lei non si fece piú vedere e non venne mai piú cercata.

Piú tardi Bobe e la mamma si domandarono se quello che Nafisah aveva raccontato ad Abdul fosse la verità o se invece avesse scelto di non fare la spia. Eravamo sorvegliati anche all'interno delle nostre stesse case. Abdul e Fawzia che avevano bisogno di un aiuto dopo la nascita di Jocelyne e l'arrivo di tante Clara e tante Rose che mangiavano quasi sempre da noi, non riuscivano a trovare nessuno di cui fidarsi. Anche loro come tutti i lavoratori nelle case degli occidentali erano stati avvicinati dal Mukhabarat. La polizia segreta voleva informazioni sui padroni di casa, sulle loro frequentazioni, su possibili argomenti in conversazioni sospette.

Dopo pochi giorni di prova Abdul scopriva che era impossibile fidarsi, via via che assumeva i domestici li sorprendeva a origliare dalla porta del salotto o a leggere la corrispondenza di papà. Allora correva a consultarsi con Bobe per cercare una scusa plausibile di licenziamento senza alimentare il sospetto che ci fosse qualcosa da nascondere. Prima di andare in ufficio tutte le mattine papà si raccomandava di parlare il meno possibile al telefono, era sicuramente sotto controllo.

Alla fine Feisal comprò la quota di azioni della società di papà pagandola all'estero sul conto aperto da Begliazzi a Carrara. Fu un sollievo per i nostri genitori e un ottimo affare per Feisal, la cifra che aveva offerto era molto inferiore a quella che avrebbe proposto a un egiziano.

A maggio era sembrato che la tensione politica si allentasse, Nasser era molto preso dal suo ruolo crescente di leader del mondo arabo, e a casa non si parlava che del saggio di pianoforte di Raymonde al Conservatoire Tiegerman. Mia sorella si esercitava insieme alla mamma dalla mattina alla sera per sciogliere le dita, allentare i muscoli della mano e provare le *Variations* di Mozart che avrebbe dovuto suonare all'Ewart Memorial Hall. Era un auditorium enorme e a innalzare l'ansia di tutta la famiglia c'era il fatto che sarebbe stata proprio Raymonde alle nove di sera ad aprire le esibizioni dei pianisti. Anche la piccola Jocelyne assisteva alle prove e quando cominciava ad annoiarsi la mamma la prendeva in braccio, usciva dalla stanza e le cantava *La donna riccia* di Domenico Modugno che aveva il potere di calmarla immediatamente.

La sera del saggio eravamo tutti alla Ewart Hall per applaudire Raymonde, erano venute anche tante Rose e tante Clara che non uscivano mai la sera. La mamma leggeva il programma con i nomi degli allievi, alcuni erano figli di cari amici: Ketty Daoud, Niki Philopoulo, Liliane de Martino, Philippe Perlo, Becky Franco. Nell'elenco comparivano ancora molti greci e italiani ma la maggioranza era egiziana anche se al cognome arabo spesso si affiancava un nome occidentale.

Quando le luci si abbassarono Raymonde apparve piccola e bellissima sul palcoscenico davanti al grande pianoforte a coda, fece l'inchino e tutti la applaudirono. La mamma sorrise a papà e a Bobe, ebbe l'impressione di aver portato a termine un compito. Gli applausi e l'atmosfera di accoglienza calorosa a sua figlia l'avevano fatta sentire di nuovo a casa, non piú fuori luogo, indesiderata. Dopo tanti mesi era la prima volta che percepiva di essere accettata, integrata. Forse le cose si sarebbero aggiustate, sperò con il cuore che batteva forte, forse la vita avrebbe ripreso la bella musica del passato.

Poco tempo dopo arrivò la telefonata di Hafez. Era sera tardi e lo squillo del telefono nella quiete familiare mise tutti in allarme.

«Avevo promesso di avvertirti» esordí Hafez con voce dura. «Mi dispiace Sam, è arrivato il momento. Non posso piú proteggervi, dovete partire al piú presto, fammi sapere quando. Bonne chance, mon ami».

25.

Parioli, Roma
Settembre 1961

Bobe aveva aperto la finestra della camera da letto dell'Albergo degli Agrumi ai Parioli dove ci eravamo rifugiati appena arrivati dall'Egitto. Entrava un'aria leggera, avevamo imparato a chiamarla ponentino, era buono e allegro, non bisognava chiudere i vetri quando soffiava né combattere come si faceva al Cairo contro il khamsin, il vento del Sahara.

Eravamo in attesa di sapere cosa aveva detto il signor Begliazzi pochi minuti prima a papà nell'interurbana che persino noi bambine avevamo capito quanto fosse decisiva per il corso della nostra vita. Avevamo lasciato Il Cairo da piú di un mese e nessuno aveva spiegato cosa sarebbe successo, né dove avremmo vissuto, se la nostra era una vacanza, una fuga, una tappa. E soprattutto se saremmo tornati alla vita di sempre, alla casa sul Nilo, alla Mission Laïque Française, a giocare nei giardini del Mena House facendo attenzione a non farci strappare i capelli dalle scimmie, tutto ci mancava in modo indicibile.

Dopo la telefonata con Begliazzi sembrava che si dovessero aprire le porte di un futuro radioso, Bobe e i nostri genitori apparivano sorridenti, la ruga sulla fronte di papà non c'era piú. Forse stavamo per tornare a casa.

La stanza era immersa in un silenzio solenne, solo Raymonde lo tagliò muovendosi per controllare che sotto al letto non si nascondesse un serpente, lo dovevamo fare ogni sera al Cairo prima di andare a dormire si trattava di una raccomandazione che era impossibile non seguire.

Papà prese la mano alla mamma, fece un gran sospiro e quello che disse ci gelò il cuore. Tornare a vive-

273

re al Cairo era pericoloso, anzi impossibile, annunciò. Il governo del presidente Nasser non voleva le persone come noi, poteva diventare molto cattivo. Ma tutto questo non doveva importarci perché il nostro Paese era l'Italia, eravamo italiani e non saremmo mai piú tornati al Cairo.

«Ora la nostra vita è qui a Roma, la città eterna, considerata una delle piú belle del mondo, siete fortunate».

La mamma si alzò dalla sedia e venne ad abbracciarci, noi non sapevamo cosa dire, avevamo amato la nostra vita al Cairo non riuscivamo a immaginarci come potesse essere un'altra diversa, e soprattutto non ci capacitavamo del fatto che qualcuno potesse rifiutarci ed essere cattivo con noi.

«Perché Nasser non ci vuole? Abbiamo fatto qualcosa di male?» chiesi anche se capivo che era stupido porre la domanda in una sera che per i nostri genitori sembrava avere il valore di un regalo ma non riuscii a trattenermi. Avevo il cuore pesante e di colpo provavo molta paura, dovevamo nasconderci allora, e se ci avessero trovato cosa sarebbe successo?

Papà rendendosi conto del nostro spavento si domandò se non fosse stato troppo diretto, ma no, si tranquillizzò, meglio non raccontare inutili bugie e dire la verità, le mie figlie devono cominciare a sapere chi sono e cosa significa per potersi costruire le difese necessarie.

«No, chérie, non abbiamo fatto nulla di sbagliato, sei troppo piccola per capire, lo imparerai bene nei libri di scuola. Nella vita ci sono persone che non amano quelli diversi da loro e non li vogliono intorno. Ci sono ragioni complicate, le comprenderete a poco a poco diventando grandi. Ma state tranquille, nessuno di noi ha fatto qualcosa di male e nessuno ci farà del male. Andate a letto ora, domani abbiamo molto da fare».

Papà dormí bene dopo tante notti passate a guardare gli alberi di arance davanti alla finestra senza riuscire a chiudere occhio. Nella telefonata aspettata con ansia giorno dopo giorno Begliazzi gli aveva confermato che i soldi della vendita della società a Feisal erano finalmente arrivati alla Banca Commerciale. Non erano tanti ma sarebbero serviti a ricominciare. Ora non gli restava che aprire un conto a suo nome per farli arrivare a Roma.

Il terrore che Begliazzi avesse potuto tradirlo e tenere i soldi per sé negli ultimi mesi era stato il suo incubo anche se ogni volta si ripeteva che era l'unica strada da tentare. Non si fidava piú di nessuno ma non aveva avuto alternative, rabbrividiva pensando al rischio che stava correndo, ritrovarsi in Italia senza nulla e senza sapere come mantenere la sua famiglia.

Erano partiti in fretta come ladruncoli dopo aver venduto Qasr El Nil a un direttore d'orchestra siriano che lo aveva pagato poco piú di quanto avrebbe offerto uno strozzino, aveva voluto anche i mobili, l'argenteria e i meravigliosi servizi di porcellane e cristalli. Le cinquantadue valigie erano state riempite solo di abiti, di effetti personali e delle coperte inglesi dei Grandi Magazzini Hannaud di Alessandria, passione della mamma. Non era permesso portare altro.

Bobe aveva infilato anche le giacche di astrakan di sua madre, una tovaglia di lino e qualche posata del servizio dei suoi genitori al tempo dell'impero austroungarico, papà due dei preziosi tappeti persiani che coprivano i pavimenti di marmo della casa paterna di Zamalek, la mamma si era impuntata perché non voleva mettere nella valigia il suo elegante ombrello inglese. «Non andiamo a Londra» aveva tentato di farla ragionare papà. «A Roma non piove in settembre». Non c'era stato nulla da fare, l'ombrello non doveva lasciare il suo braccio.

Nonostante due mesi di lezioni serrate al Cairo impartite dalla signorina Mariella, un'insegnante del liceo italiano amica dei Rossano, nessuna di noi brillava nella nuova lingua e anche nostro padre che la parlava perfettamente rivelava un leggero accento francese. Ogni mattina cercava di insegnarci il valore e i nomi delle banconote e delle monete italiane, ragionavamo ancora con il metro delle piastre egiziane non con quello della lira.

Rispetto alla luce dell'Egitto Roma ci sembrava in ombra. Andammo a vivere in una casa ammobiliata presa in affitto vicino all'Albergo degli Agrumi in una strada stretta e corta, il sole si fermava per il minimo indispensabile guardando solo di sguincio le case. Nel mio ricordo i mobili erano scuri, il marmo nero del pavimento brillava in modo minaccioso ma erano i nostri occhi o meglio il nostro cuore a essere coperti da una lente grigia.

L'anno scolastico era già iniziato e papà e mamma dopo aver parlato con le poche persone che conoscevano, scelsero la scuola elementare pubblica di via Boccioni, la Pio X, ricordandosi poi che un cugino del nonno l'aveva frequentata.

Fui accolta con calore dalla maestra Adele Niccolini, una dolce e alta signora dallo chignon biondo con un'onda da attrice di Hollywood, che mi presentò come la nuova allieva francese indicandomi un banco vuoto. Dopo poco una bambina con i capelli rossi, gli occhi verdi, le gambe magre come grissini si sedette vicino a me. Mi piacque subito, si chiamava Francesca.

Osservavo tutto e non parlavo mai, mi esprimevo solo con i gesti della testa e i sorrisi. Un giorno la maestra mi consegnò un biglietto in cui convocava la mamma. Le chiese con molto tatto se per caso fossi muta, in classe non si era mai sentita la mia voce.

Raymonde che è sempre stata meno complicata di me aveva già delle amiche e trovava la scuola romana piú divertente di quella francese dove «les enseignants», ricordava, erano formali e impettite. Io mi struggevo di nostalgia pensando alla mia amica Olivia e al fatto che non avevo avuto il tempo di salutarla e di segnarmi il suo indirizzo. Mi torna in mente ogni volta che vado in Grecia.

Bobe si occupava di noi, la mamma era sempre in

giro con papà per comporre i nuovi pezzi della nostra vita. Era impeccabile, una gran dama decaduta, i vestiti un po' antiquati bianchi e neri, bianchi e blu, le onde dei capelli sale e pepe, il rossetto rosa, veniva a prenderci da scuola spingendo il passeggino con Jocelyne e scambiando poche parole storpiate con la maestra. Era diventata piú curva, la scoliosi si stava impadronendo della sua schiena ma lei preferiva pensare che era schiacciata dal peso della sua vita travagliata.

Per due mesi non ci fu nessun aiuto in casa. Poi finalmente arrivò Augusta, una bella ragazza di Subiaco con i capelli cotonati come una mongolfiera e una passione smodata per i carabinieri – alla fine riuscí a sposarne uno – che variò la nostra alimentazione fatta fino ad allora solo di spaghetti al pomodoro e al ragú perché negli alimentari non si trovavano gli ingredienti per la cucina franco-orientale di casa nostra.

La scoperta che a Roma non si trovasse la feta, il formaggio greco, e che nessuna salsamenteria lo conoscesse scandalizzò Bobe, ci fosse Abdul, pensava con tristezza, riuscirebbe a trovarlo. Abdul si era messo a piangere appena saputo che partivamo. Baciava le mani di Bobe in ginocchio e ripeteva «Ve ne andate via e ci lasciate con loro, ci tratteranno come cani» e proprio lei aveva dovuto consolarlo e assicurargli che non sarebbe stato cosí, che avrebbe trovato della brava gente egiziana dalla quale lavorare.

Per fortuna alla farmacia Tre Madonne la mamma aveva scovato il mercurocromo, disinfettante che usava a litri al Cairo con cui impiastricciava di rosso fuoco le ferite. In Italia si preferiva la cromaticamente piú sobria tintura di iodio e a scuola le mie compagne guardavano le mie ginocchia cremisi sempre piú stupite, ero diversa in tutto, loro compatte e simili come un plotone.

Era tutto cosí strano ed estraneo. La frutta era sempre la stessa: mele, pere ogni tanto le banane, non si trovavano manghi, ananas, guaiave, datteri, cocco, i sapori e gli odori non erano mai speziati. Le persone parlavano solo italiano, a scuola non sentivo il miscuglio di lingue, le parole miste, il saltare dal vezzeggiativo arabo a quello in francese, in inglese, in greco. Solo a casa ritrovavo, ma sempre meno, un po' della vita di sempre.

Quando arrivavano le lettere delle amiche dei tempi felici la mamma le leggeva a voce alta. Kate aveva sposato una specie di duca, «Ni coup de foudre, ni coup de coeur» ammetteva. «Non è Hafcz ma credo che per me sia meglio». Layla Anne stava bene e lei era in attesa di un nuovo bambino. Niní scriveva dall'America, si stava abituando ma moriva di nostalgia. Mireille conduceva una vita da favola e prometteva di venire a trovarci ma non lo fece mai, il suo itinerario Parigi-Londra-Beirut non comprendeva Roma. «On a fait notre temps» commentava la mamma con amarezza.

Veniva spesso Caralambo Skiatos, suo padre era morto e aveva lasciato una piccola somma a papà. Non era mai a mani vuote, arrivava sempre con un grande pacco di pistacchi e dopo aver sentito i lamenti di Bobe, anche con due chili di feta in un contenitore di metallo. Ci invitava nella sua bella casa liberty di Kolonaki inutilmente, papà non volle mai andarci. Si erano trasferiti vicino a noi anche Alain e Perla Jarach, lei non aveva abbandonato la pettinatura con i quattro bozzi nemmeno a Roma dove l'eccentricità era peccato, farsi vedere in sua compagnia mi imbarazzava, la guardavano con ironia, io volevo sprofondare, ero terrorizzata di dare nell'occhio.

Un giorno chiesi a papà la ragione della scelta di Roma dove non avevamo nessun parente, nessun amico stretto. «Perché non a Londra, a Parigi, a New York» a Manhattan lo zio Alberto stava diventando ricco e chiedeva di continuo a suo fratello di raggiungerlo. Lui rispose con candore che era stato per il clima.

Negli anni mi resi conto di quanto lui e la mamma avessero una spensieratezza che rasentava l'incoscienza. Pur essendo cauti e saggi tanto da essere stati le colonne della nostra vita, due genitori fantastici, a volte si comportavano come adolescenti incuranti del futuro, evitando di seguire le regole evidenti della prudenza. Anche la fuga precipitosa dal Cairo quasi per il rotto della cuffia, nasceva da quella incoscienza, era apparso chiaro ai fratelli di papà, e lo avevano supplicato di seguirli, non si doveva piú aspettare, ma lui si era attaccato a tutto, non capendo che Hafez pur molto potente avrebbe potuto proteggerlo ma fino a un certo punto.

A novembre cominciò a piovere e un pomeriggio papà uscí per degli incontri di lavoro. Quando la mamma si svegliò dal consueto riposo si accorse che il suo ombrello era sparito, immaginò che l'avesse preso papà, ne fu atterrita e si mise a piangere. Bobe la guardava esterrefatta.

«Cosa te ne importa, Poupi?» le chiese pensando che i nervi di sua figlia stavano cominciando a cedere ma era comprensibile.

La mamma la guardò senza dire nulla, poi si alzò e chiuse la porta.

Successe una mattina al Cairo qualche giorno dopo aver deciso di partire, cominciò a raccontare a Bobe.

Era andata a tenere compagnia come sempre a tante Rose e tante Clara, era entrata da poco nel loro salotto quando capí che avevano qualcosa di speciale da dirle. Aspettarono che Alouf le preparasse il tè fatto con la zavarka e poi eccitate come bambine le spiegarono che volevano regalarle qualcosa.

Tante Clara aprí il pugno dove brillavano due diamanti grandi come nocciole montati su semplici fedi in oro bianco.

«Ecco, Poupi, abbiamo pensato che questi potrebbero esserti utili, noi non ne abbiamo bisogno, voi ricomincerete una nuova vita con molto poco. Potrai venderli bene e usare i soldi per vivere meglio».

La mamma guardava i diamanti e pensava vorticosamente cosa fare.

«Sono bellissimi, hanno una luce meravigliosa» disse.
Tante Rose prese le mani della mamma tra le sue.

«Fanny cara, sono diamanti degli Urali, pietre molto rare trovate nei possedimenti Demidoff. Erano appartenute alla nostra bisnonna Rout Askenazi e da tempo le avevamo destinate a te e alle tue figlie. Ora è arrivato il momento che entrino in tuo possesso».

«Siete molto affettuose e sapete quanto vi voglio bene ma sapete anche che non possiamo portare nulla con noi tantomeno i gioielli, è proibito. Sam me lo impedirebbe».

Tante Rose guardò sua sorella con un luccichio malizioso negli occhi.

«Sarebbe proibito, ma Fanny, cerca di ragionare, non devi dichiararli, devi nasconderli».

«Mayn Got, sei bellissima ma ti manca proprio un po' di astuzia femminile. Fanny quello che sostiene Sam non è legge».

«Mi state suggerendo di non dirgli nulla?» La mamma strabuzzò gli occhi.

Le zie erano imbarazzate.

«Non dire nulla? No, diciamo che potresti essertene dimenticata» azzardò tante Clara e si mise a ridere. La mamma promise di pensarci.

La sera stessa a cena, e sembrava fatto apposta, papà raccontò che Georgina Alexandri era stata bloccata con un braccialetto di brillanti cucito nella fodera della giacca.

«E cosa è successo?» domandò la mamma cercando di mostrare un modesto interesse mentre il cuore le batteva forte.

«Ha rischiato moltissimo. Per fortuna la famiglia era accompagnata da qualcuno legato alla polizia, hanno confiscato il braccialetto, preso una mancia sostanziosa e poi l'hanno lasciata partire ma solo dopo due giorni di fermo nell'albergo vicino all'aeroporto».

La mamma non disse nulla pensando che sarebbe stato meglio se i diamanti fossero rimasti nel portagioie delle zie. Poi lei e papà si ritrovarono in terrazza e lui per l'ennesima volta parlò delle preoccupazioni economiche che lo assillavano, e fu in quel momento che decise di chiedere consiglio a Mireille. I diamanti, si disse, potevano aspettare di ritornare nel portagioie.

Se c'era qualcosa che Mireille adorava erano gli intrighi, era una natura generosa e adorava altrettanto prendere in mano le situazioni e risolverle. Gli applausi e i complimenti la facevano sentire insostituibile.

«Georgina non è molto intelligente» commentò avendo saputo anche lei della disavventura di Madame Alexandri. «Noi sí» e dicendo noi intendeva soprattutto lei.

Cominciò a prestare attenzione alle tante storie che si raccontavano sulle partenze degli stranieri, poi invitò a cena Ali Sharif uno dei capi della dogana insieme ad altri politici e giornalisti amici di Feisal che era stato messo come sempre al corrente della situazione. Venne a sapere come i poliziotti controllassero minuziosamente i viaggiatori, rivoltavano le tasche, tastavano e scucivano gli orli, aprivano le bocche, esaminavano i denti e le dentiere, la biancheria e le parti intime. Non era facile farla franca, anzi era pericolosissimo.

Molte sarte erano abilissime nel nascondere gioielli e soldi nei tagli dei vestiti, nelle fodere, nelle cuciture, ma questo genere di nascondiglio, troppo conosciuto, era meglio scartarlo. Bisognava ingegnarsi e trovare qualcosa di piú originale. Qualcuno per caso le raccontò che esistevano scarpe con un invisibile doppiofondo, erano molto ricercate dalle persone con il complesso dell'altezza. Riuscí anche a individuare un calzolaio capace di inchiodarlo alle suole, ma approfondendo le informazioni su di lui venne fuori che era un informatore del Mukhabarat.

Mireille detestava ammettere la sconfitta, lo faceva solo dopo aver tentato tutte le strade e questa volta non sapeva davvero cos'altro cercare.

La mamma era sempre piú addolorata nel vedere papà molto preoccupato che Begliazzi non rispettasse il loro patto, cercava di tranquillizzarlo dicendosi sicura dell'onestà del vecchio amico di suo suocero, ma in cuor suo pregava che Mireille trovasse un modo per aiutarla come era sempre successo. Il fatto che non ci stesse riuscendo era un altro segno che l'incantesimo del Cairo stava svanendo.

Quando tutto sembrava perduto Feisal tornò da Londra con la soluzione, il Malacca Flask, un ombrello verde confezionato da Brigg a Piccadilly Arcade. Aveva un doppio fondo a prova di controlli, usato dai servizi segreti per introdurre microfilm, pastiglie di cianuro, bisturi, gliel'aveva segnalato un amico dell'Intelligence inglese.

Gli sembrò perfetto, quello che ci voleva per nascondere i diamanti delle zie di Fanny, doveva soltanto chiedere a Brigg di eliminare il suo famoso marchio in argento intorno al manico visti i rapporti tesi dell'Egitto con la Gran Bretagna.

«Non desterà i sospetti della polizia, non solo perché è inespugnabile ma anche per una ragione psicologica. Gli egiziani sono convinti che qualunque Paese lontano dall'Egitto sia un posto grigio e piovoso, quindi non troveranno strano che tu parta con un impermeabile e ombrello al braccio. Puoi stare tranquilla» le disse Feisal porgendoglielo. «Al mio rientro da Londra l'hanno controllato minuziosamente ma non sono riusciti a individuare il meccanismo».

Mireille era trionfante, la mamma raggiante, non vedeva l'ora di correre dalle zie. Feisal le chiese serio:

«Sei sicura di non voler avvertire tuo marito? Sono certo che non sarai scoperta ma hai calcolato bene il pericolo che corri e che stai facendo correre alla tua famiglia?»

La mamma ci pensò tutta la notte ma la mattina dopo suonò il campanello della casa delle zie. Appeso al braccio aveva il Malacca Flask.

Il giorno della partenza all'aeroporto sul punto di passare i controlli ebbe la folle paura che capissero

quanto fosse terrorizzata. L'avrebbero arrestata e sotto-
posta a un interrogatorio, immaginò, e chissà che fine
avrebbe fatto la sua famiglia.

Stava mettendo in pericolo le persone che amava di
piú al mondo, di colpo realizzò quello che stava facendo come se avesse uno specchio davanti a sé. Rabbrivi-
dí dall'ansia ma era troppo tardi per svitare il meccanismo e buttare i diamanti in un cestino qualsiasi, cosa
diavolo le era passato per la mente, si chiese. Chiuse gli
occhi per un attimo e avanzò verso i poliziotti, dietro
di loro c'era papà che la guardava interrogativo con in
braccio la piccola Jocelyne.

Con sua immensa sorpresa nessuna delle guardie
badò al suo ombrello proprio come aveva predetto Feisal.

«Ora sai tutto» concluse la mamma allargando le
braccia con la smorfia di chi si è resa conto di aver compiuto una pazzia.

Bobe la guardò come se la vedesse per la prima volta, non trovava nemmeno le parole per commentare
quello che le aveva appena confessato sua figlia.

«I diamanti Askenazi? Pensavo fossero una leggenda della famiglia di Misha, invece... ora li hai tu. Potevi... Non voglio nemmeno immaginare quello che hai
messo in gioco. Di bist tsedreyt, sei un'incosciente. Ora
devi raccontare tutto a Sam» disse puntando il dito verso di lei. «I diamanti sono ancora nell'ombrello?»

In quel momento papà tornò a casa. La mamma aveva il viso stravolto.

Bobe lo salutò, fece finta di niente, lanciò uno sguardo di fuoco a sua figlia e li lasciò soli. Per sicurezza
ispezionò l'ingresso, l'ombrello verde era poggiato vicino alla porta.

Noi non sapevamo nulla ma l'atmosfera in casa
cambiò, papà parlava a monosillabi con la mamma, la
mamma andava in giro con l'aria di una condannata a
morte, Bobe cercando di far finta di niente era diventata allegra come non lo era mai stata e faceva ancora

piú impressione. A tavola la sorprendevamo mentre insieme a papà guardavano fisso la mamma. Raymonde provò a domandare alla nonna cosa fosse successo ed ebbe la solita risposta, avremmo saputo tutto da grandi. Ma la sera sentivamo la mamma parlare e parlare, ci sembrava che papà non rispondesse mai.

Fu Caralambo Skiatos a mettere pace, capí subito che a casa c'era qualcosa che non andava, tormentò in modo feroce papà che alla fine cedette. Caralambo gli disse che era inutile punire cosí la mamma, era stata sventata, pazza, una donna irresponsabile, era tutto quello che diceva lui e certo Feisal e Mireille erano ancora piú scriteriati di lei. Ma sua moglie l'aveva fatto per la famiglia e in fin dei conti non era successo nulla. Esibí tutto il repertorio a disposizione degli amici che devono far fare la pace a un uomo e una donna e riuscí a placare l'ira di papà che si sentiva oltre che ingannato, preso in giro.

Quella sera a tavola per la prima volta dopo giorni e giorni di silenzio chiese alla mamma di passargli il burro. La rabbia era sbollita. Ci volle del tempo prima che smettesse di essere sospettoso ma fu proprio la storia dei diamanti a spostare il giudizio su di lei su un piano piú paritario anche in questioni prettamente maschili. Anche per Bobe la mamma fu una scoperta, tutte le volte che la vedeva un po' trasognata chiedeva «Stai progettando un altro piano Askenazi?» ma dentro di sé ammirava la sua audacia, rivedeva in lei il coraggio di Misha fuggito da Odessa.

Negli anni la mamma continuò a domandarsi dove avesse trovato il coraggio di affrontare un simile rischio non avendo né la doppiezza di carattere né la superficialità di tante donne della sua generazione. Ripensandoci adesso che viveva a Roma giudicava la sua scelta un'imprudenza imperdonabile ma si assolveva pensando che era un'ulteriore dimostrazione di come la vita al Cairo avesse rappresentato un mondo a sé, una sorta di ballo su note alte che ti faceva credere capace di qualsiasi cosa.

Noi bambine fingevamo di essere ancora a Qasr El Nil cercando di costruire un ponte tra la vecchia e la nuova vita. Quando la domenica ci portavano a prendere il tè da Doney o all'Hilton giocavamo alle signore. Raymonde era Madame Mayer, io Madame Bayer e Jocelyne Madame Francai, erano nomi di vecchie amiche di Bobe. Facevamo finta di essere al Mena House, parlavamo di Salah e di Fawzia e dei cioccolatini di Groppi, mimavamo Bobe quando la sera si metteva la Cold cream prodotta da una profuga polacca di nome Helena Rubinstein verso cui provava molta ammirazione.

Non era solo nostalgia, era lacerazione e sembrava riguardasse qualcosa di sbagliato in noi, almeno io ne ero sicura, mi trascino ancora adesso il senso di colpa e il timore di non essere nel giusto.

A scuola le compagne mi chiedevano:

«Che strano nome, che vuol dire? Dov'è Il Cairo, è vicino Roma? Perché sei esonerata all'ora di religione?»

La diversità mi metteva all'angolo, avrei voluto essere come loro perché avevo conosciuto l'agiatezza di sentirsi uguale agli altri nell'Egitto cosmopolita. Sembrava un paradosso ma in un'Italia piena di prevenzioni ero io a essere diventata esotica.

Avevo compiuto da poco cinque anni ma dovevo difendermi da me e dagli altri, costruirmi un'armatura di protezione. Combattere e farmi accettare per quello che ero e rappresentavo appariva un rischio e un fardello troppo pesante.

Avevo un buco nero nel cuore e non sono piú riuscita a colmarlo del tutto come se la capacità di provare fiducia mi avesse abbandonata, fosse rimasta al Cairo nella casa sul Nilo.

Non ero sola in questo sentimento, avevamo tutti paura e ci sentivamo a disagio. Papà temeva il futuro, Bobe che qualcuno la portasse via, la mamma che ci potesse succedere d'improvviso qualcosa di brutto, io che chiunque mi privasse di quello che amavo.

Anche se scendevamo per pochi minuti in cantina o in garage dovevamo avvertire per evitare che Bobe e la mamma pensassero subito al peggio.

Per paura che affogassimo non ci insegnarono a nuotare.

Quando ci mettevamo a letto dopo aver parlato del Cairo, Raymonde guardando il cielo di Roma mi chiedeva:

«Ti ricordi la luna sopra le Piramidi? Ti ricordi come brillava nel deserto? Papà spegneva i fari perché non ce n'era bisogno».

La bella Jocelyne non c'è piú.

Raymonde non rammenta quasi nulla della nostra vita in Egitto.

Ha cancellato quegli anni eccezionali.

Ma la luce della luna al Cairo è l'unico ricordo che non è riuscita a eliminare.

Stampato per conto di Neri Pozza Editore
da Grafica Veneta S.p.A., Trebaseleghe (Padova)
nel mese di settembre del 2022
Printed in Italy

Questo libro è stampato col sole

Fabbricato da Grafica Veneta S.p.A. con un processo di stampa e rilegatura
certificato 100% carbon neutral in accordo con PAS 2060 BSI